BESTSELLER

Mary Higgins Clark nació en Nueva York y cursó estudios en la Universidad de Fordham. Está considerada una de las más destacadas autoras del género de intriga, y sus obras alcanzan invariablemente los primeros puestos en las listas de best sellers internacionales. Los últimos libros publicados en castellano son *Mentiras de sangre*, *Sé que volverás*, *Los años perdidos*, *Temor a la verdad*, *Asesinato en directo* y su continuación, *El asesinato de Cenicienta*.

Para más información, visite la página web:
www.maryhigginsclark.com

Alafair Burke nació en Florida en 1969. Después de graduarse con honores en la Stanford Law School de California, trabajó en la fiscalía del estado en Oregón. Actualmente, vive en Nueva York y combina su actividad como catedrática de derecho en la Universidad Hofstra con la de escritora de novelas policíacas. *El asesinato de Cenicienta* es la primera obra que ha escrito a cuatro manos con Mary Higgins Clark.

Biblioteca

MARY HIGGINS CLARK

y Alafair Burke

El asesinato de Cenicienta

Traducción de
Matuca Fernández de Villavicencio

DEBOLS!LLO

Título original: *The Cinderella Murder*

Primera edición: noviembre, 2015

© 2014, Mary Higgins Clark
Todos los derechos reservados. Publicado por acuerdo
con la editorial original, Simon & Schuster, Inc.
© 2015, Penguin Random House Grupo Editorial, S. A. U.
Travessera de Gràcia, 47-49. 08021 Barcelona
© 2015, Matuca Fernández de Villavicencio, por la traducción

Printed in Spain – Impreso en España

ISBN: 978-84-9062-776-1 (184/44)
Depósito legal: B-21.396-2015

Compuesto en Comptex
Impreso en Novoprint
Sant Andreu de la Barca (Barcelona)

P 6 2 7 7 6 1

Penguin
Random House
Grupo Editorial

Para Andrew y Taylor Clark,
los recién casados, con amor

Querido lector:

Mi editor tuvo una idea que me encantó: crear, en colaboración con otra escritora, una serie de novelas utilizando los personajes principales de *Asesinato en directo*. Alafair Burke, autora de suspense a la que admiro desde hace tiempo, y yo hemos escrito, conjuntamente, *El asesinato de Cenicienta*. En esta novela, y en las siguientes, testigos, amigos y familiares de casos no resueltos serán convocados, años más tarde, para aparecer en un programa de televisión con la esperanza de sacar a la luz pistas que investigaciones anteriores pasaron por alto. Espero que la historia os guste.

Mary Higgins Clark

1

Las dos de la madrugada. Qué puntual, pensó, apesadumbrada, Rosemary Dempsey, al tiempo que abría los ojos y se revolvía en la cama. Siempre que tenía por delante un día especial, se despertaba inevitablemente en mitad de la noche, inquieta, segura de que algo iba a salir mal.

Siempre había sido así, incluso en su infancia. Y ahora, a sus cincuenta y cinco años, felizmente casada desde hacía treinta y dos y con una hija guapa y brillante de diecinueve llamada Susan, Rosemary seguía siendo una eterna sufridora, una Casandra viviente. «Algo va a salir mal.»

Gracias una vez más, mamá, pensó. Gracias por todas las veces que contuviste la respiración, convencida de que la tarta invertida que tanto me gustaba hacerle a papá se desmoronaría; pero solo ocurrió la primera vez, cuando yo tenía ocho años. Las demás salieron perfectas. Estaba tan orgullosa... Y en un cumpleaños de papá, cuando yo tenía dieciocho, me contaste que siempre le hacías una tarta de reserva. Me enfadé tanto que, en el único acto de rebeldía que soy capaz de recordar, tiré a la basura la tarta que yo había preparado.

Tú te echaste a reír y luego intentaste arreglarlo.

—Tienes talento para muchas cosas, Rosie, pero tienes que reconocer que eres un poco torpe para la cocina.

Y, por supuesto, no dejabas de recordarme lo torpe que era en otras cosas, pensó Rosemary. «Rosie, cuando hagas la cama asegúrate de que la colcha caiga igual por los dos lados. Solo te llevará un minuto más hacerlo bien.» «Ten cuidado, Rosie. Cuando leas una revista, luego no la dejes tirada de cualquier manera sobre la mesa. Ponla encima de las otras.»

Y ahora, pese a saber que soy capaz de organizar una fiesta y preparar una tarta, siempre tengo el presentimiento de que algo va a salir mal, pensó Rosemary.

Ese día, no obstante, su aprensión estaba justificada. Jack cumplía sesenta años y esa noche sesenta de sus amigos se reunirían en la casa para celebrarlo; cócteles y una cena bufet servida en la terraza por el infalible servicio de catering. La predicción del tiempo era inmejorable: veintiún grados y el cielo despejado.

Era 7 de mayo en Silicon Valley, lo que significaba que las flores se hallaban en plena floración. La casa de sus sueños, la tercera desde su llegada a San Mateo treinta y dos años atrás, imitaba el estilo de una casa rústica de la Toscana. Cada vez que Rosemary subía con el coche por el camino que conducía a su hogar, volvía a enamorarse de ella.

Todo irá bien, se dijo con impaciencia. Y, como siempre, prepararé la tarta de chocolate invertida y saldrá perfecta y nuestros amigos lo pasarán de maravilla y comentarán lo fantástica que soy. «Tus fiestas son siempre un éxito, Rosie... La cena estaba deliciosa... Tienes la casa preciosa...», etcétera, etcétera. Y por dentro seré un manojo de nervios, pensó, un auténtico manojo de nervios.

Con cuidado para no despertar a Jack, deslizó su cuerpo delgado por la cama hasta pegar su hombro al de él. La respiración acompasada de su marido le dijo que Jack estaba disfrutando de su habitual sueño apacible. Merecía ese descanso, con lo mucho que trabajaba. Como hacía siempre que intentaba vencer uno de sus ataques de angustia, Rosemary recordó todas las cosas buenas que había en su vida, empezando por el día en que conoció a Jack en el campus de la Universidad Marquette. Ella estaba estudiando una diplomatura y él cursando la carrera de Derecho. Fue amor a primera vista. Se casaron cuando ella terminó la universidad. A Jack le fascinaba el desarrollo de las tecnologías y cada vez hablaba más de robots, de telecomunicaciones, de microprocesadores y de algo llamado conexión entre redes. Al cabo de un año se mudaron al norte de California.

Yo siempre quise vivir en Milwaukee, pensó Rosemary. Aún hoy volvería allí sin pensármelo dos veces. A diferencia de la mayoría de la gente, me encantan los inviernos fríos. Pero no puedo negar que en California nos ha ido bien. Jack dirige el departamento legal de Valley Tech, una de las empresas de investigación y desarrollo más importantes del país. Y Susan nació aquí. Después de más de una década buscando ese bebé que tanto ansiábamos y por el que tanto rezábamos, finalmente lo tuvimos en nuestros brazos.

Rosemary soltó un suspiro. Para su desgracia, Susan, su única hija, era californiana de los pies a la cabeza. Se reía ante la idea de mudarse a otro lugar. Rosemary intentó apartar de su mente el desagradable pensamiento de que el año anterior Susan había elegido ir a UCLA, una universidad estupenda pero a cinco horas en coche. La Universidad de Stanford, que estaba más cerca de casa, la había aceptado, pero ella corrió a matricularse en UCLA, probablemente porque el inútil de su novio, Keith Ratner, estudiaba allí. Señor, pensó Rosemary, no permitas que mi hija acabe fugándose con él.

La última vez que miró la hora eran las tres y media, y se durmió con el insoportable presentimiento de que ese día, algo terrible iba a ocurrir.

2

Rosemary se despertó a las ocho, una hora más tarde de lo habitual. Consternada, saltó de la cama, se puso la bata y bajó a toda prisa.

Jack estaba todavía en la cocina, con un bagel tostado en una mano y una taza de café en la otra. Vestía camisa deportiva y pantalones de color caqui.

—Feliz cumpleaños, cariño —dijo Rosemary—. No te oí levantarte.

Su marido sonrió, engulló el último bocado de bagel y dejó la taza sobre la encimera.

—¿No me das un beso por mi cumpleaños?

—Te daré sesenta —le prometió ella mientras notaba los brazos de él alrededor de la cintura.

Jack le pasaba unos treinta centímetros. Cuando Rosemary llevaba tacones no era tanta la diferencia, pero cuando iba en zapatillas él parecía un gigante a su lado.

Su marido siempre le hacía sonreír. Era un hombre guapo. Tenía una espesa mata de pelo, ahora más gris que rubia, un cuerpo delgado y musculoso y un rostro bronceado que acentuaba el azul oscuro de sus ojos.

Susan se parecía mucho más a él, tanto en el físico como en el carácter. Era alta y delgada, con una larga melena rubia, ojos azul oscuro y facciones clásicas. Poseía el cerebro de su padre. Dotada para la tecnología, era la mejor estudiante del laboratorio de informática y destacaba igualmente en las clases de arte dramático.

Al lado de su marido y de su hija, Rosemary siempre tenía la sensación de que desaparecía en un segundo plano. También esa había sido la percepción de su madre. «Rosie, ese pelo castaño sucio necesita urgentemente unas mechas.»

Ahora, aunque se hacía reflejos, Rosemary seguía pensando que el color de su pelo era «castaño sucio».

Jack disfrutó de su largo beso y la dejó ir.

—No te enfades conmigo —dijo—, pero estaba pensando en hacer unos cuantos hoyos en el club antes de la fiesta.

—Lo suponía. ¡Bien por ti! —exclamó Rosemary!

—¿No te importa que te abandone? Sé que no tengo la más mínima posibilidad de que me acompañes.

Rieron. Jack sabía de sobras que su mujer se pasaría el día cuidando hasta el último detalle de la fiesta.

Ella cogió la cafetera.

—Tómate otra taza conmigo.

—Por supuesto. —Él se volvió hacia la ventana—. Me alegro de que haga tan buen día. Me desquicia que Susan conduzca cuando llueve, pero las predicciones para este fin de semana son excelentes.

—Y a mí me desquicia que tenga que marcharse mañana a primera hora —añadió ella.

—Lo sé, pero es buena conductora y lo bastante joven para que no le afecten los trayectos largos. De todos modos, recuérdame que le diga que debe cambiar de coche. Tiene dos años y ya ha visitado demasiadas veces el taller. —Jack apuró su café—. Me voy. Volveré sobre las cuatro. —Plantó un beso en la frente de Rosemary y se marchó.

A las tres de la tarde, Rosemary se alejó de la mesa de la cocina con una sonrisa de satisfacción. La tarta de cumpleaños de Jack había quedado perfecta. No se había desprendido una sola miga cuando la giró y levantó el molde. La cobertura de chocolate, receta personal, había quedado bastante lisa y sobre ella podían leerse, escritas con mimo, las palabras FELIZ 60 CUMPLEAÑOS, JACK.

Todo está listo, pensó. Entonces ¿por qué no consigo relajarme?

3

Cuarenta y cinco minutos después, justo cuando Rosemary esperaba que Jack apareciera por la puerta, sonó el teléfono. Era Susan.

—Mamá, tenía que reunir el valor para decírtelo. Esta noche no puedo ir a casa.

—¡Oh, Susan, papá se llevará un gran disgusto!

La voz joven y entusiasta, casi entrecortada, de Susan, dijo:

—No te he llamado antes porque aún no lo sabía con seguridad. Mamá, esta noche he quedado con Frank Parker para que me haga una prueba para su nueva película. —Se serenó un poco—. Mamá, ¿te acuerdas de mi actuación en la obra *Después de la oscuridad* que representamos antes de Navidad?

—¿Cómo no voy a acordarme? —Rosemary y Jack habían volado a Los Ángeles para ver la obra de teatro en el campus desde la tercera fila—. Estuviste fantástica.

Susan rió.

—Qué vas a decir si eres mi madre. ¿Y te acuerdas de Edwin Lange, el agente de casting que dijo que quería ficharme?

—Sí, y no volviste a saber de él.

—Pues resulta que sí he vuelto a saber de él. Me dijo que Frank Parker había visto la cinta de la obra. Edwin la había grabado y se la enseñó. Por lo visto a Frank Parker le encantó y está considerando la posibilidad de darme el papel protagonista de su nueva película. Transcurre en un campus y está buscando a estudiantes universitarios. Edwin quiere presentármelo. ¿Puedes creerlo, mamá? Aunque es pronto para cantar victoria, no puedo dar crédito a mi suerte. Es demasiado bueno para ser verdad. ¿Te imaginas que consiguiera un papel, y además el de la protagonista?

—Tranquilízate o te dará una ataque —le advirtió Rosemary—, y entonces no habrá papel que valga.

Sonrió y se imaginó a su hija irradiando energía por todos los poros, jugueteando con su larga melena rubia, sus maravillosos ojos azules brillando.

El trimestre está a punto de acabar, pensó. Si Susan consiguiese un papel en esa película, sería una gran experiencia para ella.

—Seguro que papá lo entenderá, Susan, pero no te olvides de llamarle.

—Lo intentaré, mamá, pero he quedado con Edwin dentro de cinco minutos para repasar la cinta y ensayar, porque dice que Frank Parker querrá que lea para él. No sé cuánto tiempo nos llevará. Vosotros estaréis con la fiesta y no oiréis el teléfono. ¿Qué te parece si le llamo mañana?

—Me parece bien. La fiesta es de seis a diez, pero la gente suele quedarse más rato.

—Dale un beso de cumpleaños de mi parte.

—Lo haré. Y tú deja a ese director con la boca abierta.

—Lo intentaré.

—Te quiero, cielo.

—Y yo a ti, mamá.

Rosemary no se había acostumbrado aún al brusco silencio que seguía cuando se apagaba un móvil.

Cuando el teléfono sonó a la mañana siguiente, Jack cerró el periódico de golpe.

—Esa es nuestra niña. Un poco pronto para una estudiante siendo domingo.

Pero la llamada no era de Susan; era del Departamento de Policía de Los Ángeles. Tenían malas noticias. Una joven había sido hallada en Laurel Canyon Park justo antes de que amaneciese. Al parecer, la habían estrangulado. No querían alarmarles innecesariamente, pero habían recuperado el permiso de conducir de su hija de un bolso que se encontraba a quince metros del cuerpo. La mano de la chica estaba aferrada a un móvil y el último número marcado era el de ellos.

4

Laurie Moran se detuvo camino de su despacho, situado en el número 15 del Rockefeller Center, para admirar el océano de tulipanes rojos y amarillos que adornaban los Channel Gardens. Los jardines, cuyo nombre hacía referencia al canal de la Mancha porque separaban los Empire Buildings francés y británico, siempre rebosaban de flores exuberantes de vivos colores. Los tulipanes no podían competir con el árbol de Navidad de la plaza, pero la aparición de plantas nuevas a lo largo de la primavera siempre hacía que a Laurie le resultara más fácil despedirse de su estación favorita en la ciudad. Aunque otros neoyorquinos se quejaban de las hordas de turistas en Navidad, a Laurie el aire frío y los adornos navideños le alegraban el corazón.

Un padre estaba fotografiando a su hijo delante de la tienda de Lego, junto al dinosaurio gigante. Cuando Timmy, su hijo, iba a verla al trabajo, siempre tenía que recorrerse toda la tienda para ver las últimas creaciones.

—¿Cuánto tiempo crees que tardaron en hacer el dinosaurio, papá? ¿Cuántas piezas crees que tiene?

El muchacho miraba a su padre con la certeza de que tenía todas las respuestas. Laurie sintió una punzada de tristeza al recordar que Timmy miraba a Greg con esa misma admiración expectante. El padre se dio cuenta de que los estaba observando y Laurie desvió la mirada.

—Perdone, señorita, ¿le importaría hacernos una foto?

Laurie, de treinta y siete años, había descubierto hacía tiempo que la gente la veía como una persona amable y accesible. Esbelta, con el cabello rubio miel y unos ojos color avellana claro, normalmente era descrita como una mujer «guapa» y «con clase». Lucía una sencilla melena hasta los hombros y raras veces se maquillaba. Era atractiva pero no intimidaba. Era la clase de mujer que la gente paraba por la calle para pedirle indicaciones o, como en este caso, para que ejerciera de fotógrafa aficionada.

—Claro que no —dijo.

El hombre le tendió el móvil.

—Estos artilugios son fantásticos, pero todas nuestras fotos de familia están hechas a un brazo de distancia. Estaría bien tener algo que enseñar aparte de *selfies*.

Se colocó detrás de su hijo mientras Laurie retrocedía para abarcar todo el dinosaurio.

—Sonrían —dijo.

Esbozaron una sonrisa blanca y radiante. Padre e hijo, pensó Laurie con nostalgia.

El hombre le dio las gracias cuando ella le devolvió el teléfono.

—No esperábamos que los neoyorquinos fueran tan amables.

—Créame, la mayoría lo somos —le aseguró Laurie—. Pida indicaciones a los neoyorquinos y nueve de cada diez se prestarán a ayudarle.

Sonrió al recordar el día que estaba cruzando el Rockefeller Center con Donna Hanover, la ex primera dama de Nueva York, y un turista le tocó el brazo y le preguntó si conocía bien la ciudad. Donna se dio la vuelta y le explicó por dónde debía ir. «Está a solo dos manzanas de...» Todavía sonriendo, Laurie cruzó la calle y entró en las oficinas de Fisher Blake Studios. Bajó del ascensor en la vigésimo quinta planta y se dirigió con paso rápido a su despacho.

Grace García y Jerry Klein ya estaban trabajando en sus

respectivos cubículos. Cuando vieron a Laurie, Grace fue la primera en saltar de la silla.

—Hola.

Grace, de veintiséis años, era la ayudante de Laurie. Como de costumbre, su rostro con forma de corazón exhibía una generosa pero impecable capa de maquillaje. Ese día, la camaleónica cabellera de color negro azabache estaba recogida en una coleta alta. Llevaba un vestido mini azul, mallas negras y unas botas de tacón de aguja con las que Laurie ya se habría dado de bruces contra el suelo.

Jerry, que vestía una de sus características chaquetas de punto, abandonó sin prisas su mesa para seguir a Laurie hasta el despacho. Pese a los tacones kilométricos de Grace, el cuerpo alto y larguirucho de Jerry sobresalía. Solo tenía un año más que su compañera, pero llevaba en la empresa desde sus tiempos de universidad. Había pasado de becario a ayudante de producción al que valoraban, y acababa de ser ascendido a productor adjunto. De no ser por la dedicación de Grace y Jerry, Laurie no habría conseguido que su programa *Bajo sospecha* despegara.

—¿Qué pasa? —preguntó Laurie—. Os comportáis como si en el despacho me esperara una fiesta sorpresa.

—No vas desencaminada —dijo Jerry—. Solo que la sorpresa no está en tu despacho.

—Sino aquí —dijo Grace tendiéndole un sobre grande de correos.

En la parte del remitente aparecía escrito: ROSEMARY DEMPSEY, OAKLAND, CALIFORNIA. El precinto estaba abierto.

—Lo siento, le hemos echado un vistazo.

—¿Y?

—Acepta —aulló Jerry—. Rosemary Dempsey accede a participar y ha firmado en la línea de puntos. Felicidades, Laurie. El siguiente caso de *Bajo sospecha* será el Asesinato de Cenicienta.

Grace y Jerry ocuparon su lugar habitual en el sofá de cuero blanco, debajo de los ventanales con vistas a la pista de hielo.

En ningún sitio se sentía Laurie tan segura como en su casa, pero su despacho —espacioso, elegante, moderno— simbolizaba sus años de duro trabajo. En esa estancia obtenía sus mejores resultados. En esa estancia ella era la jefa.

Se detuvo frente a su mesa para, en silencio, dar los buenos días a una fotografía. Hecha en East Hampton, en la casa de la playa de un amigo, era la última instantánea en familia de Greg, Timmy y ella. Hasta el año anterior Laurie se había negado a tener fotos de Greg en su despacho, convencida de que solo harían recordar a la gente que su marido había sido asesinado y que su caso seguía abierto. Ahora se aseguraba de mirar la foto por lo menos una vez al día.

Finalizado su ritual matutino, se sentó en el sillón giratorio gris, de cara al sofá, y hojeó el acuerdo que la señora Dempsey había firmado y que indicaba su deseo de participar en *Bajo sospecha*. La idea de un reality show que revisara crímenes no resueltos había sido de Laurie. En lugar de utilizar actores, la serie ofrecía a los familiares y amigos de la víctima la oportunidad de narrar el crimen desde su punto de vista. Aunque la cadena había recibido la idea con cautela —por no hablar de ciertos fracasos profesionales de Laurie—, el proyecto de filmar una serie de especiales despegó. La primera entrega no solo había disparado los índices de audiencia, sino que había conducido a la resolución del caso.

Había transcurrido casi un año desde la emisión de «La Gala de Graduación». Desde entonces habían estudiado y rechazado docenas de asesinatos sin resolver porque ninguno cumplía un requisito fundamental: que los familiares y amigos más cercanos de la víctima, algunos de los cuales permanecían «bajo sospecha», participaran en el programa.

De todos los casos no cerrados que Laurie había estudiado para el segundo episodio, el asesinato, hacía dos décadas, de Susan Dempsey, de diecinueve años, había sido su primera elección. El padre de Susan había fallecido tres años atrás, pero Laurie localizó a Rosemary, la madre. Aunque la mujer agradecía todo esfuerzo por descubrir quién había matado a su hija, dijo que estaba muy «quemada» por sus experiencias con gente que le había tendido una mano con anterioridad. Quería estar segura de que Laurie y el programa respetarían la memoria de Susan. La firma del acuerdo significaba que Laurie se había ganado su confianza.

—Debemos actuar con cautela —les recordó a Grace y a Jerry—. El apodo de «Cenicienta» lo creó la prensa, y la madre de Susan lo detesta. Cuando hablemos con los familiares y amigos utilizaremos siempre el nombre de la víctima, Susan.

Un periodista de *Los Angeles Times* se había referido al caso como «El asesinato de Cenicienta» porque a Susan le faltaba un zapato cuando fue descubierta en el Laurel Canyon Park de Hollywood Hills, al sur de Mulholland Drive. Aunque la policía encontró el otro zapato cerca de la entrada del parque —presuntamente se le había caído mientras intentaba escapar de su asesino—, la imagen de un zapato de salón sin pareja se convirtió en el detalle que tocaría la fibra sensible del público.

—Es un caso perfecto para el programa —comentó Jerry—. Una universitaria guapa e inteligente, por lo que tenemos el atractivo escenario de UCLA. Las vistas de Laurel Canyon Park desde Mulholland Drive son magníficas. Si conseguimos localizar al dueño del perro que encontró el cuerpo de Susan, podríamos filmar una toma junto a la pista canina a la que se dirigía esa mañana.

—Por no mencionar el hecho —añadió Grace— de que el director de cine Frank Parker fue la última persona, que se sepa, que vio a Susan viva. Ahora lo llaman el nuevo Woody Allen. Antes de casarse tenía fama de mujeriego.

El director Frank Parker tenía treinta y cuatro años cuando Susan Dempsey fue asesinada. Creador de tres películas independientes, había gozado de éxito suficiente para contar con el respaldo de la productora para su siguiente proyecto. Casi todo el mundo había oído hablar por primera vez de él y de ese proyecto porque, la noche que mataron a Susan, había estado haciéndole una prueba para un papel.

Uno de los retos de *Bajo sospecha* era convencer a las personas cercanas a la víctima para que participaran en el programa. Unas, como Rosemary, la madre de Susan, deseaban dar un nuevo impulso a la investigación del caso. Otras quizá ansiaran limpiar sus nombres después de vivir, como indicaba el título del programa, bajo una nube de sospecha. Y unas cuantas, como Laurie había esperado que fuera el caso de Frank Parker, podrían acceder de mala gana para aparecer ante el público como personas solidarias y dispuestas a colaborar. Siempre que surgían rumores sobre el caso de Cenicienta, los representantes de Parker se apresuraban a recordar al público que la policía lo había descartado oficialmente como sospechoso. Pero el hombre seguía teniendo una reputación que salvaguardar y no querría ser visto como el obstructor de una investigación que podía conducir a la resolución de un asesinato.

Parker era en esos momentos un director nominado por la Academia.

—Acabo de leer la reseña de su próxima película —dijo Grace—. Por lo visto es una seria candidata a los Oscar.

—Esa podría ser nuestra oportunidad para conseguir que se implique en el programa —señaló Laurie—. No le vendría mal toda esa atención cuando lleguen los Oscar. —Empezó a tomar apuntes en una libreta—. Nuestro siguiente paso será ponernos en contacto con las personas más allegadas a Susan. Llamaremos a toda la gente de la lista: sus compañeras de cuarto, su agente, sus compañeros de clase, su pareja de laboratorio.

—Tacha al agente —dijo Jerry—. Edwin Lange murió hace cuatro años.

Una persona menos para las cámaras, pero la ausencia del agente no afectaría a la reinvestigación del caso. Edwin había quedado aquella tarde con Susan para ensayar el texto antes de la audición, pero le telefonearon para decirle que su madre había sufrido un ataque al corazón. Se subió inmediatamente al coche y se pasó todo el trayecto hasta Phoenix llamando a familiares desde el móvil. Cuando se enteró de la muerte de Susan se quedó conmocionado, pero la policía nunca lo consideró sospechoso o testigo material.

Laurie prosiguió con la lista de las personas con las que debían contactar.

—Es especialmente importante para Rosemary que nos aseguremos la presencia de Keith Ratner, el novio de Susan. Supuestamente, se hallaba de voluntario en un acto, pero Rosemary lo despreciaba y está convencida de que tuvo algo que ver. Sigue en Hollywood trabajando de actor de reparto. Yo me encargaré de esa llamada y de la de Parker. Ahora que la madre de Susan está dispuesta a participar, confío que eso convenza a los demás. En cualquier caso, preparaos para pasar unos días en California.

Grace juntó las manos.

—Me muero por ir a Hollywood.

—No tan deprisa —le advirtió Laurie—. Nuestra primera parada será San Francisco. Para contar la historia de Susan tenemos que conocerla a ella. Conocerla de verdad. Empezaremos por la persona que pasó más años con ella.

—Empezaremos por su madre —confirmó Jerry.

5

Rosemary Dempsey era la razón de que Laurie trasladara el Asesinato de Cenicienta al primer puesto de su lista para la siguiente entrega del programa.

La cadena le había presionado para que tratase un caso no resuelto ocurrido en el Medio Oeste: el asesinato, en su casa, de una niña que competía en un concurso de belleza infantil. El caso ya había sido objeto de incontables libros y programas de televisión en las últimas dos décadas. Laurie había insistido a su jefe, Brett Young, de que *Bajo sospecha* no tenía nada nuevo que añadir a ese caso.

—¿Qué importa eso? —había replicado él—. Cada vez que tenemos la oportunidad de mostrar esos adorables vídeos de concursos de belleza, nuestros índices de audiencia se disparan.

Laurie no tenía intención de explotar la muerte de una niña para elevar los índices de audiencia de su cadena. Al comienzo de su investigación, había tropezado con un blog sobre crímenes reales que publicaba el post «¿Dónde están ahora?» sobre el caso de Cenicienta. Al parecer, la bloguera se había limitado a buscar en Google a las diferentes personas implicadas: el novio de Susan era actor de reparto, su compañero de laboratorio en la universidad había triunfado con una empresa de internet, Frank Parker era... Frank Parker.

El post solo citaba una fuente: Rosemary Dempsey, cuyo

número de teléfono aún aparecía. «Por si alguien necesita decirme algo sobre la muerte de mi hija», había escrito. Rosemary declaraba en el blog que estaba dispuesta a hacer lo que fuera por descubrir la verdad sobre el asesinato de su hija. También decía que estaba convencida de que el estrés generado por la muerte de Susan había contribuido a la apoplejía que había matado a su marido.

El tono general del post, repleto de insinuaciones de mal gusto, desagradó profundamente a Laurie. Su autora daba a entender, sin fundamento alguno, que el deseo de Susan de convertirse en estrella de cine quizá la instó a estar dispuesta a hacer lo que fuera por conseguir un gran papel con un talento emergente como Parker. Insinuaba, de nuevo sin evidencias, que una relación consentida «pudo torcerse».

Laurie no quería ni imaginar cómo se había sentido Rosemary Dempsey al leer esas palabras, escritas por una persona en la que había confiado lo suficiente para expresarle sus sentimientos sobre la pérdida de su hija y su marido.

De modo que cuando Laurie la llamó para plantearle la posibilidad de participar en *Bajo sospecha*, entendió perfectamente a qué se refería Rosemary cuando dijo que estaba quemada por experiencias anteriores. Laurie le había prometido que se esforzaría por hacer un buen trabajo, tanto por ella como por su hija. Y le contó que sabía por experiencia propia lo que suponía no saber.

El año anterior, cuando la policía identificó al asesino de Greg, Laurie comprendió entonces lo que la gente quería decir cuando utilizaba la expresión «pasar página». Ella no había recuperado a su marido, y Timmy seguía sin su padre, pero ya no temían al hombre al que Timmy llamaba Ojos Azules. Habían pasado página con el miedo, pero no con el dolor.

—Ese maldito zapato —había dicho Rosemary sobre el apodo del Asesinato de Cenicienta—. Lo más irónico es que Susan nunca vestía de forma llamativa. Había comprado esos zapatos en una tienda vintage para una fiesta de los setenta, pero Edwin, su agente, pensó que serían perfectos para la audición. Si el público necesitaba realmente una imagen visual a la que agarrarse, tendría que haber sido el collar, una cadena de oro con un precioso colgante en forma de herradura. La policía lo encontró junto a su cuerpo. La cadena se había roto durante la lucha. Se lo compramos cuando cumplió quince años y al día siguiente le dieron el papel de Sandy en la representación de *Grease* del instituto. Susan decía que era su collar de la suerte. Cuando la policía nos lo describió, Jack y yo enseguida supimos que habíamos perdido a nuestra pequeña.

En ese momento Laurie supo que quería que el asesinato de Susan Dempsey fuera su siguiente caso; una chica joven y brillante a quien le habían arrebatado la vida. Greg era un médico también joven y brillante a quien le habían arrebatado la vida. Su asesino estaba ahora muerto. El de Susan seguía ahí fuera.

6

Rosemary Dempsey se las apañó para cerrar la puerta trasera de su Volvo C30 con el codo derecho mientras hacía equilibrios con dos bolsas de papel de supermercado llenas hasta arriba. Cuando divisó a Lydia Levitt al otro lado de la calle, se dio rápidamente la vuelta con la esperanza de poder llegar hasta la puerta de su casa sin que reparara en ella.

No hubo suerte.

—¡Rosemary! Dios mío, ¿cómo puede una persona comer tanto? ¡Deja que te ayude!

¿Cómo podía una persona ser tan grosera?, se preguntó Rosemary. ¿Tan grosera y al mismo tiempo tan amable?

Sonrió educadamente y cuando quiso darse cuenta tenía a su vecina al lado cogiéndole una bolsa.

—Hum, pan de multicereales. Ah, y huevos ecológicos. Y arándanos. ¡Cuánto antioxidante! Bien hecho. Nos metemos tantas porquerías en el cuerpo... Mi debilidad son las gominolas. ¿Puedes creerlo?

Rosemary asintió y se aseguró de que Lydia viera su sonrisa cortés. Le echaba unos sesenta y cinco años, aunque en realidad le traía sin cuidado.

—Caray, ¿cierras con llave? Aquí nadie lo hace. —Lydia dejó la bolsa sobre la isla de la cocina, junto a la de Rosemary—. Mis gominolas traen a Don de cabeza. Se pasa el día encontrándose sorpresitas rosas y verdes entre los cojines del sofá. Dice que es como vivir con una niña de cinco años en domingo de Pascua. Dice que mis venas deben de estar llenas de azúcar, como los Pixy Stix.

Rosemary advirtió que la luz del contestador del teléfono que descansaba sobre la encimera de la cocina parpadeaba. ¿Era la llamada que estaba esperando?

—Gracias otra vez por la ayuda, Lydia.

—Deberías apuntarte al club de lectura de los martes por la noche. O a las sesiones de cine de los jueves. Tienes todas las actividades que quieras: punto, cocina, yoga.

Mientras Lydia se explayaba sobre los diferentes juegos a los que Rosemary podría jugar con sus vecinos, esta pensó en el largo camino que la había conducido hasta esa conversación. Siempre había supuesto que pasaría toda su vida en la casa donde había criado a su hija y vivido treinta y siete años con su marido. Pero las cosas, como había aprendido tiempo atrás, no siempre salían como uno esperaba. A veces era preciso reaccionar ante los golpes de la vida.

Tras la muerte de Susan, Jack se ofreció a dejar el trabajo y regresar a Wisconsin. Gracias a las acciones de la compañía que había acumulado a lo largo de los años y a su generosa pensión y prestaciones por jubilación, tenían dinero de sobras para mantenerse el resto de sus vidas. Pero Rosemary era consciente de que se habían creado una vida en California. Tenía su iglesia y su trabajo de voluntaria en el comedor social. Tenía amigos que la querían tanto que le llenaron el congelador de guisos durante meses, primero después de despedirse de Susan, luego de Jack.

Así que se había quedado en California. Cuando Jack murió no quiso seguir en la casa. Se le antojaba demasiado grande, demasiado vacía. Compró un adosado en una urbanización vigilada de las afueras de Oakland y continuó su vida allí.

Sabía que podía o bien convivir con el dolor o bien caer en la desesperación. La misa diaria se convirtió en una rutina. Incrementó su trabajo de voluntaria hasta el punto de convertirse en terapeuta del duelo.

Mirando atrás, tal vez le habría ido mejor en un apartamento en San Francisco. En la ciudad habría gozado de anonimato. En la ciudad podría comprar pan de multicereales y huevos ecológicos y acarrear sus bolsas de la compra y escuchar ese mensaje urgente que parpadeaba en el contestador sin tener que esquivar los esfuerzos de Lydia Levitt por reclutarla para las actividades de grupo.

Su vecina había terminado finalmente de enumerar todas sus propuestas.

—Eso es lo mejor de esta urbanización —dijo Lydia—. En Castle Crossings somos básicamente una familia. Oh, lo siento, no he podido elegir peor mis palabras.

Rosemary había conocido a Lydia Levitt dieciséis meses atrás, y sin embargo esta era la primera vez que se veía a sí misma a través de sus ojos. A sus setenta y cinco años, Rosemary ya era viuda desde hacía tres y había enterrado a su única hija dos décadas atrás. Lydia la veía como una anciana digna de compasión.

Quiso explicarle que se había creado una vida repleta de actividades y amigos, pero sabía que Lydia tenía parte de razón. Sus actividades y amigos eran los mismos que cuando era esposa y madre en San Mateo. Estaba tardando mucho en dejar entrar a gente nueva en su mundo, como si no deseara conocer a nadie que no hubiese conocido y querido también a Jack y a Susan. No deseaba relacionarse con nadie que pudiera verla, como en el caso de Lydia, como una viuda marcada por la tragedia.

—Te lo agradezco de veras, Lydia.

Esta vez su gratitud era sincera. Tal vez su vecina careciera de tacto, pero era afectuosa y amable. Rosemary se prometió a sí misma que le daría otra oportunidad cuando estuviese menos absorta en otros asuntos.

En cuanto se quedó sola conectó el contestador. Escuchó un pitido, seguido de una voz clara que insinuaba cierto entusiasmo.

«Hola, Rosemary, soy Laurie Moran de ⌐
Studios. Muchas gracias por enviarnos su autor⌐
ya le expliqué, que el programa salga adelante ⌐
número de personas relacionadas con el caso que cons⌐
reclutar. El agente de su hija, desafortunadamente, ha falle⌐
do, pero hemos enviado cartas a todos los nombres que nos
facilitó: Frank Parker, el director; Keith Ratner, el novio de
Susan, y Madison y Nicole, sus compañeras de cuarto. La última palabra la tiene mi jefe. No obstante, que usted esté dispuesta a participar es un gran paso. Realmente espero que el
proyecto se materialice. La llamaré en cuanto obtenga una
respuesta. Entretanto, si me necesita...»

Una vez que Laurie le dio sus datos de contacto, Rosemary guardó el mensaje. Mientras vaciaba las bolsas de la
compra marcó otro número de memoria. Era el de Nicole,
la compañera de cuarto de Susan en la universidad.

Rosemary le había contado que había decidido seguir adelante con el programa.

—Nicole, ¿has tomado ya una decisión sobre el programa?

—Todavía no.

Rosemary puso los ojos en blanco pero mantuvo la calma.

—En el primer especial resolvieron el caso.

—No estoy segura de querer toda esa atención.

—La atención no recaerá en ti. —Rosemary se preguntó si
su tono desvelaba su impaciencia—. El programa estará centrado en Susan, en intentar resolver su caso. Y tú eras su amiga. Sabes que siempre que alguien saca el tema en Facebook
o en Twitter surgen docenas de opiniones, muchas de las cuales insinúan que Susan era una cualquiera que se acostaba
con medio campus. Podrías ayudar a limpiar su imagen.

—¿Y los demás? ¿Has hablado con ellos?

—Todavía no —reconoció Rosemary—, pero los productores tomarán una decisión basándose en el grado de coope-
ración que obtengan de la gente relacionada con el caso. Tú
fuiste compañera de cuarto de Susan durante casi dos años.
Sabes que hay personas que no querrán cooperar.

No se molestó en mencionar sus nombres. El primero de la lista era Keith Ratner, cuyos devaneos Susan había perdonado tantas veces. Pese a su despreciable comportamiento, su actitud posesiva con Susan y sus celos injustificados lo convertían en el principal sospechoso a los ojos de Rosemary. Luego estaba Frank Parker, que había seguido adelante con su glamurosa carrera y que nunca se molestó en llamar o en enviar una tarjeta de pésame a Rosemary y a Jack por el fallecimiento de su hija, cuya única razón para ir a Hollywood Hills había sido reunirse con él. Y Rosemary siempre había desconfiado de Madison Meyer, la otra compañera de cuarto de Susan, que había aceptado encantada el papel que su hija debía defender aquella noche.

—Conociendo a Madison —estaba diciendo Nicole—, aparecerá perfectamente peinada y maquillada.

Nicole estaba intentando relajar la tensión mediante el humor, pero Rosemary estaba decidida a no ceder.

—Serás importante para la decisión de la productora.

Al otro lado de la línea se hizo un silencio pesado.

—No tardarán en tomar una decisión —insistió Rosemary.

—De acuerdo, pero primero debo solucionar un par de cosas.

—Date prisa, te lo ruego. El tiempo es importante. Tú eres importante.

Cuando colgó, Rosemary rezó para que Nicole aceptara. Cuantas más personas pudiera reclutar Laurie Moran, mayores serían las probabilidades de que una de ellas se delatara sin querer. Le sobrecogía la idea de revivir las terribles circunstancias que habían rodeado la muerte de Susan, pero tenía la sensación de que podía escuchar la voz dulce y adorable de Jack diciendo «no te rindas, Rosie».

Mi dulce y adorable Jack.

7

Cuarenta y cinco kilómetros hacia el norte, pasado el puente del Golden Gate, Nicole Melling oyó el chasquido al otro lado de la línea pero no fue capaz de pulsar el botón de colgar. Tenía la mirada clavada en el teléfono que sostenía en la mano cuando este empezó a pitar con fuerza.

Gavin, su marido, apareció en la cocina. Seguramente había oído el pitido desde su despacho en la planta de arriba.

Se detuvo en seco al reparar en el auricular, que Nicole finalmente devolvió a la base.

—Pensé que era el detector de humos.

—¿Debo tomármelo como una crítica a mi cocina? —preguntó ella.

—¿Cómo puedes pensar una cosa así? —Gavin la besó en la mejilla—. Eres la mejor cocinera, no, la mejor chef que conozco. Preferiría comer tres veces al día aquí que ir al mejor restaurante del mundo. Además, eres preciosa y tienes el carácter de un ángel. —Hizo una pausa—. ¿Me he dejado algo?

Nicole rió.

—Es suficiente.

Ella sabía que no era ninguna belleza. Tampoco era fea; tan solo del montón, una cara corriente. Pero Gavin siempre hacía que se sintiese una mujer maravillosa. Y para ella, él también era maravilloso. Cuarenta y ocho años, siempre intentando perder unos kilos, estatura media, pelo que empezaba a clarear; un torbellino de energía e inteligencia, cuyas decisiones bursátiles para el fondo de inversión que dirigía hacían de él un personaje destacado en Wall Street.

—En serio, ¿ocurre algo? Me preocupa un poco encontrarme a mi mujer en la cocina mirando fijamente el auricular del teléfono. Caray, por tu cara se diría que has recibido una amenaza.

Nicole meneó la cabeza, riendo. Su marido no tenía ni idea de lo mucho que su broma se acercaba a la verdad.

—No ocurre nada. Era Rosemary Dempsey.

—¿Está bien? Sé que te supo mal que no aceptara tu invitación para pasar Acción de Gracias con nosotros.

Nicole había hablado a su marido de la posibilidad de participar en ese programa. Pero no de cuáles habían sido las circunstancias de su vida cuando compartía cuarto con Susan.

No había sido su intención ocultárselo. Simplemente se había convencido de que no tenía nada que ver con la persona que había sido antes de conocerlo.

Si este programa veía la luz y alguien escarbaba lo bastante hondo, ¿no sería preferible contarle antes la verdad?

—¿Te acuerdas de aquel programa titulado *Bajo sospecha*? —comenzó.

Gavin la miró sin entender, luego su expresión cambió.

—Ah, sí, lo vimos juntos. Un *reality show* sobre un crimen real, el asesinato de la Gala de Graduación. Atrajo mucha atención. Acabó resolviendo el crimen.

Ella asintió.

—Están pensando en dedicar el próximo episodio al caso de Susan. Rosemary quiere que participe a toda costa.

Gavin arrancó unas uvas del cuenco de cristal que descansaba sobre la isla de la cocina.

—Deberías hacerlo —dijo, categórico—. Un programa como ese podría resolver el caso. —Hizo una pausa antes de añadir—: No quiero ni imaginarme lo que debe de ser para Rosemary no saber quién mató a su hija. Cariño, sé que no te gusta ser el centro de atención, pero si eso puede ayudar a

Rosemary a pasar página, creo que se lo debes. Siempre dices que Susan era tu mejor amiga. —Arrancó otro puñado de uvas—. Hazme un favor: después de la próxima llamada cuelga el teléfono, ¿quieres? Pensé que te habías desmayado.

Gavin regresó a su despacho. Gozaba del lujo (y la maldición) de poder dirigir un fondo de inversión desde cualquier lugar del planeta siempre que dispusiera de teléfono e internet.

Ahora que lo había expresado en voz alta, Nicole sabía que tenía que participar en el programa. Rosemary le estaba pidiendo que le ayudara a resolver el asesinato de su hija. Había sido la compañera de cuarto de Susan. ¿Acaso podía negarse? ¿Cómo podría dormir por las noches?

Veinte años era mucho tiempo, pero se le antojaba un minuto. Nicole se había ido del sur de California por una razón. Se habría mudado al Polo Norte de haber sido necesario. En San Francisco tenía a Gavin, un marido maravilloso. Con el matrimonio se había cambiado también el apellido. Nicole Hunter se había convertido en Nicole Melling. Había empezado de cero. Había encontrado paz. Incluso se había perdonado.

Ese programa podría estropearlo todo.

8

—Buenas tardes, Jennifer. ¿Está en su despacho?

La secretaria de Brett Young levantó la vista de la mesa.

—Sí, acaba de regresar de una comida.

Laurie había trabajado con Brett el tiempo suficiente para conocer su rutina: llamadas telefónicas, correos electrónicos y demás correspondencia por la mañana, una comida relacionada con el negocio (preferiblemente de doce a dos) y, por la tarde, de vuelta a su mesa para el trabajo creativo. Hacía solo unos meses, Laurie habría tenido que concertar una cita para ver a su jefe. Ahora que volvía a estar en lo más alto con *Bajo sospecha*, se hallaba entre los pocos afortunados que podían presentarse en su despacho sin avisar. Con un poco de suerte, Brett se habría permitido una o dos copas de vino en el almuerzo, lo que siempre contribuía a mejorar su humor.

Tras obtener el visto bueno de la secretaria, llamó a la puerta del despacho de Brett y abrió.

—¿Tienes un minuto? —preguntó.

—Desde luego, sobre todo si has venido a decirme que has decidido aceptar el caso del concurso de belleza infantil.

Levantó la vista. De sesenta y un años e indiscutiblemente guapo, Brett exhibía una expresión permanente de profundo disgusto.

Laurie se instaló en una butaca reclinable junto al sofá en el que su jefe había estado leyendo un guión. Su despacho le parecía espacioso, pero al lado del de Brett semejaba una caja de cerillas.

—Brett, ya hemos hablado de ese caso. No hay nada nuevo que añadir a la investigación. El objetivo de nuestro programa es obtener testimonios en primera persona de gente relacionada directamente con el caso, gente que podría estar implicada.

—Y harás exactamente eso. Echarles a Alex Buckley y ver cómo los testigos se retuercen en sus asientos.

Alex Buckley era el renombrado abogado penalista que había presentado el programa del asesinato de la Gala de Graduación. Su manera de entrevistar a los testigos había sido perfecta, pasando de la empatía moderada al interrogatorio implacable.

Desde entonces Laurie lo había visto con cierta asiduidad. En otoño, Alex había invitado a su padre, a Timmy y a ella, a partidos de fútbol de los Giants y en verano a partidos de béisbol de los Yankees. Los cuatro eran fervientes seguidores de ambos equipos. Alex casi nunca la invitaba a salir a solas, intuyendo quizá que no estaba preparada para dar otro paso en la relación. Laurie necesitaba terminar el proceso de duelo, cerrar el capítulo de su vida con Greg.

Además, ella era demasiado consciente de la frecuencia con que él era mencionado en las columnas de sociedad por haber acompañado a alguna celebridad a algún evento social. Alex Buckley era un hombre muy, muy deseado en la ciudad.

—Ni el propio Alex Buckley podría resolver ese caso —insistió Laurie—, porque no tenemos ni idea de a quién interrogar. Las pruebas de ADN descartaron a toda la familia de la niña y la policía no identificó a otros sospechosos. Fin de la historia.

—¿A quién le importa? Desempolva esos viejos vídeos de concursos de belleza y fotos glamurosas y verás el salto que pega la aguja Nielsen. —No era la primera vez que Brett sermoneaba a Laurie sobre la importancia de los índices de audiencia, y no sería la última—. ¿Necesitas algo nuevo? Busca a un científico que realice una progresión facial de la víctima. Muestra a los espectadores qué cara tendría ahora.

—No funcionará. Una fotografía manipulada jamás podrá contar la historia de una vida perdida. A saber lo que el futuro podría haber deparado a esa niña.

—Escúchame bien, Laurie. Soy un hombre de éxito, sé de lo que hablo y estoy intentando ayudarte para que tu programa siga triunfando. Hay quien diría que tuviste suerte la primera vez y que has estado viviendo de ella desde entonces.

Había transcurrido casi un año desde la emisión del primer especial de *Bajo sospecha*. Desde entonces, Laurie había dirigido algunas series mediocres de la productora, pero Brett estaba deseando explotar la marca *Bajo sospecha*.

—Confía en mí. He revisado los archivos y he encontrado un gran caso. Es perfecto para *Bajo sospecha*. El Asesinato de Cenicienta.

Le tendió un retrato de Susan Dempsey, una foto profesional de rostro que había utilizado para sus audiciones. La primera vez que la vio, Laurie tuvo la sensación de que Susan atravesaba la cámara con la mirada, de que la miraba directamente a ella. Susan había sido bendecida con unas facciones casi perfectas —pómulos altos, labios carnosos, ojos intensamente azules—, pero la verdadera belleza estaba en la energía de esa mirada.

Brett apenas le echó un vistazo.

—Nunca he oído hablar de ese caso. ¡Siguiente! En serio, Laurie, ¿es preciso que te recuerde los fracasos que tuviste antes de que apareciera *Bajo sospecha*? Tú mejor que nadie deberías saber que el éxito es efímero.

—Lo sé, lo sé, pero sí has oído hablar de ese caso, Brett. La víctima era una estudiante de UCLA a la que encontraron muerta en Hollywood Hills. Por lo visto no se presentó a una audición que tenía esa noche.

Esta vez Brett se dignó mirar la foto.

—Caray, qué bellezón. ¿Es el caso en el que está metido Frank Parker?

Si Frank Parker no se hubiera hecho famoso, la gente probablemente ya se habría olvidado del Asesinato de Cenicienta. Pero de tanto en tanto, por lo general cuando Parker sacaba otra película o era nominado para otro premio, alguien mencionaba el antiguo escándalo en la vida del director.

—La víctima se llamaba Susan Dempsey —comenzó Laurie—. A decir de todos, era una chica excepcional: inteligente, atractiva, con talento y trabajadora.

Brett le indicó con la mano que fuera al grano.

—No estamos repartiendo medallas. ¿Por qué sería una buena apuesta televisiva? —preguntó.

Laurie sabía que Brett Young jamás comprendería su empeño en ayudar a la madre de Susan. Así que enumeró con entusiasmo todas las razones por las que Grace y Jerry encontraban tan fascinante el caso.

—Para empezar, el escenario es insuperable. Tenemos el campus de UCLA, el oropel de Hollywood, el toque de novela negra de Mulholland Drive.

Brett escuchaba ahora con suma atención.

—Has pronunciado la palabra justa: «Hollywood». Celebridades. Fama. Eso es lo que hará que la gente se interese por el caso. ¿No la encontraron cerca de la casa de Parker?

Ella asintió.

—A un tiro de piedra, en Laurel Canyon Park. Parker dice que Susan no se presentó a la audición, pero el coche de ella apareció estacionado en el campus. La policía nunca ha establecido cómo fue Susan desde UCLA hasta Hollywood Hills.

—Parker sabía que Susan estudiaba en esa universidad. Si tenía el coche en casa de Parker y este tuvo algo que ver con lo ocurrido, puede que él mismo lo devolviera al campus —señaló lentamente Brett.

Laurie levantó la vista.

—Brett, si no te conociera diría que el caso empieza a interesarte.

—¿Participará Parker?

—Todavía no lo sé, pero cuento con el beneplácito de la

madre de Susan, y eso nos ayudará. Está muy motivada y seguro que convence a los amigos de Susan para que hablen ante las cámaras.

—Los amigos, colegas, familiares no harán que la gente conecte su DVR. Un director nominado a los Oscar sí. Y consigue a esa actriz, la que se quedó con el papel.

—Madison Meyer —le recordó Laurie—. La gente ha olvidado que, además de conseguir el papel al que aspiraba Susan, Madison era una de sus compañeras de cuarto.

Según Frank Parker, al no presentarse Susan a la prueba, llamó a Madison Meyer, otra estudiante del departamento de drama de UCLA, y le propuso una audición. Cuando la policía la interrogó, Madison coincidió con Parker en que se encontraba con él en su sala de estar cuando Susan murió.

—Qué curioso que le diera el papel a una actriz novata que, además, le proporcionaba una buena coartada —murmuró Brett frotándose la barbilla, un claro indicio de que el tema le interesaba.

—Es un buen caso para el programa, Brett. Lo intuyo. Lo sé.

—Sabes que te aprecio mucho, Laurie, pero tu intuición no es suficiente, sobre todo habiendo tanto dinero en juego. Tu programa no es barato. El Asesinato de Cenicienta es otro caso no resuelto sin Frank Parker. Consíguelo para el programa y te daré luz verde. De lo contrario, tengo un plan B que no puede fallar.

—Déjame adivinar: el concurso de belleza infantil.

—Lo has dicho tú, no yo.

Sin presiones, pensó Laurie.

9

Frank Parker estaba contemplando Madison Square Park desde una altura de cincuenta y nueve plantas. Adoraba Nueva York. Si miraba hacia el norte por los ventanales de su ático, podía ver el otro extremo de Central Park. Se sentía como Batman observando Gotham.

—Lo siento, Frank, pero me pediste que te insistiera sobre ciertos asuntos pendientes antes de que terminara el día.

Frank Parker se dio la vuelta y descubrió a Clarence, su ayudante, en la puerta de la sala de estar. Clarence tenía treinta años largos pero conservaba el cuerpo de una rata de gimnasio de veinte. La elección de su vestimenta —ese día un ceñido jersey negro y un pantalón estrechísimo— tenía como objetivo, sin duda, resaltar esos músculos de los que estaba tan orgulloso. Cuando Parker lo contrató, Clarence le contó que detestaba su nombre pero que la gente se quedaba con él justamente por lo feo que era, de modo que ya le iba bien.

Se había pasado todo el vuelo desde Berlín intentando que Frank se concentrara en temas varios, como solicitudes de entrevistas, mensajes telefónicos e incluso la selección del vino para la fiesta de un estreno. Por un lado, era la clase de detalles para los que Frank no tenía paciencia. Por otro, la gente que trabajaba para él ya sabía qué decisiones podían sacarlo de sus casillas en el caso de no ser acertadas. Tenía fama de controlador. Parker daba por hecho que por eso era tan bueno en su trabajo.

Pero mientras el pobre Clarence suplicaba su atención, Frank estaba concentrado en leer guiones. La oportunidad de leer en paz en su avión privado había sido la única parte del viaje de la que había disfrutado. Por provinciano que eso pudiera parecer, detestaba salir de Estados Unidos. Por el momento, sin embargo, los festivales de cine extranjeros eran el último grito. Uno nunca sabía qué pequeña joya podía encontrar para adaptarla y convertirla en un éxito de taquilla en Estados Unidos.

—¿Es posible que aún no sepas, Clarence, que cuando te pido que no dudes en interrumpirme con un asunto dado en el futuro es simplemente mi manera de demorar una conversación?

—Claro que lo sé, y eres libre de mandarme otra vez al cuerno, pero mañana no me eches la caballería encima si se produce una catástrofe porque no dejaste que te diera los mensajes.

Talia, la esposa de Frank, se detuvo en el pasillo, frente a la sala.

—Por lo que más quieras, deja de meterte con Clarence. Probablemente nos cortarían la luz si él no se ocupara de nuestros asuntos. Si esperas a regresar a Los Ángeles, volverás a estar demasiado ocupado. Sigue mirando por tu preciosa ventana y déjale hacer su trabajo.

Frank se sirvió un dedo y medio de whisky en un vaso corto y tomó asiento en el sofá. Clarence se instaló en una butaca orejera frente a él.

El primer asunto de la lista era la insistencia de la productora de cine para que les concediera una larga entrevista para un artículo de una revista con el fin de promocionar el estreno de su película *Peligrosos*, previsto para el verano.

—Diles que lo haré, pero no con Theresa, esa espantosa mujer. —Una de las articulistas de la revista, célebre por presentar a sus entrevistados desde la peor perpectiva posible.

A continuación, Clarence le recordó que la opción que

Frank tenía sobre la novela de más éxito del año anterior estaba a punto de expirar.

—¿Cuánto hay que pagar?

—Otro cuarto de millón para alargarla doce meses.

Parker asintió y agitó la mano. Tenía que hacerse.

Nada de todo eso le parecía tan urgente para haber tenido a Clarence incordiándolo todo el día.

Clarence estaba consultando sus notas. Abrió la boca para hablar, pero no salió nada de ella. Respiró hondo, sonrió y probó de nuevo. Tampoco esta vez.

—¿Qué te pasa? —preguntó Frank.

—No sé cómo plantearte el siguiente punto.

—Si pudiera leer la mente de las personas no te necesitaría, ¿no crees?

—Vale. Ha llegado una carta de los productores de un programa de televisión. Les gustaría hablar contigo.

—No. Haremos publicidad cuando se acerque el estreno. Ahora es demasiado pronto.

—No quieren hablar de *Peligrosos*. Quieren hablar de ti. Del pasado.

—¿No es lo que acabo de acordar con el artículo de esa revista?

—No, Frank, quiero decir del pasado, pasado. El programa se titula *Bajo sospecha*.

—¿Y de qué va?

—Siempre olvido que eres un genio del cine pero te niegas a enterarte de lo que pasa en televisión. Es un programa sobre crímenes. La idea es reconstruir casos sin resolver con la ayuda de las personas que estuvieron involucradas en ellos. Tú te viste implicado en el caso de Susan Dempsey y quieren que participes en el próximo programa.

Presa del pasmo, Frank se volvió de nuevo hacia la ventana. ¿Cuándo dejaría la gente de relacionarlo con aquel horrible suceso?

—O sea que quieren hablar conmigo de Susan Dempsey. —Clarence asintió—. Como si no hubiese hablado ya lo suficiente entonces con la policía, los abogados, los ejecutivos de la productora de cine, quienes, por cierto, estuvieron en un tris de hundirme en la miseria. No hacía más que hablar de ese maldito caso. Y aquí estamos otra vez.

—Frank, quería esperar unos días para hablarte de esa carta, pero la productora del programa, Laurie Moran, ha conseguido mi número y hoy me ha llamado ya dos veces. Si quieres, podemos decirle que estás demasiado ocupado con el montaje de *Peligrosos*, e incluso repetir un par de tomas aéreas en París para que no estés disponible.

En el bolsillo del pantalón de Clarence empezó a sonar una canción moderna. Sacó el móvil y miró la pantalla.

—Es la productora.

—Contesta.

—¿Estás seguro?

—¿Te parezco inseguro?

—¿Diga? —dijo Clarence al teléfono.

Frank había llegado donde estaba confiando en su intuición. Siempre. Mientras oía a su ayudante recitar el acostumbrado «Transmitiré el mensaje al señor Parker», alargó la palma de la mano. Clarence meneó la cabeza, pero Frank insistió.

Expresando su desacuerdo con un sonoro suspiro, su ayudante le pasó el teléfono.

—¿Qué puedo hacer por usted, señorita Moran?

—Ante todo, gracias por atender mi llamada, sé que es un hombre muy ocupado —dijo la mujer en un tono amable pero profesional, y procedió a explicarle la naturaleza de su programa de televisión. Habiendo escuchado una descripción similar de boca de Clarence, Frank estaba empezando a entender el concepto de recreación—. Quería cerciorarme de que había recibido mi carta en la que le invito a contar su versión de la historia. Podemos amoldarnos a su agenda. Iremos a Los Ángeles o a donde a usted le vaya mejor. Si por alguna razón le incomoda hablar de su relación con Susan, durante el programa informaremos a los espectadores de que rechazó la invitación a ser entrevistado.

Clarence había acusado a Frank de no saber nada de televisión, pero sabía lo suficiente sobre el mundo del entretenimiento en general para comprender que lo que le estaba proponiendo esta mujer podía ser un farol. ¿A quién le interesaría ver un programa sobre el Asesinato de Cenicienta si él no formaba parte del mismo? ¿Conseguiría, si colgaba ahora, detener el proyecto? Tal vez. Pero si el programa seguía adelante sin su presencia, no tendría el control sobre el retrato que hicieran de él. La productora podría ponerlo en el primer puesto de su lista de personas que seguían «bajo sospecha», que era el título del programa. Solo le faltaba que los compradores de entradas boicotearan sus películas.

—Me temo que no estaba al corriente de la existencia de esa carta, señorita Moran; de lo contrario me habría puesto en contacto con usted. Pero sí, buscaré un hueco para intervenir en su programa. —Clarence abrió los ojos como platos—. ¿Ha hablado ya con Madison Meyer?

—Confiamos en que todos los testigos relevantes se presten a participar. —La productora se negaba a mostrar sus cartas.

—Si Madison se halla en la misma situación que la última vez que la vi, yo me presentaría en su casa con un equipo de televisión. No hay nada tan persuasivo para una actriz en paro como ser el foco de atención.

Parecía que Clarence iba a saltar de la butaca.

—Dejaré que ultime los detalles con Clarence —concluyó Frank—. Consultará mi agenda y se pondrá en contacto con usted.

Se despidió y devolvió el móvil a su ayudante.

—¿Le voy dando excusas por problemas de agenda hasta que pille la indirecta?

—No. Vas a asegurarte de que esté disponible. Y quiero hacerlo en Los Ángeles. Quiero ser un participante más, con las mismas condiciones que los otros jugadores.

—Frank, me parece una mala...

—Lo tengo decidido, Clarence, pero gracias.

Cuando su ayudante se hubo marchado, Frank dio otro sorbo a su whisky. Había llegado donde estaba confiando en su intuición, sí, pero también gracias a su talento para controlar cómo narrar una historia. Y su intuición le decía que ese programa de televisión sobre Susan Dempsey sería, simplemente, otra historia sobre la que ejercer su control.

Talia seguía en el pasillo cuando vio al ayudante de su marido salir del apartamento.

Llevaba diez años casada con Frank. Todavía recordaba el día que llamó a sus padres a Ohio para anunciarles su compromiso. Pensaba que les alegraría saber que sus días de pruebas para anuncios y papeles insignificantes habían terminado. Ya no tendrían que preocuparse de que viviera sola en aquel humilde apartamento de Glassell Park. Su hija iba a casarse, y con un director rico y famoso.

En lugar de eso su padre dijo: «Pero ¿no tuvo algo que ver con la muerte de aquella chica?».

Había escuchado el tono en que su marido había hablado a Clarence y a esa persona de la tele por teléfono. Sabía que no conseguiría hacerle cambiar de opinión.

Se descubrió dando vueltas a su alianza, observando el brillante de tres quilates girar alrededor de su dedo. Y no pudo evitar pensar que su marido estaba cometiendo un tremendo error.

10

Laurie estaba agotada para cuando el tren de las seis se detuvo en su estación de la Noventa y seis con Lexington. Mientras subía las escaleras hasta la calle —con sus nuevos zapatos de charol negro de Stuart Weitzman todavía por ablandar— se recordó de inmediato que debía estar agradecida por la libertad de poder viajar en metro sin miedo, como el resto de la gente. Un año atrás no se habría atrevido a hacerlo.

Ya no escudriñaba cada rostro entre la multitud en busca de un hombre de ojos azules. Esa era la única descripción que Timmy había sido capaz de dar del hombre que había disparado a su padre en la frente, a bocajarro, delante de su hijo. Una mujer mayor había oído al hombre decir: «Timmy, dile a tu madre que ella será la siguiente. Y luego irás tú».

Laurie había vivido cinco años con el temor de que el hombre conocido como Ojos Azules los encontrara a Timmy y a ella y acabase con sus vidas, tal como había prometido. Hacía casi un año que la policía había matado a Ojos Azules mientras este intentaba llevar a cabo su retorcido plan. Los temores de Laurie no habían desaparecido del todo, pero poco a poco empezaba a sentirse de nuevo una persona normal.

Su piso estaba a solo dos manzanas, en la Noventa y cuatro. Entró en el edificio y saludó al portero con la mano camino de los buzones y del ascensor.

—Hola, Ron.

Al llegar a su puerta, introdujo una llave en la cerradura superior y otra en el pomo, y una vez dentro del apartamento volvió a echarlas. Se descalzó mientras dejaba el correo, el bolso y la cartera sobre la consola de la entrada. Luego se quitó la americana y la arrojó sobre el bolso. Lo recogería todo más tarde.

Había sido un día largo.

Fue directa a la cocina, sacó de la nevera una botella de sauvignon blanco ya descorchada y se sirvió una copa.

—Timmy —llamó.

Bebió un sorbo y al instante notó que el estrés del día empezaba a diluirse. Había sido uno de esos días en que no había tenido ni un minuto para comer, beber o consultar sus correos electrónicos. Al menos el trabajo había dado sus frutos. Todas las piezas para que *Bajo sospecha* cubriera el Asesinato de Cenicienta empezaban a encajar.

—¿No me oyes, Timmy? ¿Te ha dejado el abuelo jugar otra vez a los videojuegos?

Desde la muerte de Greg, el padre de Laurie, Leo Farley, también había ejercido de padre con Timmy, que tenía ahora nueve años: el niño había pasado más de media vida solo con su madre y su abuelo, quien cuidaba de él.

Laurie estaba segura de que no habría podido apañárselas para seguir trabajando a tiempo completo sin la ayuda de su padre. Leo vivía a solo una manzana de su casa. Cada día acompañaba a Timmy al colegio Saint David, en la Ochenta y nueve con la Quinta Avenida, lo recogía por la tarde y se quedaba con él hasta que Laurie regresaba del trabajo. Ella estaba demasiado agradecida para protestar cuando el abuelo permitía a su nieto pequeños caprichos como un helado antes de cenar o videojuegos antes de los deberes.

De pronto cayó en la cuenta de que en el apartamento reinaba el silencio. No se oía la voz de su padre explicando a Timmy un problema de matemáticas. No se oía la voz de Timmy pidiendo a su abuelo que le contara sus anécdotas favoritas sobre sus tiempos en el Departamento de Policía de Nueva York. «Cuéntame aquella vez que perseguiste a un tipo malo en un bote de remos en Central Park.» «Cuéntame aquella vez que un caballo de la policía se escapó en la West Side Highway.» No se oían vídeos ni juegos procedentes del iPad de Timmy.

Solo se oía silencio.

—¡¿Timmy!? ¡¿Papá?!

Salió tan deprisa de la cocina que olvidó por completo que llevaba una copa en la mano. El vino blanco salpicó el suelo de mármol. Pisoteándolo, echó a correr por el pasillo con los pies mojados. Trató de recordarse que Ojos Azules estaba muerto. Ahora estaban a salvo. Pero ¿dónde estaba su hijo? ¿Dónde estaba su padre?

A esas horas ya deberían estar en casa. Cuando irrumpió en la sala de estar, su padre la miró con extrañeza desde su cómodo sillón de cuero. Tenía los pies descansando sobre un escabel.

—Hola, Laurie. ¿Por qué corres?

—Para hacer un poco de ejercicio —respondió ella volviéndose hacia el sofá, en el que vio a Timmy hecho un ovillo, con un libro en las manos.

—Estaba agotado después del fútbol —explicó Leo—. De regreso a casa, se le cerraban los ojos por el cansancio. Sabía que se quedaría frito en cuanto se tumbara. —Miró su reloj—. Caray, ya lleva dos horas. Esta noche no habrá quien lo duerma. Lo siento, Laurie.

—No te preocupes.

—Estás muy blanca. ¿Qué ocurre?

—Nada, simplemente me he...

—Asustado.

—Sí, por un momento.

—Es comprensible.

Leo se incorporó, le cogió la mano y le dio un apretón tranquilizador.

Puede que su hija tomara el metro con la misma naturalidad que el resto de la gente, pero todavía persistía el temor. ¿Cuándo volverían las cosas a ser del todo normales?

—Timmy comentó que le apetecía comida india para cenar —dijo Leo—. ¿A qué niño de nueve años le gusta el cordero *saagwala*?

Timmy abrió los ojos al oír sus voces y se levantó de un salto para dar un abrazo de oso a su madre. Sus enormes ojos castaños, todo expresión y pestañas, parpadearon. Laurie se inclinó para estrecharlo con fuerza. La cabeza de su hijo todavía estaba caliente y olía a sueño. No necesitaba una copa de vino para sentir que estaba en casa.

Tres horas más tarde los deberes del colegio estaban terminados, los restos de la cena india habían sido retirados y Timmy —tras disfrutar de su tradicional «refrigerio nocturno»— se fue a la cama.

Laurie regresó a la mesa; Leo estaba terminando su segunda taza de café.

—Gracias, papá —dijo.

—¿Por encargar la cena?

—No. Por todo. Por cada día.

—Vamos, Laurie. Sabes que es el mejor trabajo que he tenido en mi vida. Y ahora dime, ¿son imaginaciones mías o esta noche Timmy y yo no éramos los únicos de este apartamento que estábamos un poco cansados? Te juro que a veces pienso que tienes razón sobre esa conexión psíquica de la que tanto hablas.

Cuando Timmy nació, Laurie estaba convencida de que su hijo y ella poseían un vínculo inexplicable que no precisaba de palabras ni de contacto físico. Laurie se despertaba en mitad de la noche segura de que algo ocurría, únicamente para encontrar silencio y oscuridad. Al cabo de unos segundos, invariablemente, el vigilabebés crepitaba con el sonido de un llanto. ¿Y acaso esta noche no había pensado ella, mientras regresaba a casa en metro, que le apetecía pollo *tikka masala*?

—Claro que tengo razón —dijo con una sonrisa—. Yo siempre tengo razón, en todo. Y tú también la tienes cuando dices que parezco un poco cansada, aunque la verdad es que estoy agotada. Ha sido un día muy largo.

Le habló del visto bueno, con condiciones, de Brett Young para cubrir el Asesinato de Cenicienta en la próxima entrega de *Bajo sospecha*, y de su conversación telefónica con Frank Parker.

—¿Hablaba como un asesino? —preguntó Leo.

—Tú me enseñaste que las personas más frías y crueles pueden ser también las más encantadoras.

Leo no contestó.

—Papá, sé que todavía te preocupas por mí.

—Naturalmente, igual que tú te preocupaste por Timmy y por mí cuando llegaste hoy a casa. Ojos Azules está muerto, pero la misma naturaleza de tu programa hace que en cada rodaje existan muchas probabilidades de que estés en la misma habitación que un asesino.

—No hace falta que me lo recuerdes. Aun así, Grace y Jerry están siempre conmigo y tengo un equipo de cámaras. No estoy sola en ningún momento. Probablemente esté más segura en el trabajo que caminando por la calle.

—Vaya, me dejas mucho más tranquilo.

—No corro ningún peligro, papá. Frank Parker es ahora un director de éxito. No tiene un pelo de tonto. Si él mató a Susan Dempsey, lo último que hará es desenmascararse intentando hacerme daño.

—Pues yo estaría mucho más tranquilo si Alex fuera una de esas personas que están siempre contigo en el trabajo. ¿Estará disponible para este proyecto?

—Mantengo los dedos cruzados, pero Alex tiene un despacho de abogados que dirigir, papá. No necesita un trabajo extra como personaje televisivo.

—Eso es un cuento y lo sabes. Cuanto más salga en televisión, más clientes acudirán a su despacho.

—En fin, esperemos que se una al proyecto. —Laurie enseguida añadió—: Y no por la razón que tú has mencionado, sino porque nadie podría hacerlo mejor que él.

—Y porque a los dos os gusta estar juntos.

—Es imposible engañar al detective que llevas dentro. —Laurie sonrió y le dio unas palmaditas en la rodilla abandonando temporalmente el tema—. Frank Parker dijo hoy algo interesante. Comentó que la mejor manera de conseguir que Madison Meyer se comprometa con el programa es apareciendo en su casa con un equipo de televisión.

—Tiene sentido. Como agitar una aguja delante de las narices de un yonqui. Tú misma dijiste que su carrera está prácticamente acabada. Cuando vea lo deprisa que podría volver a estar en el punto de mira, le costará mucho decir que no.

—Y estamos hablando de Los Ángeles —añadió Laurie pensando en alto—. Seguramente podría conseguir un equipo de televisión por un precio módico. Con Madison, Parker y la madre de Susan dispuestos a participar, dudo mucho que Brett se niegue a darme luz verde.

Cogió su móvil de la mesita de centro y envió un mensaje de texto a Jerry y a Grace: «Preparad una bolsa con ropa de verano. Nos vamos a L. A. mañana a primera hora».

Al día siguiente por la tarde, en Los Ángeles, Laurie detuvo la camioneta de alquiler junto al bordillo y comprobó que la dirección coincidía con la que había introducido en el GPS. Jerry y el pequeño equipo de producción contratado para la ocasión —un técnico de sonido y dos tipos con sendas cámaras al hombro— ya estaban bajando por la puerta de atrás. Grace le preguntó:

—¿Va todo bien? Pareces dudosa.

A veces a Laurie le asustaba la facilidad con que Grace le leía el pensamiento. Ahora que se disponían a presentarse sin avisar en la última dirección conocida de Madison Meyer, se preguntaba si no estarían cometiendo una locura.

En fin, se dijo, así es la telerrealidad. Había que arriesgar.

—Estoy bien —dijo apagando el motor—. Solo me estaba asegurando de que fuera la dirección correcta.

—No es precisamente Berverly Hills —observó Grace.

La casa era diminuta y la pintura azul estaba empezando a desconcharse. El césped tenía pinta de no haber sido cortado en un mes. Las macetas resecas de las ventanas solo contenían tierra.

Laurie se encaminó hacia la puerta con Grace y Jerry pisándole los talones y el equipo de televisión cerrando la marcha. Llamó al timbre tres veces antes de que unas uñas rojas descorrieran ligeramente la cortina de la ventana más próxima. Dos minutos después, una mujer a la que Laurie reconoció como Madison Meyer, abrió finalmente la puerta. A juzgar por el fresco carmín que hacía juego con las uñas, supuso que Madison se había retocado el maquillaje antes de recibir a sus invitados.

—Madison, me llamo Laurie Moran. Soy productora de Fisher Blake Studios y quisiera que participase en un programa con más de diez millones de espectadores.

La casa era pequeña y reinaba el caos. Había revistas desperdigadas por toda la sala de estar: sobre el sofá, sobre la mesa de centro, en una pila en el suelo junto al televisor. En su mayoría eran revistas del corazón con interesantes titulares como «¿A quién le quedaba mejor?» y «Adivina qué pareja está a punto de romper». Dos estanterías estrechas que cubrían una de las paredes aparecían repletas de recuerdos relacionados con el éxito efímero de Madison como actriz. En el centro estaba la estatuilla que había recibido por su primer papel, el que Frank Parker le había ofrecido después de que Susan, presuntamente, no se presentara a la prueba: un Spirit, no un Oscar, pero aun así presagiaba una carrera prometedora. No obstante, según había averiguado Laurie, después de ese reconocimiento la carrera de Madison había caído en picado.

—¿Recibió la carta que le envié, señorita Meyer?

—Creo que no. O puede que sí la recibiera y simplemente

esperaba saber si seguirían adelante con la idea. —Sonrió con coquetería.

Laurie le devolvió la sonrisa.

—Pues ya ve que sí. —Hizo las presentaciones, y Jerry y Grace estrecharon la mano de Madison—. ¿Ha oído hablar del programa *Bajo sospecha*?

—Ya lo creo —dijo Madison—. Vi el del año pasado. Incluso comenté en broma que tarde o temprano alguien vendría a verme preguntando por mi compañera de cuarto. ¿Es por eso por lo que están aquí?

—Como bien sabe —prosiguió Laurie—, todos estos años se ha especulado mucho sobre la posibilidad de que usted encubriera a Frank Parker. Declaró que estaba con él en su casa a la hora en que asesinaron a Susan.

Madison abrió la boca para responder, pero finalmente apretó los labios y asintió despacio. Ahora que la tenía delante, Laurie podía ver que Madison había conservado su belleza. Tenía una melena rubia y brillante, un rostro con forma de corazón y unos penetrantes ojos verdes. El cutis se mantenía blanco y sin manchas. Pero también podía ver los cambios que el tiempo había provocado en su cara, así como los esfuerzos de Madison por ocultarlos. Una fina raya pardusca en el pelo desvelaba que necesitaba otra sesión de tinte. La frente mostraba una tersura antinatural y la redondez de los pómulos y los labios eran el producto de infiltraciones. Seguía siendo una mujer preciosa, pero Laurie se preguntó si no lo habría sido aún más sin todos esos retoques.

—Es cierto —dijo Madison—. Me refiero a lo de las especulaciones.

—¿No tiene nada que decir al respecto? —insistió Laurie.

—¿Soy la primera persona con la que habla? La carta que envió parecía bastante genérica.

—Ah, veo que ahora sí recuerda la carta —señaló Laurie enarcando una ceja—. Tiene razón, hemos hablado con otros. Estamos intentando reunir el mayor número posible de personas que conocían a la víctima...

—¿Y qué personas son esas? ¿Quién ha aceptado?

Laurie no vio nada malo en la pregunta de Madison.

—La madre de Susan. Su otra compañera de cuarto, Nicole Melling, también ha mostrado interés. Y Frank Parker.

Los ojos verdes de Madison titilaron con la mención del nombre del director.

—Imagino que su programa pagará —dijo.

—Por supuesto. Quizá no tanto como una productora de cine, pero creo que encontrará justa la compensación.

Laurie sabía que Madison llevaba mucho tiempo sin recibir ofertas de productoras de cine.

—Entonces, antes de decir nada ante las cámaras pediré a mi agente que la llame para hablar de las condiciones. Y ustedes —se volvió hacia los dos cámaras—, cuando llegue la hora de filmar, recuerden que mi perfil bueno es el izquierdo. Y no quiero luz de fondo. Me pone años.

Laurie sonrió mientras regresaba a la camioneta. Madison Meyer estaba haciéndose rogar pero ya hablaba como la estrella del programa.

11

Algunas personas eran animales de costumbres.

Madison no. De hecho, ni siquiera se llamaba Madison. Su verdadero nombre era Meredith Morris. ¿Acaso podía ser más anticuado? Ni siquiera podía sacar de él un apodo atractivo. Había probado con Merry, pero la gente lo confundía con Mary. Luego probó con Red, pero no tenía sentido en una rubia. No obstante, siempre le habían gustado las aliteraciones. Cuando se matriculó en UCLA para contentar a sus padres, se puso el nombre de Madison Meyer, decidida a que Hollywood la descubriera.

En distintas etapas de su vida había sido vegetariana, dueña de un arma, libertaria, conservadora, liberal. Se había casado y divorciado tres veces. Había salido con actores, banqueros, abogados, camareros, e incluso con un granjero. Madison cambiaba continuamente. La única constante en su vida era el deseo de convertirse en estrella.

Pero igual que a Madison le gustaba reinventarse, a Keith Ratner le gustaba aferrarse a sus hábitos. En la universidad había flirteado, había bailado e incluso se había perdido por ahí con Madison y otras chicas, pero siempre, siempre volvía con su amada Susan. A su loca manera era un hombre fiel, como un bígamo que insiste en que su único crimen es amar a sus esposas demasiado para decepcionarlas.

Y del mismo modo que Madison siempre había sabido que

Keith nunca dejaría a su novia del instituto, estaba segura de que en ese momento lo encontraría en Teddy's, su bar preferido, un local frecuentado por famosos situado en la esquina del hotel Roosevelt. Y lo encontró sentado en el mismo taburete donde lo había visto la última vez, seis meses atrás. Debería llamarlo Rain Man, por lo apegado que estaba a su rutina. Hasta creyó reconocer el líquido claro que tenía en el vaso.

—Déjame adivinar —dijo a modo de saludo—. ¿Patrón Silver con hielo?

Keith esbozó una amplia sonrisa. Veinte años después y esa sonrisa todavía conseguía estremecerla.

—No —respondió él agitando el vaso—. Me sigue encantando este bar, pero hace años que me pasé a la soda. Luego me iré a entrenar un rato al Twenty-Four Hour Fitness.

Años atrás, en la cumbre de la carrera televisiva de Keith, Madison lo había oído hablar en una entrevista de su compromiso con el cuidado de la salud, con el trabajo de voluntario y con su iglesia. Le pareció un recurso publicitario, pero aquí estaba, en su bar favorito, tomando una soda.

—¿Sigues intentando convencer a todo el mundo de que te has reformado? —le preguntó.

—Cuerpo sano, mente sana.

Madison hizo señas a una camarera y pidió un martini con pepino.

—Pues yo opino que el vodka es una bebida muy sana.

—Hablando de opiniones —bromeó Keith—, ¿cómo consiguen las mujeres como tú cruzar la cinta roja?

Madison había despegado como actriz antes que Keith gracias a su papel en *La bella tierra*, la primera película de éxito de Frank Parker. Pero la carrera de Keith no se había apagado como la suya. Si supiera lo mucho que la hería su comentario... Madison, efectivamente, había deslizado un billete de veinte dólares en la mano del gorila para que le dejara pasar.

—Sabía que te encontraría aquí —dijo.

—Entonces ¿no es un encuentro casual?

Era evidente que Keith todavía era consciente del poder que ejercía sobre ella. Madison rememoró el día en que lo conoció, durante su primer año en UCLA. Ella se había presentado a un casting para un musical infumable basado en la vida de Jackson Pollock. Keith estaba allí para competir por el papel de Pollock; ella por el de su esposa, Lee Krasner. Mientras leían el dramático diálogo, Madison se percató de que los dos estaban haciendo un gran esfuerzo por contener la risa. Cuando el director de casting les dijo que eran «demasiado guapos para este proyecto», estallaron finalmente en carcajadas. Se fueron directamente a un bar cercano, donde Keith conocía a un camarero dispuesto a servirles pese a no tener la edad para ello. Cuando él la besó, ella descubrió por primera vez el sabor del whisky.

Madison ni siquiera sabía que él estudiaba en UCLA, hasta que lo vio en Wilson Plaza de la mano de una chica a la que reconoció de su clase de historia del teatro. Rubia, bonita, una versión menos coqueta de Madison. Al día siguiente se hizo amiga de Susan Dempsey y enseguida averiguó que había venido a UCLA con su novio del instituto. A Keith no le hizo gracia la nueva amistad de su novia, pero poco podía decir al respecto.

Keith tenía a Susan, de modo que Madison pasó a tener otras relaciones. Pero continuaron con sus escarceos. Cuando Madison subió la apuesta yéndose a vivir con Susan en segundo de carrera, sus encuentros secretos se volvieron aún más excitantes.

Todo eso cambió después del asesinato de Susan. Keith dejó de llamarla y se la quitaba de encima cuando ella intentaba hablar con él por teléfono. Poco después de que ella terminara de rodar *La bella tierra*, él abandonó la universidad. Contó a todo el mundo que había conseguido a un agente importante que tenía grandes planes para él. En el departamento de arte dramático, sin embargo, se rumoreaba que estaba tan destrozado por el asesinato de Susan que apenas podía hacer nada, y aún menos asistir a clase o promover su carrera de actor. Por lo visto, había encontrado a Jesús. Otros rumores menos amables insinuaban que su partida era una prueba de que tenía algo que ver con la muerte de Susan.

Veinte años después, el paso del tiempo había sido más benévolo con él que con Madison, como siempre parecía ocurrir con los hombres. De hecho, las arrugas de su rostro delgado y anguloso lo hacían aún más atractivo. Ese pelo moreno y alborotado que le había valido el calificativo de rockero en la universidad le daba ahora un aire de hombre relajado y seguro de sí mismo. De tanto en tanto aparecía como actor invitado en alguna serie dramática, y el año anterior había tenido un papel pequeño en una película independiente. Así y todo, Madison no le había visto trabajar con regularidad desde que su serie cómica de cable fuera cancelada cuatro años atrás. Keith necesitaba *Bajo sospecha* casi tanto como ella.

—No, no es un encuentro casual —confirmó al tiempo que la camarera regresaba con su martini. Madison se sentó al lado de Keith y sonrió.

—Hey, aunque ha pasado mucho tiempo, conozco esa mirada. Quieres algo.

—¿Te ha llamado una productora de televisión llamada Laurie Moran?

—Me llaman tantas productoras que he perdido la cuenta.

Ahora era él quien sonreía. Seguía siendo un bromista, un bromista adorable.

—Es para la serie *Bajo sospecha* —explicó ella—. Quieren hacer un programa sobre el asesinato de Susan. Seguro que te han llamado.

Keith desvió la mirada y bebió un sorbo de soda. Cuando habló, su tono despreocupado había desaparecido.

—No quiero tener nada que ver con eso. ¿Qué sentido tiene hacer un refrito de todo lo que ocurrió entonces? ¿En serio van a hacerlo?

—Eso parece.

—¿Sabes quién participa?

—Rosemary, la madre de Susan. Nicole, dondequiera que esté. Por lo visto ahora su apellido es Melling. Y alguien que creo que te interesará de verdad: Frank Parker.

Cuando Keith se enteró de que Madison había conseguido el papel de *La bella tierra*, se presentó en la puerta de su habitación. Estaba borracho y gritaba: «¿Cómo has podido? Ese hombre mató a mi Susan, y todo el mundo lo sabe. ¡Siempre serás una versión barata de ella!». Fue la única vez que Keith le hizo llorar.

—Me sorprende que hayan conseguido a alguien para el programa además de Rosemary.

—Yo también he aceptado. Keith, si jugamos bien nuestras cartas, los dos podríamos salir beneficiados. Millones de personas ven ese programa. Es publicidad.

Madison no añadió que también confiaba en poder persuadir a Frank Parker para que le diera un papel en su próxima película.

—Me lo pensaré. ¿Eso es todo?

—Lo que en realidad necesito, Keith, es tu palabra.

—¿Y qué palabra es esa? ¿Una palabra mágica, secreta? —La sonrisa juguetona apareció de nuevo.

—Hablo en serio. Nadie puede enterarse de lo nuestro.

—Hace veinte años de eso, Madison. Éramos unos críos. ¿Realmente crees que a la gente le importará que hiciéramos piececitos alguna que otra vez?

¿Eso es todo lo que fui para él?, pensó Madison.

—Naturalmente que sí. Susan era perfecta, era lista, brillante; lo tenía todo. Y yo era... ¿cómo decías? Otro bellezón, pero una versión barata, inferior, de Susan. Sabes que la productora describirá a Nicole como la amiga buena y leal y a mí como su histérica rival. —Madison sabía que la amistad entre Susan y Nicole no había sido, ni mucho menos, tan perfecta como la prensa había dado a entender tras la muerte de Susan—. Todavía hay gente en internet que dice que probablemente yo maté a Susan o al menos le facilité una coartada a Frank Parker para conseguir el papel en *La bella tierra*. Si el mundo descubre que me enrollaba con el novio de la santa Susan, creerán realmente que yo la maté.

—Puede que lo hicieras.

Madison no sabía si Keith hablaba en broma o en serio.

—O puede que lo hicieras tú —espetó—, como creyeron siempre los padres de Susan. No sería bueno para tu imagen que se descubriese que tenías un rollo con la compañera de cuarto de tu novia.

—Destrucción mutua —dijo él mirando el vaso vacío que ahora estaba girando en su mano.

—Entonces ¿tengo tu palabra?

—La tienes —contestó Keith señalándola con el dedo—. Entre nosotros nunca hubo nada. Olvidemos todos nuestros encuentros íntimos. Nuestro secreto morirá con nosotros.

12

En cuanto Madison se hubo marchado, Keith se sacó el móvil del bolsillo del tejano, buscó entre sus contactos favoritos y marcó la entrada con el nombre de «DD». Muy poca gente tenía este número privado. Keith lo había obtenido cinco años atrás, y después de tres lustros de abnegado servicio. En aquel entonces su carrera iba viento en popa. Quería creer que había sido su década y media de lealtad, y no su efímera fama o las recompensas económicas que la acompañaban, lo que le había permitido gozar de ese privilegio.

—¿Diga? —preguntó la voz al otro lado del aparato.

Después de todos esos años, Keith seguía pensando que era una de las voces más extrañas que había oído en su vida. Aguda como la de un niño, pero totalmente firme y segura.

—Tengo más información sobre el programa de televisión del que te hablé.

—Ajá.

—Por lo visto van a sacarlo adelante. Creo que están consiguiendo que acepten todos: Frank Parker, la madre de Susan, Madison Meyer, Nicole.

—¿Nicole? ¿Estás seguro?

¿Cómo podía Keith estar seguro con una fuente como Madison? Esa mujer mentiría, robaría, traicionaría —a lo mejor hasta mataría— para conseguir lo que quería. ¿No era eso lo que le había atraído de ella entonces? Era enigmática y peligrosa, todo lo que no era Susan. Pero aunque se hubiera presentado en Teddy's para intentar manipularlo, Keith no creía que estuviese mintiendo cuando afirmó que los demás habían accedido a participar en el programa.

—Estoy casi seguro.

Sabía que debía añadir la palabra «casi». No se accedía a ese número de teléfono ocultando información, por nimia que fuera.

—¿Dijeron algo más sobre Nicole? —preguntó la voz.

—Por lo visto ahora su apellido es Melling. Es todo lo que sé.

Hubo una pausa antes de que la voz continuara.

—Será mejor que participes.

Keith había temido que Martin dijera eso. Dinero en el bolsillo de Keith significaba un diezmo mayor, por no mencionar lo mucho que ayudaría a la reputación de la iglesia que Keith volviera a estar en el punto de mira. Se recordó que la iglesia tenía como finalidad recaudar fondos para llevar adelante su misión de ayudar a los pobres, pero realmente él no quería participar en ese programa.

—La madre de Susan siempre ha creído que yo maté a su hija. No quiero ni imaginar las cosas que dirá de mí. Y yo he hablado abiertamente sobre mi religión. Ese programa podría perjudicar a la imagen de la iglesia.

—Eres actor. Encandila a los productores. Y asegúrate de llamarme si averiguas algo más sobre Nicole.

—Lleva veinte años fuera del mapa. ¿A qué viene ahora ese interés?

—Deja que yo me ocupe de mis propios enemigos.

Cuando la comunicación se cortó, Keith Ratner se alegró de no haber convertido en su adversario al hombre del otro lado de la línea. Y tenía intención de que las cosas siguieran así, costara lo que costase.

13

A quinientos sesenta kilómetros de allí, en el centro de San Francisco, a Steve Roman le sonó el móvil. En la pantalla aparecieron las letras «DD».

Se le escapó una sonrisa. La orden de mudarse a San Francisco era una clara señal de que confiaban en él, pero echaba de menos ver a Martin Collins en persona. Puede que la iglesia le pidiera que regresara a Los Ángeles. O puede que Martin tuviera planeado venir al norte para otro gran renacimiento.

—Steve Roman —respondió.

Steve, como Steve McQueen; Roman, como un gladiador romano.

—¿Estás bien?

Martin nunca se identificaba por teléfono. No era necesario. Aquellos que habían presenciado uno de sus sermones conocían el peculiar timbre de su voz. Steve había oído la voz de Martin por primera vez quince años atrás, cuando un amigo lo llevó a un renacimiento en el sótano de una tienda de tatuajes. Desde entonces había escuchado predicar a Martin durante horas, en persona, en casetes, en CD, y ahora en directo por internet.

A lo largo de los años Steve se había abierto camino hasta el círculo interno. Los Defensores de Dios empleaban la metáfora de un círculo para la relación de sus miembros con la iglesia. No era una jerarquía. Martin no estaba en lo alto; estaba en el centro. Y a través del centro podía oírse la palabra de Dios.

—Sí —respondió Steve—. Gracias, como siempre, por esta oportunidad.

Cuando Martin decidió expandir DD más allá de su megaiglesia del sur de California, envió a Steve a San Francisco. Aunque este prefería el sol y la ostentación del sur de California al lúgubre y ventoso San Francisco, siempre expresaba su gratitud por esa gran oportunidad. La iglesia le había encontrado un estudio en Market Street y un trabajo en Keepsafe, una empresa de alarmas para el hogar.

Sobre todo, agradecía su nueva identidad. Ya no se drogaba. Ya no hacía daño a la gente. Con la ayuda de Martin Collins y DD, se estaba encontrando a sí mismo sirviendo al Señor y a los pobres. Incluso había cambiado físicamente. Antes de atreverse a entrar en aquella tienda de tatuajes era un hombre flaco, con el pelo largo y desgreñado, a menudo sucio. Ahora hacía cien abdominales y cien flexiones diarias. Comía sano. Llevaba el pelo cortado al uno. Estaba fuerte, fibroso y limpio.

—¿Necesitas algo? —preguntó.

Steve se consideraba el detective privado de los Defensores de Dios. Descubría los trapos sucios de ex miembros de la iglesia que intentaban mancillar la reputación de DD, por lo general colándose en las casas de los clientes de Keepface. Cuando Martin se enteró de que un fiscal federal estaba investigando las finanzas de su iglesia, fue Steve quien llevó a cabo la vigilancia para demostrar que el fiscal engañaba a su mujer. Steve nunca supo cómo Martin había manejado esa crisis, pero una vez que le entregó la prueba fotográfica del idilio, los rumores sobre una investigación cesaron.

Su trabajo para DD no siempre era del todo legal, pero Martin —y Steve— lo veían como un mal necesario para tener vigilados a quienes intentaban acabar con la iglesia y sus buenas obras.

—Sí. Necesito que vigiles a alguien. Y envíame un mensaje cuando llegue el momento adecuado.

Hubo algo en la forma en que Martin dijo «envíame un mensaje» que le produjo escalofríos. Cerró los ojos y pensó: «Por favor, no, eso no».

Aceptaba esta vida, en un ruidoso estudio que daba a una calle transitada, en una ciudad donde no conocía a nadie, porque era mejor persona aquí de lo que lo había sido cuando tomaba sus propias decisiones. Hacía muchos años que no infligía dolor físico a otro ser vivo. ¿Y si lo probaba de nuevo y volvía a disfrutar tanto como antes? Entonces se recordó que no debía poner en duda las decisiones del sumo Defensor de Dios.

—Entendido.

14

Según el GPS de Nicole Melling, el trayecto hasta Palo Alto duraba menos de una hora una vez cruzado el puente del Golden Gate. Era evidente que el sistema informático de su coche no había tenido en cuenta el tráfico. Estaba atrapada en otro atasco, esta vez en pleno Daly City.

Levantó la vista hacia las interminables hileras de casas anodinas apiñadas en la ladera, sobre la I-280. ¿Cómo era esa canción que alguien —Pete Seeger, quizá— había escrito sobre ese suburbio? Casitas sobre la ladera, todas iguales, todas horteras.

De pronto se acordó de cuando tenía diecisiete años. Gracias a que se había saltado quinto grado, tenía un año menos que los demás estudiantes de su instituto en el momento de graduarse, pero intelectualmente les llevaba varios años de ventaja. Había sido aceptada en todas las universidades a las que había escrito —Harvard, Princeton, Stanford, todas—, pero sus padres se habían visto atrapados en una burbuja ganancial: demasiado ricos para poder recibir una ayuda económica, demasiado pobres para poder pagar una educación privada. Decidieron que Nicole estudiara en UC Berkeley, pero entonces llegó la carta en el correo: las residencias del campus estaban llenas. Tendría que buscarse un apartamento.

Nicole se recordaba suplicando a su padre, la carta de Berkeley abierta frente a él, sobre la mesa de la cocina, como una notificación de despido.

—Puedo hacerlo, papá. Además, pasaré todo mi tiempo en clase y en la biblioteca, por lo que solo tendré que hacer el trayecto hasta el campus una vez al día, y estará a solo unas manzanas. Y la universidad tiene monitores de seguridad durante todo el trayecto hasta casa cuando oscurece.

Él había evitado su mirada sin dejar de enrollar espaguetis en su tenedor.

—Eres demasiado joven, Nicky, apenas una chiquilla. Y estamos hablando de Berkeley.

Lo dijo como si se tratara de un país de la otra punta del mundo arrasado por la guerra, en lugar de un trayecto de seis horas en coche desde su casa de Irvine.

—Mamá, por favor, díselo. Yo nunca me he metido en líos. Pregunta a mis profesores. Hago todo lo que me mandan, siempre. Obedezco todas las normas. Podéis confiar en mí.

Su madre estaba trajinando con los platos en el fregadero, pero, pese a hallarse de perfil, Nicole podía ver que tenía los labios apretados.

—Todo eso ya lo sabemos, Nicky, pero nosotros no estaremos allí, tus profesores no estarán allí. No habrá nadie para ponerte unas normas.

No fue hasta que Nicole empezó a llorar que su madre cerró finalmente el grifo, se sentó a la mesa y le tomó las manos entre las suyas.

—Te conocemos bien, Nicole. Yo te conozco incluso mejor que a mí misma, porque eres mi pequeña. No podemos permitir que te pierdas.

Nicole recordaba haber mirado a su padre en busca de una explicación, pero él se había limitado a asentir una vez con la cabeza para secundar las palabras de su madre y siguió enrollando espaguetis.

Nicole ignoraba lo que sus padres habían querido decirle entonces, pero pronto quedaría demostrado que conocían bien a su única hija. Como la burbuja ganancial de su familia, Nicole era una burbuja en sí misma, de gran inteligencia pero con una personalidad todavía... por formar. Temían que su hija se perdiera entre la gente. Por desgracia, le esperaba algo peor.

Un bocinazo la devolvió al presente. Al reparar en el tramo de carretera vacía frente a ella, alzó una mano para disculparse con el conductor de detrás y avanzó.

Según su GPS, faltaban cuarenta y cinco kilómetros. No veía a Dwight Cook desde la universidad, pero había sabido de él por la prensa. Ella y todo el mundo en Estados Unidos.

Una hora después Nicole entraba en el concurrido aparcamiento de un complejo de oficinas. Los esbeltos edificios de cristal estaban rodeados de un césped tan verde que parecía pintado con espray. Sobre la entrada del edificio principal se exhibía el nombre de la empresa en grandes letras moradas: REACH.

La joven tras el lustroso mostrador de esmalte blanco del vestíbulo lucía *piercings* en el lado izquierdo de la nariz y en la ceja derecha. Nicole contuvo el deseo de preguntarle si se notaba la cara torcida.

—Soy Nicole Hunter y tengo una cita con el señor Cook.

Por primera vez en casi dieciocho años, había utilizado su nombre de soltera cuando llamó. E incluso entonces no había estados segura de si Dwight se acordaría de ella.

Nicole sabía que otras personas mantenían el contacto con sus compañeros de universidad. Su vecina Jenny había estudiado en Nueva York, pero organizaba un pequeño reencuentro en San Francisco una vez al año. Y sabía, por otros amigos, que sus páginas de Facebook estaban repletas de fotografías y recuerdos compartidos.

Nicole, como es lógico, ni siquiera podía tener Facebook. Eso echaría por tierra su objetivo de hacer borrón y cuenta nueva con un apellido nuevo en una ciudad nueva.

Pero, aunque sus circunstancias hubieran sido otras, tampoco habría mantenido el contacto con sus compañeros de universidad. Nunca tuvo amigos de verdad en UCLA, aparte de Susan. Qué afortunada había sido de que la pusieran con alguien como Susan, con alguien que se preocupaba por ella. En lo referente a compañeras de cuarto, le había tocado la lotería.

Durante el primer año solo convivieron ellas dos. Luego, en segundo, Susan trajo a Madison —una colega actriz del departamento de arte dramático— porque si eran tres podían conseguir una habitación mejor.

También fue a través de Susan que Nicole conoció a Dwight Cook, quien el verano después de su segundo año de universidad lanzaría la firma REACH.

—¡Nicole!

Al oír su nombre levantó la vista. El vestíbulo estaba diseñado como un atrio, abierto desde el suelo hasta el techo de cristal, tres plantas más arriba. Dwight la estaba mirando desde lo alto de la escalera circular.

Cuando llegó a la planta baja sonrió con timidez.

—Estás igual.

—Tú también —dijo ella, aunque era una verdad a medias. Tenía la cara diferente, más pálida, más redonda. Y empezaba a mostrar entradas.

Su atuendo, sin embargo, fue para Nicole como un viaje al pasado: tejanos azules altos y una camiseta desgarbada de Atari que ya era considerada retro cuando estaban en la universidad. Le sorprendió aún más la familiaridad de sus gestos. La mirada nerviosa y el parpadeo excesivo ya resultaban peculiares en un adolescente desmañado, pero eran realmente chocantes en un hombre adulto al que probablemente le faltaba poco para ser multimillonario.

Pasaron junto a la recepcionista perforada y avanzaron por un largo pasillo flanqueado de despachos. La mayoría de trabajadores no aparentaba más de treinta años y muchos estaban sentados sobre pelotas de Pilates en lugar de sillas de oficina. Al final del pasillo, Dwight abrió una puerta que daba a una terraza detrás del edificio. Cuatro personas estaban haciendo canastas en una pista cercana.

No esperó a que ella tomara asiento para instalarse en un sillón acolchado. Nicole hizo lo propio; sabía que Dwight no pretendía ser maleducado.

—Dijiste que querías hablar de Susan.

Tampoco le sentó mal que no iniciara la conversación con una charla trivial. A Dwight se le consideraba uno de los reyes de Silicon Valley, pero Nicole ya se había percatado de que seguía siendo el muchacho torpe que había trabajado en el laboratorio de informática con Susan.

Permaneció imperturbable mientras Nicole le hablaba del programa *Bajo sospecha* y de la posibilidad de que eligieran el caso de Susan.

—¿Recibiste una carta de la productora? —preguntó.

Él negó con la cabeza.

—Cuando el asesinato de Susan se convirtió en una historia sobre Hollywood, a la gente dejó de importarle que también hubiera sido una programadora brillante. Dudo que la productora sepa siquiera que nos conocíamos.

En la universidad, Nicole había necesitado varias salidas en trío —Susan, Dwight y ella— para comprender que Susan estaba intentando hacer de Cupido entre su compañero de laboratorio y su compañera de cuarto. En parte era lógico: Dwight y Nicole poseían una inteligencia privilegiada. Y ahora que veía las cosas desde la distancia, debía admitir que ambos eran peculiares. Los dos eran un proyecto para Susan, que hacía lo posible por sacarlos de sus caparazones. Dwight encontraba consuelo en los ordenadores. Ella acabó encontrándolo en... En fin, no le gustaba recordar esa parte de su pasado.

Le habían bastado dos citas para saber cuál era la diferencia fundamental entre ellos dos. Las rarezas de Nicole tenían los días contados. Ella era una joven criada entre algodones que había estado demasiado ocupada sacando sobresalientes para aprender a pensar por sí misma. Necesitaba encontrar su camino. Los «problemas» de Dwight eran más profundos. Hoy día, probablemente dirían de él que se hallaba dentro del «espectro autista».

En aquel entonces, Nicole pensó que eso la convertía en mejor partido. Pero aún no había aprendido por experiencia propia hasta qué punto podía ser peligroso el deseo de una mujer joven y brillante de encontrar su camino.

—Por eso he venido, Dwight. Me gustaría hablarle a la productora de tu amistad con Susan, de ese otro aspecto de su vida.

Dwight tenía la mirada clavada en el rostro de Nicole, como seguramente había aprendido que debía hacer cuando conversaba con alguien, pero no estaba conectando realmente con ella.

—Por supuesto. Susan siempre fue muy considerada conmigo. Se preocupaba por mí. Tuve suerte de que estudiáramos con el mismo profesor; de lo contrario no la habría conocido.

En otras palabras, también él pensaba que le había tocado la lotería.

—Entonces ¿puedo decirle a Laurie Moran que colaborarás con el programa? ¿Que hablarás ante las cámaras?

Él asintió de nuevo.

—Estoy dispuesto a hacer lo que sea por ayudar. ¿Quieres que hable con Hathaway?

—¿Hathaway?

—Richard Hathaway, nuestro profesor. Susan y yo nos conocimos a través de él.

—Oh, no se me había ocurrido. ¿Sigue en UCLA? ¿Mantenéis el contacto?

—Dejó la universidad, pero desde luego que mantenemos el contacto. Trabaja aquí, en REACH.

—¿No se te hace extraño tener a tu antiguo profesor de empleado tuyo?

—Es más un socio, en realidad. Me ayudó desde el primer día. Estoy seguro de que estaría encantado de colaborar también con el programa.

Nicole se preguntó si a Dwight le reconfortaba tener cerca a su mentor de la universidad, alguien que lo había conocido antes de que se convirtiera en un millonario de veinte años que aparecía en la portada de la revista *Wired*.

—Claro —dijo—. Sería estupendo.

Casi se sentía culpable por meter a Dwight Cook en esto. Él era el director de REACH, una empresa tecnológica que se había dado a conocer en la década de 1990 por cambiar la forma en que la gente buscaba información en internet. Nicole ignoraba a qué se dedicaban ahora, pero, a juzgar por las instalaciones, Dwight seguía siendo un jugador clave en el mundo de las tecnologías.

No obstante, esa era justamente la razón por la que Nicole había venido a Palo Alto. Frank Parker se había convertido en un director famoso, pero Dwight también era, a su manera, una celebridad. Cuanta más gente mediática participara en el programa, menos tiempo de pantalla dedicarían a la compañera de cuarto que dejó los estudios después de segundo año, se cambió el apellido y nunca regresó a Los Ángeles.

De vuelta en el coche, Nicole sacó del bolso la carta de Laurie Moran y marcó el número de su despacho.

—Señorita Moran, soy Nicole Melling. Me escribió por el caso de Susan Dempsey, mi compañera de cuarto en la universidad.

—Sí. —Nicole oyó el crujido de una bolsa de plástico y se preguntó si había pillado a la productora en mitad de su almuerzo—. Llámeme Laurie, por favor. Me alegra mucho su llamada. ¿Conoce el programa *Bajo sospecha*?

—Sí.

—Como el título indica, nuestro programa consiste en hablar con gente que ha permanecido literalmente bajo sospecha en casos no resueltos. Obviamente, no está en esa lista, pero tanto usted como la madre de Susan recordarán a los telespectadores que Susan era real y no únicamente una chica bonita que aspiraba a ser actriz. No era Cenicienta.

Nicole entendía ahora por qué la madre de Susan confiaba tanto en esa productora.

—Si cree que su programa puede contribuir a devolver la atención al caso de Susan, será un placer para mí ayudar.

—Fantástico.

—Y espero que no le moleste, pero me tomé la libertad de hablar con un amigo de Susan de la universidad.

Nicole le explicó brevemente la relación de Dwight Cook con Susan en el laboratorio de informática y le dijo que Dwight estaba dispuesto a participar en el programa. Tal como esperaba, la productora pareció encantada.

Al abandonar el aparcamiento del complejo de oficinas miró por el retrovisor y se sintió muy orgullosa de Dwight Cook. La muerte de Susan había tenido un enorme impacto en la vida de las personas que la conocían. Tanto Nicole como Keith Ratner habían dejado la universidad. Y Rosemary le contó que se había pasado un año entero sin salir apenas de la cama.

Dwight, en cambio, había conseguido crear algo rompedor después de la tragedia. Nicole se preguntó si aquello que lo hacía diferente del resto de la gente le había permitido canalizar su dolor de una forma en que los demás no podían.

Estaba tan absorta en sus pensamientos que no reparó en la pickup de color crema que salió del aparcamiento, detrás de ella.

15

Dwight Cook cerró con llave la puerta de su despacho, situado lejos de la mayoría de los empleados de REACH. Le gustaba así.

Sentía constantemente las miradas de esos chicos deseosos de conocer al multimillonario alto y desgarbado que seguía vistiendo como un empollón adolescente pero al que perseguían varias supermodelos. Sus empleados creían que el despacho de Dwight se hallaba en un lugar apartado porque no quería ser molestado. Lo cierto era que Dwight no podía dirigir la empresa como él quería si mantenía una relación estrecha con la gente que trabajaba para él.

Ya en secundaria se había dado cuenta de que no era como los demás. No porque su conducta fuese demasiado inusual; por lo menos a él no se lo parecía. Lo que lo hacía diferente eran sus reacciones con la gente. Era como si oyera las voces más altas, percibiera los movimientos más amplios y rápidos, y sintiera más intensamente cada apretón de manos y cada abrazo. Algunas personas —demasiadas— simplemente lo abrumaban.

En 3.º de ESO, su colegio lo puso durante un año en un programa de educación «especial» porque sospechaba, pese a la ausencia de un diagnóstico oficial, que Dwight sufría algún tipo de «trastorno relacionado con el autismo». Siguió asistiendo a las clases normales y sacaba las mejores notas, pero los maestros lo trataban de manera diferente. Mantenían cierta distancia física con él, le hablaban más despacio. Lo habían etiquetado.

El último día de clase Dwight dijo a sus padres que se escaparía de casa si no le dejaban empezar 4.º de ESO en otro colegio. Sin un trato especial, sin etiquetas. Porque, aunque era diferente de otras personas, había leído suficientes libros sobre autismo, síndrome de Asperger, TDA y TDAH para saber que él no encajaba en tales etiquetas. Todos esos trastornos iban acompañados, en principio, de una falta de conexión emocional. Y según Dwight, a él le ocurría todo lo contrario. Poseía la habilidad de conectar tanto con las personas que la sensación era abrumadora.

La charla de ese día con Nicole era un buen ejemplo. Se había obligado a permanecer muy quieto en su asiento, para no tocarla. Había evitado mirarla a los ojos más de la cuenta porque, de haber mantenido demasiado tiempo su mirada, se le habrían saltado las lágrimas. Nicole era un recuerdo vivo, real, de Susan. No podía mirarla sin rememorar el dolor desgarrador que le habían causado los esfuerzos bienintencionados de Susan por hacer de celestina con Nicole y con él. ¿Cómo había podido estar tan ciega y no ver que él la quería?

Dio un golpecito a la barra espaciadora de su ordenador para activar la pantalla. De tanto en tanto, las percepciones erróneas de la gente con respecto a él le resultaban útiles. En ese momento, por ejemplo, la separación física entre sus empleados y él le aseguraba que nada iba a interrumpir sus actividades.

Abrió Google y tecleó «Asesinato de Cenicienta Susan Dempsey». Contuvo la rabia que le producía el hecho de que él mismo empleara casi siempre Google como buscador. REACH había sido una empresa pionera en modificar la manera en que la gente buscaba información en internet. Pero luego llegó Google, amplió la idea un paso o dos y añadió algunos diseños modernos y un nombre divertido de pronunciar. El resto era historia de alta tecnología.

Con todo, no podía quejarse de su éxito. Había ganado lo suficiente para vivir holgadamente mil años.

Examinó los resultados de la búsqueda. No encontró nada nuevo desde la última vez —probablemente hacía un año— que comprobó si se había descubierto algo sobre el asesinato no resuelto de su amiga.

Se recordó veinte años atrás, sentado frente a su ordenador, consciente de que seguramente se hallaba entre los veinte mejores del mundo a la hora de navegar por el siempre cambiante mundo online. Entonces la gente todavía utilizaba teléfonos y conversaban para transmitir información. El departamento de policía imprimía los informes y los enviaba por fax a los fiscales. Él había deseado desesperadamente conocer la verdad sobre la muerte de Susan —quién sabía qué, qué datos tenía la policía—, pero en aquel entonces sus habilidades no le sirvieron de mucho. La información, sencillamente, no estaba digitalizada.

Ahora cada pensamiento privado encontraba la manera de dejar una huella tecnológica que él podía seguir. Pero era fundador, presidente y director ejecutivo de una empresa que aparecía en la lista de Fortune 500, y entrar en cuentas de correo y servidores privados constituía un grave delito.

Cerró los ojos y pensó en Susan. ¿Cuántas veces se había sentado delante de su residencia con la esperanza de divisarla llevando una vida completamente aparte de la que compartía con él en el laboratorio? Ese programa de televisión constituía una oportunidad única. Todos los sospechosos serían nuevamente interrogados y delante de las cámaras: Frank Parker, el hombre al que parecía importarle más el éxito de su película que la muerte de Susan; Madison Meyer, que siempre dio la impresión de tener celos de la amistad de Nicole y Susan, y Keith Ratner, que nunca entendió lo afortunado que era de estar con una chica como Susan.

Aparecer en ese programa de televisión sería un precio pequeño a pagar. Él sabía muchas más cosas incluso que la productora. Dio una vuelta entera sobre su silla giratoria y se hizo crujir los nudillos.

Hora de ponerse manos a la obra.

16

Laurie miró la hora en la pantalla del ordenador por enésima vez: las tras menos cuarto. Seguro que Brett Young ya había vuelto de comer. Ella le había llamado el día anterior desde Los Ángeles y le había dejado un mensaje para ponerlo al día. Esta mañana le había enviado un correo electrónico con un informe más detallado del caso de Susan Dempsey. Pero Brett seguía sin responder.

Cerró la puerta de su despacho y se permitió quitarse los tacones y tumbarse en el sofá blanco, bajo los ventanales. Volar a Los Ángeles para pillar desprevenida a Madison Meyer había hecho mella en Laurie. El vuelo nocturno de costa a costa se le había hecho insoportable, pero no tanto como estar lejos de Timmy. Empezaba a notar la falta de sueño. Cerró los ojos y respiró hondo. Solo necesitaba un pequeño descanso.

Un instante después ya no estaba en su despacho del Rockefeller Center. Se hallaba en otro lugar, en otro momento. Reconocía el parque de la calle Quince, de cuando todavía vivían en el centro.

Timmy es muy pequeño, solo tiene tres años. Sentado en el columpio, tiene las piernas extendidas frente a él, como alfileres, mientras aúlla:

—¡Yupiiii! ¡Más alto, papá, más alto!

Laurie sabe exactamente qué día es. Sabe qué pasará a continuación, aun cuando no estuvo allí para verlo con sus propios ojos. Ha reproducido la escena en su mente incontables veces.

Greg impulsa de nuevo el columpio y suelta un gruñido para fingir agotamiento, al tiempo que se asegura de que su hijo no se eleve demasiado. Como médico de urgencias, ha visto a multitud de niños malheridos por jugar con excesivo entusiasmo.

—Este es el último —anuncia—. Hora de ir a casa a ver a mamá. Te queda un minuto.

—¡Doctor! —llama una voz.

En la última de sus incontables muestras de amor por su hijo, Greg vislumbra la pistola y se aparta de Timmy para desviar de su pequeño la atención de ese desconocido.

Un disparo.

—¡¡¡Papá!!!

Laurie se incorporó de golpe al oír el grito de su hijo.

Grace estaba observándola desde la puerta con la mano todavía en el pomo.

—Lo siento, no quería asustarte. He llamado pero no respondías.

—Estoy bien —la tranquilizó Laurie pese a que no lo estaba. ¿Terminarían algún día las pesadillas?—. Me he dormido. Esos vuelos nocturnos son asesinos. —Sintió una punzada en el pecho en cuanto pronunció la última palabra.

—¿Tú crees? Yo dormí todo el viaje y me encuentro bien.

Laurie reprimió la tentación de lanzar un cojín al altísimo recogido de Grace.

—Esa es la diferencia entre tener veintiséis años y treinta y siete. ¿Qué hay?

—Ha llamado Brett. Quiere verte en su despacho.

Laurie se arregló el pelo con la mano. Nada como ir a ver a tu jefe para una reunión importante después de una siesta.

—Estás bien —dijo Grace—. Buena suerte, Laurie. Sé lo mucho que deseas esto.

17

Jennifer, la secretaria de Brett, saludó a Laurie con la mano cuando esta pasó junto a su torre de vigía para entrar en el santuario. Pero cuando abrió la puerta del despacho descubrió que Brett no estaba solo. Había otro hombre en una de las butacas destinadas a los invitados, de espaldas a la puerta.

—Llegas en el momento justo —declaró Brett levantándose de su mesa—. Mira a quién tenemos aquí.

El otro hombre se levantó a su vez y se volvió para saludarla. Era Alex Buckley. Jugador de baloncesto en la universidad, le sacaba diez centímetros o más a Brett. Laurie no lo veía desde hacía por lo menos un mes, pero seguía tan guapo como lo recordaba. Con razón los jurados y las cámaras de televisión lo adoraban. Contempló su pelo moreno y ondulado, su mentón firme y sus ojos azul verdoso detrás de las gafas de montura negra. Todo en su físico hacía que pareciera un hombre fuerte y digno de confianza.

Se alegró de que su jefe estuviera detrás de Alex y no pudiese ver la forma en que este la estaba mirando. Era la forma en que siempre la miraba cuando ella entraba en una habitación. Aunque Alex se alegraba claramente de verla, había un asomo de tristeza —casi de añoranza— en sus ojos. Esa mirada hacía que Laurie tuviese la necesidad de disculparse: con Greg, por hacer que otro hombre sintiera eso por ella, y con Alex, por no ser capaz de corresponder a los sentimientos que él sin duda le profesaba (al menos, todavía no).

Desvió la vista antes de que Alex o Brett pudieran intuir lo que estaba pensando.

—Qué sorpresa tan agradable —saludó con una sonrisa.

Ella alargó el brazo para estrecharle la mano y él se inclinó para un abrazo fugaz.

Laurie se alisó la falda de tubo hasta las rodillas antes de ocupar una butaca frente a la mesa de Brett.

—Sé que te he tenido en ascuas todo el día, Laurie, pero quería contar con toda la información relacionada con tu proyecto del Asesinato de Cenicienta. Tu informe ha sido de gran ayuda, pero también ha dejado claro que el presupuesto sin duda acabará disparándose.

—Nuestros costes son bajos en comparación con el dinero que podemos ingresar por la publicidad...

Brett alzó una mano para interrumpirla.

—No necesito que me hables de economía televisiva. Tienes previsto entrevistar a personas desperdigadas por todo el estado de California, uno de los lugares más caros para rodar, por cierto. Sin mencionar el viaje relámpago que hiciste ayer solo para conseguir la participación de Madison Meyer.

Laurie abrió la boca para hablar, pero él volvió a levantar la mano.

—Lo sé, la estrategia funcionó, felicidades. Pero esto no es como hablar con la esposa, la amante y el socio del muerto, todos residentes en Westchester. Estarás viajando constantemente entre UCLA, Hollywood Hills, Silicon Valley y a saber qué más lugares. No conseguirás mantener a Frank Parker implicado en el programa si filmas desde la sala de conferencias de un hotel cutre, cuyo servicio de habitaciones ofrece sándwiches de atún. Tendrás que rodar en un lugar que disponga de los lujos a los que la gente de Hollywood está acostumbrada. Tendrás que gastarte una pasta considerable.

Esta vez Brett levantó la palma antes de que ella hubiese abierto siquiera la boca.

—Y esa es la razón de que quisiera hablar con Alex. Todos los críticos y grupos de opinión dijeron que su papel como presentador fue clave en nuestro primer especial.

—Lo entiendo, Brett, pero Alex tiene un despacho de abogados que dirigir. Puede que no disponga de tiempo.

—El hombre del que hablas en tercera persona —observó Brett con impaciencia— está sentado justo a tu lado y, ¡sorpresa!, ha aceptado.

Alex se aclaró la garganta.

—Sí, bueno, pero al hombre le dijeron que tú lo pediste expresamente para el programa.

Típico de Brett. Dispuesto a lo que fuera para conseguir lo que quería.

—El momento no podría ser más idóneo, créeme —anunció Brett—. Alex me estaba explicando que un importante caso que tenía, con un mes de juicio por delante, se ha cancelado de repente. ¿Qué explicación me diste?

Laurie se dio cuenta de que Alex quería hablar con ella a solas, pero no podían escapar del despacho de Brett.

—Convencí al fiscal de que mi defendido tenía una coartada demostrable. Encontré el vídeo de una cámara de seguridad en la que aparecía en la sala VIP de una discoteca de Chelsea cuando supuestamente estaba disparando a un miembro de una banda rival en Brooklyn. Sin mencionar los pings de los móviles que situaban a los testigos oculares en el Lower East Side mientras se perpetraba el crimen.

—Ahí lo tienes —dijo Brett dando una palmada en la mesa para dar más énfasis a sus palabras—. Con razón este tipo gana lo que gana. Estoy deseando ver cómo acorrala a Frank Parker. Espero que el asesino sea él. Ya me estoy imaginando las cuotas de pantalla. ¡Puede que hasta te den un Pulitzer!

Laurie estaba casi segura de que nadie otorgaba premios Pulitzer a *reality shows*.

Alex hizo ademán de levantarse.

—Creo que es mejor que os deje hablar a solas. Si Laurie prefiere otro presentador...

—No digas tonterías —exclamó Brett haciéndole señas para que volviera a sentarse—. Laurie está encantada.

—Por supuesto —añadió ella—. Estoy absolutamente encantada.

Y lo estaba. Alex era, sin lugar a dudas, un experto interrogador. Laurie sabía que su padre también se alegraría, aunque por otras razones. Siempre estaba intentando que Laurie pasara más tiempo con Alex.

—Estupendo, entonces —dijo Brett—. Ahora tómate el resto del día libre para celebrar la gran noticia mientras Alex y yo seguimos con nuestra conversación sobre el Campeonato de Baloncesto Universitario. Estábamos discutiendo acaloradamente sobre quién llegará a la final. Y, sin ánimo de ofender, no te iría mal pasarte un cepillo por el pelo. Ese viaje a Los Ángeles te ha pasado factura.

Sin ánimo de ofender, por supuesto.

18

Steve Roman sabía que Martin prefería recibir las malas noticias sin rodeos, arrancar la venda de la herida de un tirón. Después de estacionar la pickup en la plaza de parking del sur de
Market que pagaba mensualmente, marcó el número de DD.

—¿Sí? —De nuevo esa voz aguda pero firme.

—Sin novedades importantes —comenzó Steve. El segui-
miento del día previo había sido fácil: el objetivo había salido
de casa únicamente para ir a Costco, a un mercado de pesca-
do y a un centro comercial para una cosa llamada Pilates. Ahora tenía que evitar que Martin se alterara—. Pero luego cogió
la carretera y condujo hasta una empresa de Palo Alto llamada REACH. Parecía una cosa... no sé, moderna.

—Es una empresa de informática —dijo Martin—. Es bueno saberlo. Sigue vigilándola.

Steve notó que le subía un calor por el estómago.

—Antes, cuando me llamaste, dijiste algo de enviar un
mensaje cuando llegara el momento adecuado. ¿Es algo que
debería estar haciendo ahora?

No, pensó Steve, por favor, no me obligues a hacer daño a
nadie. Tal vez no sea capaz de parar, una vez lo haya hecho.

—Todavía no. Limítate a vigilarla. Y cuéntame a qué si-
tios va, como has hecho hoy. Y, esto es muy importante, ave-
rigua con quién habla.

Steve tragó saliva, sabedor de lo mucho que Martin detestaba que lo cuestionaran. Por cada seguidor leal, la iglesia parecía tener diez críticos que dudaban de la misión de DD de predicar la bondad de Dios a través del servicio a los pobres. Aunque DD había sido una gran fuente de inspiración para Steve, los cínicos pensaban lo peor de esos esfuerzos de la iglesia para recaudar fondos. Como resultado de ese constante escrutinio Martin se mostraba a veces reservado. Y del mismo modo que él se había entregado de lleno a la palabra de Dios, esperaba que sus seguidores se entregaran plenamente a él.

—¿Es alguien que debería preocuparme? —preguntó Steve al fin. Había ensayado la manera de formular la pregunta.

—No —le aseguró Martin—. Es alguien... del pasado. Entre tú y yo...

Steve sintió ahora que lo envolvía un calor diferente. Martin le estaba permitiendo adentrarse un poco más en el círculo de DD.

—Entre tú y yo —continuó Martin—, yo era joven entonces. Deposité enseguida mi confianza en Nicole, antes de lo debido. Y ahora ella se ha convertido en un obstáculo para nuestra misión de predicar la bondad de Dios, por decirlo de una manera suave.

—Entiendo —respondió Steve.

Eso no explicaba enteramente por qué estaba recorriéndose todo San Francisco en coche, pero era más información de la que tenía antes. Steve tomó la I-280 con renovada energía.

19

Laurie estaba cerrando la cartera cuando oyó tres golpecitos en la puerta de su despacho. Un segundo después apareció la cabeza de Grace asomando.

—¿Tienes tiempo para una visita? —Le temblaba la voz.

Una visita era lo último que Laurie necesitaba. Aunque podría haberse ahorrado el comentario sobre su aspecto, su jefe tenía razón cuando le sugirió que se tomara el día libre. Laurie había trabajado sin descanso desde que Rosemary Dempsey aceptó participar en el programa. Todo lo que tenía que hacer ese día era llamarla para comunicarle que la productora había dado el visto bueno, tras lo cual confiaba en llegar a casa a tiempo para recibir a Timmy y a su padre cuando regresaran del colegio.

—Lo siento, Grace. ¿Tengo una cita de la que me olvidé?

Laurie oyó una voz masculina detrás de Grace.

—Puedo volver en otro momento.

Alex.

Procurando mantener el tono sereno, Laurie dijo:

—Entra, Alex, por favor.

Cuando Alex pasó sin percances junto a Grace para entrar en el despacho, esta agitó las pestañas e hizo el gesto de ventilarse la cara con las manos. Era su expresión para «menudo tiarrón», y lo hacía a menudo en presencia de Alex Buckley. Durante el rodaje de la primera entrega de *Bajo sospecha*, cuando un policía derribó a Ojos Azules antes de que este pudiera matar a Laurie, Alex corrió hasta ella y Timmy para abrazarlos. Puede que Grace y el resto del equipo interpretaran el gesto como la reacción natural de un hombre valiente ante una situación peligrosa, pero Laurie notaba desde entonces el deseo de Alex de conectar con ella, como el calor de una bombilla.

Esperó a que Grace cerrara la puerta del despacho para hablar.

—Te juro que el coeficiente de inteligencia de Grace cae quince puntos cada vez que te ve.

—Ojalá pudiera tener ese efecto con los jurados.

Laurie le señaló el sillón giratorio gris situado frente a los ventanales y ella se sentó en el sofá.

—¿Cómo estás? —preguntó.

—Bien. Con mucho trabajo. Te dejé un par de mensajes.

Ella asintió con la cabeza y sonrió.

—Lo siento. El tiempo se me escapa de las manos. Entre el trabajo y Timmy... —Su voz se fue apagando—. No imaginas la de actividades que hace ese chico. Tengo la sensación de que debo pedir hora para ver a mi propio hijo. Ahora está aprendiendo kárate. Añade a eso, naturalmente, el fútbol. Y desde que acompañó a su abuelo a una fiesta de la asociación benéfica de la policía y vio a una banda de música en acción, dice que quiere aprender a tocar la trompeta, y mi padre lo tiene viendo vídeos en YouTube de Louis Armstrong, Miles Davis, Wynton Marsalis y Dizzy Gillespie. Timmy mira la pantalla, imita los gestos con las manos e hincha las mejillas como un pez globo. Ahora resulta que existe la trompeta aérea.

Estaba divagando y ambos lo sabían.

—Leo me habló de su obsesión por la trompeta. En el partido de los Rangers de la semana pasada.

—Claro.

Su padre le había recordado después que respondiera a los mensajes que Alex le había dejado para proponerle cenar juntos.

—Ese Brett Young es un zorro —dijo él juntando las manos—. Antes de que llegaras me dijo que eras tú la que insistía en que el caso de Susan Dempsey solo funcionaría si lo presentaba yo.

—«Zorro» es la palabra que mejor lo describe. Pero debo reconocer que eres la persona idónea para el trabajo. Dudo mucho que Frank Parker se muestre muy comunicativo.

—Vi la expresión de tu cara cuando me viste en el despacho de Brett. Te tendió una trampa. Lo último que deseo es presentar el programa si tú no me quieres en él.

—No... —Laurie se obligó a tranquilizarse y a elegir cuidadosamente sus palabras—. Llevaba todo el día esperando una respuesta de Brett. Si me mostré sorprendida cuando entré es únicamente porque esperaba encontrarlo solo. Pero estoy encantada de que puedas presentar el programa. Este caso me interesa mucho. Susan Dempsey solo tenía diecinueve años cuando la asesinaron. Y ahora su madre lleva veinte años sin saber quién lo hizo. ¿Tienes idea de lo que debe de ser eso para ella? ¿Su única hija? ¿Dos décadas enteras?

Sería un infierno aún mayor que los cinco años que Laurie había vivido sin saber quién mató a su marido. La pérdida de su hijo la destrozaría.

—¿Cómo puedes hacerlo, Laurie? —preguntó Alex—. Siempre te decantas por esas historias espantosas e inquietantes. ¿Nunca sientes la tentación de... no sé... de hacer un programa frívolo sobre citas o modelos?

—Supongo que hay mujeres que saben de romances y moda. Yo sé de gente como Rosemary Dempsey. —Esbozó una sonrisa triste—. Realmente creo que este programa puede ayudar a gente, Alex. A veces me pregunto qué habría ocurrido si... —No terminó la frase.

—Si alguien hubiera hecho por ti lo que *Bajo sospecha* ha hecho por otros.

Laurie asintió.

—¿Y seguro que te parece bien que colabore?

—Quiero que colabores.

Por Rosemary, pensó Laurie. Originalmente, había pedido a Alex de presentador para el lanzamiento de *Bajo Sospecha* por su extraordinaria habilidad para conseguir que los testigos soltaran en la sala del tribunal información que habían jurado mantener en secreto. Era un Perry Mason moderno, pero mucho más guapo.

—Entonces lo haré. Cuéntame lo que necesito saber.

Laurie podría haberle entregado las carpetas y marcharse a casa. En lugar de eso le hizo un resumen de cada una de las personas que había fichado para el programa y respondió a las preguntas de Alex lo mejor que pudo. ¿Hasta qué punto estaba segura la policía de la hora a la que murió Susan? ¿Podía alguien más, aparte de Madison Meyer, confirmar dónde se encontraba Frank Parker en aquel momento? ¿Hasta qué punto era sólida la coartada de Keith Ratner?

La precisión de sus preguntas volvió a impresionarla. Era esa clase de interacción la que había despertado la atracción entre ellos cuando reinvestigaban el caso de «La Gala de Graduación».

A falta de un programa en el que trabajar juntos, habían caído en una zona de comodidad en la que compartían alguna que otra comida, o a veces Alex invitaba a toda la familia a un acontecimiento deportivo. Pero ahora Laurie volvería a verlo a diario, y juntos analizarían móviles como el amor, la envidia y la rabia.

Respiró hondo para evitar que sus pensamientos se le adelantaran.

—Bien, ahora que todo es oficial, debemos prepararnos para la preproducción. Ya no recordaba todo el trabajo que esto implica. ¿Cómo consiguió Brett ficharte de nuevo?

—Ya lo conoces. Se concentró en explicarme por qué yo era la mejor opción que podía imaginar. Probablemente piense que la mejor manera de llegar a mi corazón es a través de mi ego.

—El primer especial tuvo tanto éxito que la productora ha aumentado el presupuesto. La estética del programa será un poco mejor, pero he destinado la mayor parte del dinero a la labor de documentación. En lugar de poner a los participantes ante las cámaras de buenas a primeras, primero llevaremos a cabo una investigación. Intentaremos hacerles una entrevista previa a la emisión del programa. Con suerte, eso hará que se sientan más cómodos. Y hasta es posible que nos desvelen alguna pista.

—Igual que hacen los abogados a veces cuando toman declaración. Realizan las pesquisas fuera de la sala del tribunal y dan el golpe de gracia delante del jurado.

Ella sonrió halagada y miró su reloj.

—Debo irme a casa para estar con Timmy. Y como dijo Brett, ese vuelo nocturno me ha pasado factura. Tengo un aspecto horrible.

—A mí no me lo parece.

Laurie se obligó a desviar la mirada de los ojos de él y se levantó del sofá para acompañarlo hasta la puerta. Su prioridad en ese momento era su familia y contar la historia de Susan Dempsey. No había sitio para nada —o nadie— más. Todavía no.

20

—¿Qué vas a pedir? —preguntó Lydia leyendo detenidamente la carta—. Apuesto a que algo sano. Todavía no puedo creerme esa cantidad de alimentos saludables que te llevaste a casa el otro día.

Rosemary lamentó que su vecina sacara a relucir el contenido de su bolsa de la compra. Hizo que recordase lo mucho que le había molestado la intromisión de la mujer. Superó el momento de irritación y se recordó por qué estaba comiendo con Lydia: porque era su vecina, y su ofrecimiento de ayudarla aquel día había sido un acto de generosidad, y porque Rosemary no había hecho ninguna amiga desde que se había mudado a Castle Crossings, hacía cerca de un año y medio.

El primer intento de Rosemary de devolver el gesto había tenido lugar el día antes, cuando llevó a Lydia un tarro de gominolas después de que le contara que eran su vicio favorito. Ahora estaban disfrutando de su primera salida juntas, una comida en Rustic Tavern. Como hacía un día precioso, habían elegido una mesa tranquila en la terraza ajardinada del restaurante.

—No soy, ni mucho menos, tan virtuosa como sugiere mi bolsa de la compra —repuso Rosemary cerrando la carta—. Y para demostrártelo pediré una hamburguesa de queso con beicon y patatas fritas.

—Qué rico. Lo mismo para mí. ¿Y qué tal una ensalada de primero, para poder decir que hemos comido verdura?

—Buena idea.

Habían terminado sus respectivas ensaladas y pedido otra copa de cabernet cuando Rosemary preguntó a Lydia cómo había ido a parar a Castle Crossings.

—Don quería la máxima seguridad posible —explicó—. A mí me parecía absurdo, porque para entonces nuestros hijos ya se habían independizado. Pero tenemos a nuestros nietos un fin de semana al mes, y cuando oyes esas horribles historias de niños secuestrados cuando los adultos no están mirando... Oh, lo siento mucho, Rosemary. No era mi intención...

Rosemary meneó la cabeza.

—Sigue, te lo ruego.

—El caso es que Don pensó que los niños estarían más seguros en una urbanización vigilada. Como él dice, ya no puede abrir cabezas como antes.

Rosemary calló, preguntándose si había oído mal, pero Lydia reparó en su cara de desconcierto.

—Es lógico que no entiendas de lo que hablo. Don, o sea mi marido, se dedicaba al mundo de la seguridad. Dirigía un servicio de guardaespaldas para toda clase de músicos y atletas profesionales. Así fue como nos conocimos.

—¿Tenías una vida secreta como atleta profesional?

—Oh, no. Perdona, mis hijos dicen que soy un desastre contando historias. No soy lineal, según ellos. Dicen que doy la información a cuentagotas. No, conocí a Don en 1968, cuando todavía éramos unos críos. Bueno, él era un crío, solo tenía veinte años y formaba parte del cuerpo de seguridad de la primera gira mundial de Jimmy O'Hare. —Rosemary recordaba a un cantante de rock sureño de aquella época con ese nombre—. Yo tenía veinticinco pero mentí y dije a todo el mundo que tenía veintiuno. Los músicos de entonces no las querían mayores.

—¿Eras cantante de acompañamiento o algo así?

—Dios mío, no. No sería capaz de afinar una sola nota

aunque la vida me fuera en ello. Hace unos años organizamos un concurso de karaoke en la fiesta de la urbanización y mis amigos me amenazaron con expulsarme de Castle Crossings si volvía a cantar para ellos. Créeme, te horrorizaría oírme cantar. No, mentí sobre mi edad porque era una admiradora que seguía a las estrellas en sus giras, una *groupie*, como suelen llamarse.

Rosemary casi escupió el vino. Nunca juzgues un libro por su portada, se dijo, y aún menos si el libro es una persona.

Roto el hielo, y las expectativas de Rosemary, la conversación se volvió fluida y relajada. Aunque habían tenido vidas muy diferentes, encontraron paralelismos impredecibles entre la vida de Lydia en la carretera y la aventura de la joven Rosemary de dejar Wisconsin y mudarse a California.

—¿Y tú por qué decidiste mudarte al otro lado de la calle? —preguntó Lydia—. ¿No te apetecía quedarte en tu antigua casa?

Rosemary se descubrió picoteando sus patatas fritas.

—Lo siento. ¿He vuelto a meter la pata?

—No, en absoluto, pero no es una respuesta fácil. Crié a Susan en esa casa y lloré su muerte allí. He vivido más años en esa casa con Jack que en ningún otro lugar o con ninguna otra persona. Pero cuando murió, sentí que la casa era demasiado grande para mí sola. Fue difícil dejar atrás todos esos recuerdos, pero tenía que hacerlo.

—No era mi intención sacar un tema tan triste, Rosemary.

—Estoy bien, en serio.

Lydia le dio unas palmaditas en la muñeca. El zumbido del móvil de Rosemary sobre la mesa interrumpió el momento.

—Lo siento —dijo mirando la pantalla—, debo contestar.

—Rosemary —dijo la voz al teléfono—, soy Laurie Moran. Tengo buenas noticias.

Rosemary estaba farfullando los asentimientos de rigor —«Sí, entiendo, ajá»—, pero le estaba costando ignorar las miradas expectantes de Lydia.

Cuando finalmente colgó, su vecina dijo:

—No sé qué te han dicho, pero pareces contenta.

—Lo estoy. Era una productora de televisión de Nueva York. Han elegido el caso de mi hija para su próximo programa de *Bajo sospecha*. La productora del programa no puede prometerme nada, pero confío en que algo nuevo salga de esto. Han pasado veinte años.

—Es increíble.

Rosemary cayó en la cuenta de que era la primera vez que hablaba de Susan a alguien que no la había conocido o que no estaba investigando su muerte. Había hecho, oficialmente, una nueva amiga.

21

A Dwight Cook le habría gustado poder destripar el interior de la oficina central de REACH y empezar de nuevo. El concepto del diseño le había parecido fantástico la primera vez que el arquitecto lo expuso. El edificio de tres plantas tenía muchos espacios abiertos, algunos de treinta y cinco metros de alto, pero también estaba plagado de rincones y de recovecos pintados de alegres colores, con sillones y mesas de cafetería donde la gente podía reunirse en grupos reducidos. La idea, según el arquitecto, era crear la ilusión de un gran espacio «laberíntico» continuo.

Lo del efecto laberíntico había funcionado.

¿Acaso él era el único que echaba de menos una simetría monocroma?

Se aisló de las horribles distracciones visuales y pensó en el trabajo que se estaba llevando a cabo dentro de esas paredes de ridículas formas. Habían transcurrido casi veinte años desde que había creado REACH y todavía conseguía contratar a algunos de los técnicos más brillantes e innovadores del país.

Llegó al final del pasillo y dobló a la derecha, hacia el despacho de Hathaway. Su ex profesor había formado parte de REACH desde el principio y en todos los aspectos relacionados con la empresa. Pero a pesar de que trabajaban juntos, Dwight siempre lo veía como su profesor, el hombre que había convertido REACH en un imperio.

La puerta de Hathaway estaba abierta, tal como dictaba la «cultura empresarial» de REACH.

Richard Hathaway tenía a esas alturas cincuenta y muchos, pero estaba básicamente igual que cuando los alumnos de UCLA lo nombraron el profesor «guaperas» de la universidad. De estatura media y constitución atlética, tenía el pelo moreno y ondulado y un bronceado permanente, y siempre vestía como si estuviera a punto de hacer unos hoyos en un campo de golf. Mientras se acercaba a la mesa, Dwight advirtió que Hathaway estaba leyendo el artículo de una revista titulado «Ejercicio más inteligente, no más largo».

Dwight tomó asiento delante de Hathaway sin saber muy bien cómo iba a abordar el asunto que lo había traído hasta allí. Decidió entrar suavemente, como había observado hacer a la gente que intentaba evitar un tema.

—A veces, cuando paseo por este edificio, me recuerda a tu laboratorio de UCLA.

—Salvo que nosotros trabajábamos con ordenadores del tamaño de un coche. Y con muebles mucho menos elegantes.

Hathaway siempre tenía una respuesta a punto. ¿De cuántos apuros lo había sacado «colándose» en una reunión con un inversor potencial? Dwight era mejor programador que Hathaway, pero sin este la empresa nunca habría sido suya.

—Por lo menos las paredes estaban rectas —replicó Dwight, haciendo su propio intento chistoso.

Hathaway sonrió, pero Dwight supo que su broma no había tenido éxito.

—Lo que quiero decir —prosiguió— es que aquí también tenemos un montón de chicos inteligentes, idealistas y probablemente algo raros. —Esta vez Hathaway rió—. Y todos creen que pueden cambiar el mundo con el código adecuado. Recuerdo que en tu laboratorio se respiraba el mismo ambiente.

—Hablas como un padre orgulloso.

—Supongo que lo estoy.

Dwight se esforzaba tanto por no sentir sus emociones que nunca había aprendido a describirlas.

—Es bueno sentirse orgulloso —dijo Hathaway—, pero los inversores de REACH tienen expectativas. Estaría bien volver a ser relevantes.

—Somos más que relevantes, Hathaway.

Dwight había seguido llamándole «doctor Hathaway» mucho después de que ambos abandonaran UCLA. Aunque el profesor había insistido en que le llamara Richard, sencillamente no podía. Finalmente lo dejaron en «Hathaway».

—Me refiero a salir en la portada del *Journal*. El precio de nuestras acciones se mantiene, Dwight, pero el de otros está subiendo.

Hathaway nunca había sido, ni siquiera en sus tiempos de profesor, de los que vestían americana de tweed y zapatos de cordones. Siempre decía a sus estudiantes que la tecnología no solo podía ayudar a la gente y cambiar el mundo, sino hacerte rico. La primera vez que un banco de inversión les extendió un talón de siete cifras que permitió a REACH instalar su sede en Palo Alto, Hathaway fue directo a un concesionario y se compró un Maserati.

—Pero no estás aquí para rememorar viejos tiempos —señaló Hathaway.

Dwight confiaba en él. Habían conectado desde el momento en que este le pidió, pasados los exámenes trimestrales de primero, que trabajara en su laboratorio. Dwight siempre había tenido la sensación de que su padre intentaba cambiarle o cuanto menos evitarle. Hathaway, en cambio, compartía sus mismos intereses y nunca le decía que actuara de una manera que no fuera él. Cuando trabajaban juntos, combinando el talento programador de Dwight y las tablas negociadoras de Hathaway, formaban un equipo perfecto.

Entonces ¿por qué no se veía capaz de contar a su amigo y mentor desde hacía veinte años que estaba pirateando las cuentas de correo de todas las personas que podrían estar relacionadas con el asesinato de Susan?

Estaba deseando explicarle lo que había descubierto. Sabía, por ejemplo, que la esposa de Frank Parker, Talia, había escrito a su hermana para decirle que estaba «totalmente en contra de que Frank vuelva a mencionar el nombre de esa chica». ¿Acaso a Talia no le gustaba la idea del programa porque sospechaba que su marido estaba implicado?

Y luego estaba el correo que Madison Meyer había enviado a su agente, en el que le aseguraba que, una vez que volviera a estar a solas con Frank Parker en una habitación, no le cabía duda de que «conseguiría el papel de su vida». Eso, decididamente, indicaba que Madison tenía algo en su poder con el que podía manejar a su antojo a Frank.

Y aun así, Dwight no se veía capaz de contarle a Hathaway lo que había estado haciendo. Sabía que le inquietarían las consecuencias empresariales si se descubría que Dwight había entrado en cuentas de correo privadas. Nadie volvería a confiar su información a REACH. El precio de las acciones se desplomaría. No le quedaba más remedio que ocultar ese secreto a su mejor amigo.

Pero Hathaway lo estaba mirando expectante.

—¿Qué ocurre, Dwight?

—Creo que lo he olvidado. El paseo por el laberinto me ha mareado.

Se alegró de que Hathaway sonriera. El chiste había funcionado.

—A mí me ocurre constantemente —aseguró Hathaway—. Ya que estás aquí, he recibido una llamada de una tal Laurie Moran acerca de un especial de televisión sobre Susan Dempsey. Dijo que tú le diste mi nombre. Pensaba que todo el mundo sabía que Frank Parker lo hizo, pero que la policía nunca pudo demostrarlo.

Dwight quiso gritar: «¡Pero yo tal vez podría!». En lugar de eso, dijo:

—Solo quiero que la gente sepa que Susan era algo más que una foto. Ella no era una mera aspirante a actriz... Era... era realmente fantástica. —Dwight escuchó su propia voz quebrarse como la de un colegial. Cuando estuviera ante las cámaras, ¿se darían cuenta los espectadores de lo obsesionado que había estado por su compañera de laboratorio?—. Deberíamos aceptar la propuesta —añadió—; tú saldrías más favorecido en la tele que yo.

—¿Estás seguro de que es una buena idea? Nos preguntarán sobre el trabajo en el laboratorio. Sabes que no me gusta atraer la atención sobre cómo se fundó esta empresa.

Habían pasado cerca de veinte años desde la creación de REACH. Dwight olvidaba a veces cómo se había originado la idea, pero Hathaway no, nunca.

—Eso no pasará —insistió Dwight—. Los programas no ganan espectadores hablando de cómo optimizar la navegación en la red. La gente solo quiere oír hablar de Susan.

—Está bien. Si tú estás en esto, yo también.

Dwigh se sintió muy solo cuando regresó al colorido laberinto de REACH. Que él recordara, era la primera vez que le ocultaba algo a Hathaway. Pero sabía cuál era la verdadera razón de que no hubiera informado de sus actividades a su profesor. No quería decepcionarle.

Tenía, no obstante, que averiguar más cosas. La razón de que quiera participar en el programa, pensó, es que una vez que esté cerca de los demás, podré clonar sus móviles y demostrar al fin quién mató a Susan. Pero no, no podía desvelar nada de eso.

Tenía que hacerlo. Por Susan.

22

Sin la cámara de visión trasera que descansaba sobre el salpicadero de su Volvo, Rosemary seguramente habría golpeado el cubo de reciclaje de periódicos que alguien había arrojado de cualquier manera al bordillo después de la recogida semanal de basura.

Le encantaba la nueva tecnología que la rodeaba a diario, pero siempre le hacía preguntarse qué habrían dicho Susan y Jack al respecto.

Al quitar la marcha atrás vislumbró a Lydia regando sus hortensias con una manguera. Llevaba unos zapatos de goma de color naranja chillón y guantes a juego, uno de los cuales saludó en su dirección. Rosemary le devolvió el saludo y añadió un bocinazo cordial. Avanzó por la calzada pendiente del velocímetro. Conociendo a Lydia, el menor exceso de velocidad podría poner en peligro su incipiente amistad.

Rosemary sonrió mientras sorteaba las calles de Castle Crossings tratando de imaginarse a Lydia Levitt cuarenta años atrás, con pantalón acampanado y plataformas en lugar de su uniforme de jardinera.

Aún sonreía cuando su GPS le informó de que su destino se hallaba a su derecha. El cálculo de la duración del trayecto del sistema de navegación había sido casi exacto: cuarenta y dos minutos hasta San Anselmo.

Conforme pasaba junto a garajes con Porches, Mercedes

e incluso un Bentley, se preguntó si su Volvo era el coche más sencillo de la manzana. Divisó una pickup de color crema aparcada a dos casas de la de Nicole, delante de un megachalet que se comía la parcela, pero seguro que pertenecía a un jardinero.

«Ha llegado a su destino», anunció el GPS.

Rosemary había estado con anterioridad en casa de Nicole, pero aun así se detuvo un momento para admirar su belleza. De estilo Tudor e impecablemente reformada, con impresionantes vistas al Ross Valley, era, en opinión de Rosemary, demasiado grande para una pareja sin hijos. No obstante, tenía entendido que Gavin, el marido de Nicole, podía pagarla, y que muchos días trabajaba en casa en lugar de trasladarse al distrito financiero de San Francisco.

Los cuarenta y cinco minutos de trayecto eran un precio pequeño a pagar por comunicar la noticia en persona.

Antes de que pudiera tocar el timbre, Nicole abrió la puerta y le dio un abrazo.

—¿Va todo bien? Estabas muy misteriosa por teléfono.

—Perfectamente. Siento haberte alarmado.

Rosemary tenía tan presente su propia pérdida como madre que a veces olvidaba que la muerte de Susan también había afectado a otras personas. Si una de tus mejores amigas muere siendo apenas una adolescente, ¿vives el resto de tu vida en un estado de alerta?

—Gracias a Dios —dijo Nicole—. Pasa. ¿Te apetece tomar algo?

En la casa reinaba el silencio.

—¿Está Gavin? —preguntó Rosemary.

—No. Esta noche tiene una cena con unos clientes, de modo que hoy se ha ido a trabajar a la oficina.

Rosemary había crecido con cuatro hermanos y siempre había deseado formar una familia numerosa. Pero habían pasado más de diez años antes de que Susan llegara felizmente a este mundo.

Era una niña muy sociable que siempre atraía a los niños del barrio y a los compañeros de colegio. Ni siquiera cuando se marchó a la universidad se impuso el silencio en la casa. Todavía vibraba con su energía: sus llamadas, sus prendas para lavar desperdigadas por todas partes, sus CD tronando en el equipo de música cuando Rosemary rozaba el botón sin querer.

Nunca había preguntado a Nicole por qué Gavin y ella habían elegido una casa silenciosa, pero no podía evitar compadecerlos por su elección.

Rosemary siguió a Nicole hasta una sala con las paredes forradas de libros. En una de ellas dominaban los libros de economía e historia. Otra albergaba todo tipo de novelas: de amor, de suspense, de ciencia ficción, lo que algunos llamaban «literatura de entretenimiento». Sintió una punzada al recordar la llamada de Susan desde UCLA dos días después de la gran mudanza: «Mi compañera de cuarto te encantaría. Tiene muy buen gusto con los libros». Las novelas tenían que ser de Nicole.

Una vez sentadas, Nicole la miró expectante.

—Entonces ¿no te has enterado? —preguntó Rosemary.

—No —dijo Nicole—. O por lo menos eso creo. No tengo ni idea de lo que estás hablando, y estoy a punto de tener un infarto con tanto misterio.

—Van a tirar adelante el programa. Laurie Moran me llamó. El director de la productora ha dado su visto bueno para que el caso de Susan sea el próximo proyecto de *Bajo sospecha*. Y todos han accedido a participar: yo, tú, Madison, Frank Parker y, no te lo pierdas, Keith Ratner. Laurie Moran ha conseguido incluso a gente del laboratorio de informática que conocía a Susan.

—Es una gran noticia —dijo Nicole tomando las manos de Rosemary entre las suyas.

—Lo es. Tengo la sensación de que te presioné para que aceptaras y quería darte las gracias personalmente.

—No, no me presionaste. Estoy encantada.

Las emociones que experimentaba Rosemary semejaban

una montaña rusa desde el día en que abrió la carta de Laurie Moran, pero aun así tenía la impresión de que Nicole estaba reaccionando de manera extraña.

—Laurie dijo que nos harían a cada uno una entrevista preliminar sin cámaras, únicamente para escuchar nuestra versión de la historia y así saber qué preguntas hacernos cuando griten «acción».

—Me parece bien.

¿Eran imaginaciones suyas o Nicole había desviado la mirada hacia la escalera de su casa vacía?

—¿Estás contenta con la noticia, Nicole? Madison y tú sois las únicas personas con las que Susan convivió, aparte de sus padres. Y Madison, en realidad, siempre estuvo en un segundo plano. Lo quisieras o no, tú fuiste lo más parecido a una hermana que Susan tuvo jamás.

La distancia que Rosemary había percibido se desvaneció de golpe cuando los ojos de Nicole se llenaron de lágrimas.

—Para mí también. Susan era mi amiga, y era... increíble. Te prometo, Rosemary, que haré cuanto esté en mi mano por ayudar. Si existe una manera de averiguar qué le ocurrió a Susan, la encontraremos.

Rosemary también había empezado a llorar, pero sonrió a través de las lágrimas.

—Demostraremos a Frank Parker y a Keith Ratner de lo que son capaces dos mujeres decididas. Tuvo que ser uno de ellos.

Cuando Rosemary se dispuso a marcharse, Nicole la condujo hasta la puerta y le rodeó el hombro con el brazo mientras la acompañaba por el empinado camino hasta la acera.

Rosemary se detuvo a admirar la imponente vista del valle, todo árboles verdes sostenidos por colinas azules.

—No sé si te lo he dicho alguna vez, pero me quedé muy preocupada cuando decidiste dejar la universidad. Me preguntaba si eras, en cierta manera, otra víctima de lo que le había pasado a Susan. Me alegro mucho de que las cosas te hayan ido bien.

Nicole la estrechó con fuerza y le dio unas palmaditas en la espalda.

—Conduce con cuidado. Tenemos mucho trabajo por delante.

Mientras Rosemary subía al coche, se ponía el cinturón de seguridad y se alejaba del bordillo, ni ella ni Nicole repararon en la persona que las observaba desde la pickup de color crema dos casas más abajo.

La camioneta se alejó del bordillo y siguió a Rosemary hacia el sur.

23

Martin Collins avanzaba por los pasillos de su megaiglesia, convenientemente situada junto a la I-110, el corazón de la zona sur de Los Ángeles, estrechando manos y repartiendo saludos y bendiciones. Había ofrecido un sermón enardecedor a un lleno de cuatro mil personas puestas en pie y con las manos alzadas hacia Dios y hacia él. La mayoría apenas tenía suficiente para pagar el alquiler o poner comida en la mesa, pero Martin veía volar billetes al paso de las cestas.

Los tiempos de reclutar miembros en estudios de tatuajes, tiendas de motos y bares de mala muerte, y de convertirlos y reinventarlos con esmero, eran historia.

Ver a miles de fieles cautivados por cada una de sus palabras era estimulante, pero este momento —después del sermón, cuando la multitud menguaba— le gustaba todavía más. Era su oportunidad para hablar personalmente con aquellos miembros de su iglesia que lo adoraban hasta el punto de estar dispuestos a esperar, a veces horas, para estrecharle la mano.

Rodeó la iglesia hasta la parte frontal dejando para lo último a una mujer que esperaba en el primer banco. Se llamaba Shelly. Había llegado allí dieciocho meses atrás, después de tropezar con un folleto de los Defensores de Dios en la estación de autobuses. Era madre soltera. Su hija Amanda, de doce años, con una piel clarísima y unos ojos castaño claro dignos de un ángel, estaba sentada a su lado.

Martin alargó los brazos para abrazar a Shelly. Ella se levantó del banco y se aferró a él.

—Gracias por sus sabias palabras —dijo—. Y por el apartamento —susurró—. Al fin tenemos nuestro propio hogar.

Él apenas prestaba atención a sus palabras. La adorable Amanda lo estaba mirando con un respeto reverencial.

Martin había encontrado una forma de conseguir generosos fondos para los Defensores de Dios. Puesto que ya era una religión reconocida por el Estado, las donaciones estaban libres de impuestos. Y los billetes de un dólar arrojados desde las carteras en medio del fervor que sucedía al sermón no eran nada en comparación con las grandes sumas. Martin había conseguido dominar una mezcla emotiva de lenguaje religioso y caritativo que funcionaba como una receta mágica para obtener cuantiosas aportaciones filantrópicas. Había encontrado la manera de hacer que la religión estuviera de moda incluso en Hollywood. Por no mencionar las enormes subvenciones federales que conseguía con la ayuda de unos pocos congresistas de ideas afines a las suyas.

El dinero permitía al grupo llevar a cabo su misión de predicar la bondad de Dios ayudando a los pobres, lo que incluía auxiliar a aquellos miembros que necesitaban un respaldo especial. Shelly había expresado su gratitud en susurros por una razón. Martin no podía proporcionar un techo a todos los fieles necesitados, solo a los especiales, como Shelly y Amanda.

—¿Sigues sin tener contacto con tu hermana? —le preguntó Martin.

—Ninguno en absoluto.

Hacía dos meses que Martin había convencido a Shelly de que su hermana —el único miembro de su familia biológica con quien todavía mantenía el contacto, el mismo que le dijo que pasaba demasiado tiempo en esa iglesia nueva—, le estaba impidiendo entablar una relación personal con Dios.

—¿Y cómo estás tú? —preguntó a la pequeña Amanda—. ¿Te gustaron los juguetes que te mandé?

La niña asintió con timidez y sonrió. Ah, cómo le gustaba a Martin esa expresión tan llena de alegría y confianza.

—¿Me das un abrazo tú también?

La niña asintió de nuevo y lo abrazó. Todavía se ponía nerviosa con él. Pero no le importaba. Esas cosas llevaban su tiempo. Ahora que Amanda y su madre vivían en un apartamento que él mismo sufragaba, Martin pasaría más tiempo con madre e hija.

Sabía cómo atraer a la gente. Había estudiado psicología en la universidad. Uno de los cursos tenía una asignatura dedicada enteramente al síndrome de la mujer maltratada: el aislamiento, el poder y el control, la creencia de que el maltratador es omnipotente y omnisciente.

Martin había sacado un sobresaliente en esa materia. No necesitaba los libros de texto y las explicaciones de los expertos. Había visto esos síntomas en su propia madre, una mujer incapaz de impedir que su padre le hiciera daño a ella... y al pequeño Martin. Había entendido tan bien la conexión entre miedo y dependencia que a los diez años se juró que de mayor él sería el controlador. Jamás dejaría que nadie lo controlara.

Y entonces un día estaba haciendo zapping en mitad de la noche y vio al pastor de una megaiglesia en la tele, con un número 900 en el ángulo inferior de la pantalla para las donaciones. El hombre poseía una visión maniquea de las cosas: ignora la palabra del Señor y arde en el infierno, o escucha —y dona dinero— al atractivo hombre de la tele y gánate un lugar junto a Dios. Eso sí era poder.

Empezó a observar al predicador cada noche y a imitar sus palabras y su cadencia. Se informó sobre la normativa fiscal concerniente a las religiones. Se documentó sobre las subvenciones basadas en la fe, las cuales permitían a las iglesias recibir dinero público a través de programas benéficos. Se blanqueó los dientes, acudía regularmente a un salón de bronceado e imprimió folletos lustrosos que prometían a la gente que ayudando a los pobres encontrarían a Dios.

El único problema había sido la policía. Todavía no tenían pruebas, pero las predilecciones de Martin habían despertado el interés de las autoridades de Nebraska. Finalmente se hartó de que los coches de policía redujeran la velocidad cuando pasaban por delante de su casa o lo veían cerca de un parque infantil. Se largó al sur de California, tan llena de sol, dinero y gentes buscando una manera de sentirse bien consigo mismas. Habían nacido los Defensores de Dios.

Y aunque se envolvía en un manto de religiosidad, sabía que las claves del poder las había aprendido en su propia casa, observando cómo su padre controlaba a su madre.

Ingrediente número uno: miedo. Esa parte era fácil. Martin no tenía que hacer daño a nadie. Una iglesia no confesional pero profundamente religiosa como los Defensores de Dios tendía a atraer a personas que ya temían el mundo tal como lo conocían. Querían respuestas fáciles, y él se las proporcionaba gustosamente.

Ingrediente número dos: poder y control. Martin era el «sumo» Defensor de Dios, un canal directo de la voz de Dios. En pocas palabras, él era el dios de todos. Cuando hablaba, sus seguidores escuchaban. Ese aspecto le había valido a DD un buen número de detractores, pero Martin no necesitaba que todo el planeta creyera en él. Su iglesia contaba con dieciséis mil miembros, cifra que solo hacía que aumentar, y un historial de recaudación de más de cuatrocientos dólares al año por adepto. Los números hablaban por sí solos.

Ingrediente número tres: aislamiento. Ni amigos, ni familiares, ni demás personas que pudieran menoscabar la influencia de DD. En el pasado, ese había sido el principal reto de Martin, y había aprendido la lección con Nicole. Ahora era más selectivo y obligaba a los miembros de su iglesia a ganarse su ingreso en el círculo interno de DD con años de lealtad. Mientras una persona no supiera demasiado sobre las finanzas de DD, podía permitirse dejarla marchar.

El móvil le vibró en el bolsillo. Lo sacó y miró la pantalla. Era Steve, que llamaba desde San Francisco.

—Tengo que contestar —dijo a Shelly—. Pero iré a verte mañana.

—Será un auténtico placer —respondió la mujer dándole otro abrazo.

Martin acarició la cabeza de Amanda. Tenía el pelo suave y caliente. Si elegía bien la hora de su visita, Amanda ya habría regresado del colegio pero Shelly seguiría aún en el puesto de conserje que él le había conseguido en un edificio de oficinas.

Respondió a la llamada mientras se dirigía a la salida de atrás.

—¿Sí?

—Hoy Nicole ha tenido una visita en su casa, la primera desde que la vigilo. Una mujer de más de setenta años que conducía un Volvo. Seguí a la mujer hasta una urbanización llamada Castle Crossings, situada a las afueras de Oakland. Tenía un aspecto agradable. Puede que sea su madre.

—No, su madre murió en Irvine hace unos años. —Buscando privacidad, Martin salió a la escalera por la puerta de incendios—. ¿Has averiguado su nombre?

—Todavía no. La urbanización está vigilada. No hay de qué preocuparse. Keepsafe tiene ahí un montón de alarmas, así que no me será difícil entrar. Conozco el coche y la matrícula. Mañana buscaré la casa y averiguaré la identidad de la mujer.

A veces Martin pensaba en lo fácil que le resultaría conseguir información de enemigos potenciales si tuviera a un agente de policía o dos en su círculo interno. Un policía podría contrastar la matrícula en cuestión de segundos. Pero los policías no estaban programados para sucumbir a la fórmula de Martin. Había considerado la posibilidad de sobornar a alguno, pero imaginaba que un policía dispuesto a aceptar un soborno no dudaría en traicionarlo a la primera de cambio.

Una vez comenzara el rodaje de *Bajo sospecha*, Martin podría confiar en que Keith Ratner averiguase, de ser el caso, lo que Nicole tenía planeado contar sobre los Defensores de

Dios. Hasta entonces nada podía hacer salvo esperar y aceptar los pedacitos de información que Steve pudiera reunir.

—Muy bien —dijo—. Gracias, Steve.

En cuanto este colgó, Martin arrojó su móvil con tanta fuerza que el estallido de la pantalla, al hacerse añicos, retumbó en el hueco de la escalera.

Chicago Public Library
North Pulaski
11/16/2016   2:01:30 PM
-Patron Receipt-

ITEMS BORROWED:

1:
Title: El asesinato de Cenicienta /
Item #: R0446476277
Due Date: 12/7/2016

2:
Title: Toda la vida /
Item #: R0446554554
Due Date: 12/7/2016

-Please retain for your records-

AFRASER

24

Cuando abrió los ojos por la mañana, Laurie tardó unos instantes en percatarse de que estaba de nuevo en su cama y no en un avión, o cabeceando en su despacho. El reloj digital marcaba las 5.58. No podía recordar la última vez que se había despertado antes de que sonara la alarma. El hecho de haber caído redonda a las ocho y media la noche anterior sin duda tenía algo que ver.

Al apagar el despertador oyó un tintineo de platos en la cocina. Timmy ya estaba despierto, como de costumbre. Se parecía tanto a su padre en eso... levantado y con las pilas puestas en cuanto despuntaba el alba. Reconoció el olor a tostadas. Aún le costaba creer que su pequeño fuera capaz de hacerse el desayuno.

Un halo de luz quebró la oscuridad de su habitación. Timmy estaba en el marco de la puerta, a contraluz, con una bandeja en las manos.

—Mami —susurró—, ¿estás despierta?

—Despiertísima.

Laurie encendió la lámpara de su mesilla de noche.

—Mira lo que te traigo.

Timmy avanzó despacio, con la mirada clavada en el canto de un vaso repleto de zumo de naranja, y con sumo cuidado dejó la bandeja sobre la cama. La tostada estaba crujiente, como a ella le gustaba, y embadurnada ya de mantequilla y mermelada de fresa. La bandeja era una de las dos que Laurie había regalado a Greg en su quinto aniversario de boda, de madera, como exigía la tradición. Nunca tuvieron la oportunidad de utilizarlas juntos.

Dio unas palmaditas a la cama y Timmy trepó a su lado. Laurie le dio un fuerte achuchón.

—¿Qué he hecho para merecer el desayuno en la cama?

—Anoche vi que estabas muerta de sueño. Casi se te cerraban los ojos cuando me acostaste.

—No se te escapa una, ¿eh?

Laurie mordió la tostada y su hijo rió cuando ella utilizó la lengua para atrapar una gota de mermelada descarriada.

—¿Mami?

—¿Mmmm?

—¿Tendrás que volar muchas más veces a California?

Laurie sintió que el alma se le caía a los pies. El primer episodio de *Bajo sospecha* se había rodado en el condado de Westchester, lo que le había permitido estar en casa por las noches. Pero este episodio requería un cambio geográfico. Todavía no se había parado a pensar cómo iba a explicarle todo eso a su hijo que, al parecer, ya estaba sufriendo el impacto de sus viajes.

Devolvió la tostada al plato y le dio otro achuchón.

—Sabes que mi programa intenta ayudar a gente que ha perdido a un ser querido, como nosotros perdimos a papá, ¿verdad?

Timmy asintió.

—Así la gente mala como Ojos Azules puede ser detenida. Como hacía el abuelo cuando era agente de policía.

—Bueno, yo no soy tan valiente, pero hacemos lo que podemos. Esta vez estamos ayudando a una mujer de California. Alguien le arrebató a su hija Susan hace veinte años. Susan es la protagonista de nuestro próximo programa. Y sí, tendré que pasar unos días en California.

—Veinte años es mucho tiempo. Más que el doble de mi edad. —Timmy estaba mirándose los dedos de los pies que asomaban por debajo de la sábana.

—El abuelo se quedará aquí contigo.

—Pero el abuelo dijo que el otro día no pudiste llamarnos por la diferencia horaria. Y cuando llegaste a casa tenías tanto sueño que casi te dormiste durante la cena.

En todos estos años, desde la muerte de Greg, Laurie había temido por su seguridad y por la de su hijo, convencida de que Ojos Azules llevaría a cabo su amenaza. Jamás se había parado a pensar en la angustia que generaba a su hijo tener una madre con una profesión que la obligaba a pasar tiempo lejos de casa. Había vivido tanto tiempo en modo viuda del guerrero que aún no había procesado la culpa de ser madre soltera y trabajadora. Notó que las lágrimas le anegaban los ojos y las ahuyentó con un parpadeo antes de que Timmy pudiera verlas.

—Siempre he cuidado de los dos, ¿no es cierto?

—Los tres nos cuidamos mutuamente, tú, yo y el abuelo —respondió Timmy con total naturalidad.

—Entonces confía en mí. Encontraré una solución. Puedo trabajar y hacer de madre al mismo tiempo, ¿de acuerdo? Y pase lo que pase, tú siempre serás mi prioridad. —Esta vez no pudo retener las lágrimas. Rió y besó a su hijo en la mejilla—. Mira lo que pasa cuando este niño adorable le lleva a su madre el desayuno a la cama. Se pone ñoña.

Timmy rió a su vez y le tendió el zumo de naranja.

—Voy a lavarme los dientes —anunció él—. No puedo llegar tarde.

Hablaba como ella ahora. Todas las piezas del programa sobre el Asesinato de Cenicienta estaban en su sitio, y Laurie no pudo evitar pensar en lo que su padre había dicho sobre estar en la misma habitación que un asesino. La recorrió un escalofrío. El sentimiento de culpa por ser madre trabajadora era la menor de sus preocupaciones.

25

El gerente de Le Bernardin recibió a Laurie con un cálido apretón de manos.

—Señorita Moran, vi su nombre en el libro de reservas. Es un placer volver a verla.

En otros tiempos, Greg y Laurie solían ir a Le Bernardin alguna noche entre semana cuando tenían una canguro. Ahora que ella era el único sostén de la familia y su cita habitual para cenar era un muchacho de cuarto grado, los Moran se decantaban por las hamburguesas y las pizzas en lugar de los restaurantes con tres estrellas Michelin.

Pero el festín de hoy tenía como objetivo celebrar que Brett Young había dado oficialmente luz verde al programa dedicado a Susan Dempsey. Y Grace y Jerry eran sus invitados de honor.

—¿Una mesa para tres? —confirmó el gerente.

—Sí, muchas gracias.

—Y yo que confiaba en volver a ver al adorable Alex Buckley —se lamentó Grace—. Jerry me contó que ha aceptado presentar el programa.

—Así es, pero me temo que en esta comida solo estaremos nosotros tres.

Jerry encajaba en el elegante entorno con su pelo repeinado y su traje azul marino. Pero al tomar asiento Laurie advirtió que la mujer de la mesa de al lado miraba desdeñosamente a Grace. Quizá fuera por el pelo encrespado, el exceso de maquillaje, los dos kilos de bisutería, la falda supermini o los tacones de doce centímetros. Fueran cuales fuesen las razones, a Laurie no le gustó. Miró desafiante a la mujer hasta que esta desvió la vista.

—En cualquier caso —bromeó Laurie—, ¿no te parece que Alex es un poco mayor para ti? Te lleva unos doce años.

—Y según he podido comprobar, cada año que pasa está más guapo —repuso Grace.

Acostumbrado a la obsesión de Grace por los chicos, Jerry sonrió y meneó la cabeza.

—Tenemos asuntos más importantes de los que hablar que tu fascinación por nuestro presentador —dijo—. Sé que aquí mandas tú, Laurie, pero no estoy seguro de hasta qué punto es factible para nosotros estar todo el día yendo y viniendo de California.

Laurie pensó en los grandes ojos de Timmy cuando esa misma mañana le preguntó si tendría que viajar mucho a California. Ahora que había convencido a Brett Young de que diera luz verde al Asesinato de Cenicienta, no podía echarse atrás.

—Estoy de acuerdo —dijo—. Si se te ocurre una manera de producir todo el programa desde Nueva York, serás mi héroe lo que me queda de vida.

Grace reaccionó con un chasquido de lengua.

—Sol. Mar. Hollywood. No dudes en enviarme allí para hacer todo el trabajo que haga falta.

—He empezado a elaborar una lista de tareas. —Jerry era la persona más organizada que Laurie había conocido en su vida. La clave del éxito, le gustaba decir, era planear el trabajo y trabajar siguiendo el plan—. Podríamos contratar a una actriz que se parezca a Susan para recrear la persecución en Hollywood Hills, probablemente en imagen borrosa.

—Si hacemos eso, debemos asegurarnos de mostrar únicamente aquello que sabemos con certeza que ocurrió —señaló Laurie.

—Por supuesto —dijo Jerry—. Obviamente, no mostraríamos a la actriz huyendo de casa de Frank Parker. Pero sabemos que su cuerpo apareció estrangulado en Laurel Canyon Park. Y la policía llegó a la conclusión, basándose en el hallazgo del zapato que le faltaba, en los rasguños del pie y en la senda de hierba aplastada que conducía hasta el cadáver, que el asesino la persiguió hasta el interior del parque desde la entrada del mismo. Esa es la parte que pensé que podríamos recrear, la carrera desde el rótulo del parque hasta el lugar donde fue hallado el cuerpo.

Laurie asintió.

—La pregunta clave —intervino Grace— es cómo llegó hasta allí. Su coche apareció aparcado en el campus.

—También haremos hincapié en ese detalle —dijo Jerry—. Bastará con las fotografías de la investigación, creo. Y he fichado a una médico forense para que hable de las pruebas físicas; una mujer llamada Janice Lane, de la facultad de Medicina de Stanford. Suele ejercer de perito, y es telegénica.

—Me parece una buena idea —dijo Laurie—. Pero déjale claro que no queremos detalles morbosos. La madre de Susan no necesita una descripción macabra de la muerte de su hija en la televisión nacional. El principal cometido de la doctora Lane será tratar el asunto de la hora. Fue la estimación de la hora de la muerte de la chica lo que ayudó a Frank Parker a establecer una coartada.

—Basándose en la temperatura, la lividez y el rigor mortis... —comenzó Jerry.

—Alguien ha estado repasando sus apuntes de ciencias —dijo Grace.

—Créeme, son todo palabras de la doctora Lane —aseguró él—. Consigue hacer que estas cosas parezcan fáciles. Bien, basándose en la ciencia, el médico forense calculó que Susan había sido asesinada entre las siete y las once de la noche del sábado. Susan había quedado en casa de Frank Parker a las siete y media. Como a las ocho menos cuarto no había llegado, Parker telefoneó a Madison Meyer, que se subió enseguida al coche y llegó a casa de Parker en torno a las ocho y media. De acuerdo con ambos, Meyer se quedó hasta casi medianoche.

—¿Qué estuvieron haciendo todo ese tiempo? —preguntó Grace enarcando una ceja que daba a entender que tenía su propia teoría.

—No creo que sea de nuestra incumbencia —dijo Jerry—, a menos que tenga alguna relación con la muerte de Susan Dempsey.

—Aguafiestas.

Laurie hizo la señal de tiempo muerto con las manos.

—Centraos en los hechos, chicos. De acuerdo con las declaraciones de Parker y Madison, él tomó la decisión de hacerle una prueba en menos de una hora. A Parker le gustó tanto el resultado que quiso enseñar a Madison el corto de presentación de *La bella tierra* y charlar sobre el proyecto. No habían cenado, de modo que Parker encargó una pizza por teléfono: el registro de un pedido a las nueve y media lo corrobora.

Grace susurró un gracias al camarero cuando volvió a servirle agua.

—Pero si Susan pudo morir entre las siete y las once y Madison no llegó a casa de Frank hasta las ocho y media, entonces no es una coartada perfecta. ¿Dónde estuvo él entre las siete y las ocho y media?

—Debes tener en cuenta todas las pistas —le recordó Jerry—. Susan debía llegar a casa de Frank a las siete y media. Es imposible que Frank emprendiera una persecución contra Susan, la matara, devolviese el coche de Susan al campus de UCLA y regresara a su casa antes de que Madison llegase a las ocho y media. Y aún menos llamar al móvil de Susan y a la habitación de Madison en medio de todo eso. Si Madison dice la verdad, hay que descartar a Frank.

—Así y todo, su coartada no acaba de convencerme —dijo Laurie—. Me cuesta creer que Frank llamara a otra actriz tan solo quince minutos después de la hora a la que debía llegar Susan y que aquella se subiese enseguida al coche.

—Es creíble —dijo Jerry— si tienes en cuenta la obsesión de Frank Parker con la puntualidad. Ha despedido a gente por presentarse cinco minutos tarde. Y ya hemos visto la obsesión de Madison por hacerse famosa. Si alguien le pusiera el proyecto de una película delante y le dijese que saltara, ella preguntaría desde qué altura.

Grace seguía sin tragarse del todo esa teoría.

—Pero también viste que se pintó los labios únicamente para abrir la puerta de su casa. Seguro que se pasó un buen rato acicalándose para Frank Parker.

—¿Lo veis? —dijo Laurie—. Esas son las cosas que debemos establecer en las entrevistas preliminares. Primero haremos que relaten tranquilamente la versión que dieron entonces para ver si les pillamos en alguna contradicción.

—¿En qué momento intervendrá Alex? —preguntó Grace con una sonrisa.

—Hoy estás realmente monotema —dijo Laurie—. Brett Young ha aprobado un presupuesto para cubrir las entrevistas preliminares con todos los participantes y lo que llamaremos la sesión cumbre, que consistirá en una sucesión de entrevistas hechas en el mismo sitio. Ahí es cuando Alex entra en escena. Él hará las preguntas incisivas, después de haber realizado nosotros el trabajo preliminar.

—Para esa parte se me ha ocurrido que podríamos alquilar una casa cerca del campus, algo lo bastante grande para que quepa todo el equipo de producción —dijo Jerry—. Eso ahorraría costes de alojamiento, y podríamos utilizar la casa para las entrevistas con Alex.

Laurie no veía claro lo de convivir con sus compañeros de trabajo, pero desde el punto de vista económico el razonamiento de Jerry era irrefutable.

—Me parece bien —dijo—. Bueno, creo que ya nos hemos ganado esta deliciosa comida.

Mientras el camarero recitaba elaborados platos de memoria, Laurie asentía educadamente, pero tan solo podía pensar en todo el trabajo que tenían por delante. Había prometido a Brett Young que *Bajo sospecha* sería un éxito. Y esa misma mañana había dado su palabra a su hijo de nueve años de que haría su trabajo mientras ejercía de madre a tiempo completo.

¿Cómo iba a mantener ambas promesas?

26

Lydia Levitt estaba sentada en el sofá de su sala de estar con las piernas cruzadas y el portátil sobre las rodillas. Tecleó un punto final y procedió a corregir su crítica online de Rustic Tavern, el restaurante que Rosemary y ella habían elegido para comer el día anterior. Borró el punto final y lo reemplazó por un signo de exclamación. «Sin lugar a dudas, volveré. ¡Cinco estrellas!» Satisfecha, pulsó la tecla INTRO.

La página web le agradeció la reseña. Era su septuagésima octava entrada. Para Lydia era importante dar su opinión a las empresas, tanto si eran buenas o malas. ¿Cómo si no podían saber qué valoraban los consumidores y mejorar? Además, escribir las críticas le daba algo que hacer. A Lydia le encantaba estar ocupada.

No era solo la deliciosa comida o la preciosa terraza lo que habían hecho que el día anterior hubiese sido tan agradable. Se alegraba de haber encontrado una nueva amiga en Rosemary Dempsey. Lydia llevaba doce años viviendo en Castle Crossings y siempre había sido la mayor entre los vecinos. Esas urbanizaciones solían atraer a parejas jóvenes que buscaban un lugar seguro, predecible y homogéneo donde criar a sus hijos.

La mayor parte del tiempo encontraba compañía entre los autodenominados «abuelos de Castle Crossings», los padres de las parejas jóvenes, los cuales vivían cerca para ayudar a cuidar a los nietos o simplemente disfrutar de ellos.

Pero Lydia no había conocido en Castle Crossings a nadie como Rosemary. Le parecía una mujer intrépida. Interesante. Y, quizá por la terrible pérdida que había sufrido, algo torturada.

Aun así, sabía que la había dejado de piedra en la comida cuando le mencionó su época loca de finales de los sesenta. Si la velada no se hubiera visto interrumpida por la llamada que Rosemary había recibido de la productora, puede que Lydia hubiese encontrado la manera de explicarle la conexión entre esa parte de su vida y su imagen actual de la legalista de Castle Crossings. Lydia había visto cómo era la vida cuando todo el mundo hacía lo que le daba la gana, a tontas y a locas. Y después de haber presenciado la muerte de amigos por una sobredosis o perdido a la familia por culpa del alcoholismo o tener el corazón destrozado porque la idea de vive y deja vivir de uno es la definición de traición de otro, comprendía el valor de respetar las reglas.

Dejó el portátil sobre la mesa de centro, fue hasta la ventana y separó ligeramente las cortinas de hilo gris. El coche de Rosemary no estaba. Porras. Le apetecía mucho volver a verla.

Se disponía a cerrar las cortinas cuando reparó en una pickup de color crema estacionada delante de la casa contigua a la de Rosemary. El conductor bajó vestido con un pantalón de camuflaje y un anorak negro. Aparentaba cerca de cuarenta años y llevaba la cabeza afeitada. Parecía fuerte y magro, como un boxeador.

Se estaba acercando a la parcela de Rosemary.

Lydia soltó las cortinas, pero dejó una rendija estrecha para poder mirar por ella. Cómo se metía Don con ella cuando hacía eso. Ambos sabían que todos en la urbanización la llamaban «la vecina metomentodo».

—¿Qué otra cosa puedo hacer en todo el día? —preguntaba a Don—. Me aburro, me aburro, me aburro.

Espiar a la gente de Castle Crossings, igual que colgar reseñas de restaurantes, la mantenían ocupada. Le encantaba imaginar historias sobre las idas y venidas por esas tranquilas calles sin salida. En su versión paralela de su vecindario, el grupo de colegas adolescentes de Trevor Wolf estaba planeando una serie de robos a varios bancos. El señor y la señora Miller estaban fabricando anfetaminas en el sótano. El nuevo perro adoptado de Ally Simpson era, en realidad, un agente canino antidrogas que trabajaba de incógnito para destapar las actividades perversas de los Miller. Y, naturalmente, abundaban los amoríos.

—Con la imaginación que tienes, un día deberías escribir una novela de misterio —solía decir Don.

Bueno, Don estaba en el gimnasio, así que no podía pillarla espiando.

Observó por la rendija cómo el hombre de la pickup llamaba a la puerta de Rosemary y, seguidamente, se inclinaba para mirar por la ventana de la sala de estar. Cuando el hombre se dio la vuelta y empezó a volver sobre sus pasos, Lydia supuso que estaba regresando a su coche. En lugar de eso, dobló a la izquierda y echó a andar hacia el costado de la casa de Rosemary.

Qué interesante. Lydia enseguida se puso a elaborar teorías: un ladrón que había conseguido burlar al vigilante de la entrada; alguien relacionado con ese programa de televisión que Rosemary le había mencionado; un proselitista que quería introducir a Rosemary en una nueva religión.

¡Ya lo tengo! Su iglesia. Recordó que Rosemary le había mencionado que la iglesia de San Patricio iba a organizar un mercadillo. Comentó que agradecía que no tuviera que trasladar personalmente todas sus donaciones. Un voluntario vendría a recogerlas. Una pickup sería el vehículo idóneo para ese cometido. Tal vez Rosemary había quedado en dejar sus donaciones en el jardín de atrás por si no estaba en casa para recibir al voluntario.

Lydia se puso el forro polar que pendía del perchero de la entrada. Ayudaría al voluntario a cargar la camioneta, o por lo menos le saludaría en nombre de Rosemary.

Cruzó la calle y siguió los pasos del hombre por el lado

derecho de la casa de Rosemary hasta la parte de atrás. Lo encontró intentando abrir la puerta de cristal corredera. Lydia se acordó de que Rosemary había abierto esa puerta con llave cuando la ayudó a entrar las bolsas de la compra a principios de semana.

—Le dije que no necesitaba cerrar con llave —gritó Lydia—. Esa es básicamente la razón por la que la gente vive aquí.

Cuando el hombre se dio la vuelta, tenía el semblante inexpresivo.

—Soy Lydia —prosiguió ella saludando con la mano mientras se acercaba—. La vecina de enfrente. ¿Es usted de la iglesia de Rosemary?

Ningún cambio de expresión. Solo silencio. A lo mejor era sordo.

Se acercó un poco más y advirtió que llevaba puestos unos guantes negros. No le parecía que hiciera tanto frío, pero ella siempre tenía más calor que el resto de la gente. Finalmente el hombre dijo:

—¿Iglesia?

—Ajá. Pensaba que venía por lo del mercadillo de la iglesia de San Patricio. ¿Le dijo Rosemary dónde lo ha dejado todo? Me dio la impresión de que había mucho.

—¿Mucho qué? —preguntó él.

Ahora que lo tenía delante, Lydia reparó en la insignia del pecho del anorak.

—¿Es usted de Keepsafe?

Conocía la empresa de cuando Don se dedicaba a la seguridad. Era uno de los principales proveedores de alarmas para el hogar del país.

Al oír el nombre de la compañía, el hombre pareció despertar de una especie de atontamiento. Su sonrisa resultó aún más extraña que su anterior inexpresividad.

—Sí, soy de Keepsafe. La alarma de su vecina envió un aviso a nuestra central. No la ha desactivado y no ha contestado a nuestra llamada. Automáticamente nos personamos en la casa para ver qué ocurre. Seguramente ha sido una falsa alarma, un perro que habrá derribado un jarrón o algo parecido.

—Rosemary no tiene perro.

Otra sonrisa extraña.

—Solo era un ejemplo. Estas cosas ocurren constantemente. No hay razón para inquietarse.

—¿Seguro que no se ha equivocado de casa? Rosemary no tiene alarma.

Era la clase de detalles en los que Lydia había reparado enseguida al entrar en casa de Rosemary.

El hombre no contestó, pero mantuvo la sonrisa. Por primera vez en su vida, Lydia pensó que el peligro que presentía no tenía nada de imaginario.

27

Tras la acostumbrada partida de Cluedo después de cenar y un refrigerio nocturno de trocitos de manzana cubiertos de mantequilla de cacahuete, Laurie acostó a Timmy mientras oía ruido de platos y agua en la cocina.

Encontró a su padre llenando el lavavajillas.

—No hace falta que recojas, papá. Ya haces suficiente cuidando a Timmy cuando estoy en el trabajo.

—Antes se tardaba una hora en recoger una cocina después de cenar. No me pasará nada por tirar envases a la basura y meter unos cuantos platos en el lavavajillas. Soy consciente de lo duro que has trabajado hoy.

Laurie cogió una esponja del fregadero y procedió a limpiar las encimeras de granito.

—Por desgracia, aún no he terminado.

—Son las nueve, Laurie. Acabarás enfermando.

—Estoy bien, papá. Solo me queda una llamada. —Rodar el programa en California iba a ser una pesadilla, pero al menos la diferencia horaria le permitía llamar a la costa Oeste mucho después de que la gente normal hubiera dejado de trabajar—. Jerry está planificando las entrevistas con los participantes, pero la madre de Susan se merece que hable con ella personalmente.

Rosemary Dempsey contestó al segundo timbre.

—¿Señorita Moran?

—Hola de nuevo. Y por favor, llámeme Laurie. Necesito confirmar algunas fechas. Querríamos ir a verla la semana que viene para tener una entrevista en privado. Y a la semana siguiente nos gustaría que cada participante se sentara a charlar con Alex Buckley. Eso tendría lugar en el sur de California. ¿Cree que podrá ir?

—Claro. Lo que usted diga.

La voz de Rosemary sonaba diferente: débil y dubitativa.

—¿Va todo bien? —preguntó Laurie—. Si se lo está repensando...

—No, no, en absoluto. Es que...

Laurie creyó oír un gemido quedo al otro lado del teléfono.

—Creo que la he pillado en un mal momento. Puedo llamarla mañana.

Rosemary se aclaró la garganta.

—No se preocupe, agradezco la distracción. Ha sucedido algo espantoso aquí. Han encontrado muerta a mi vecina. La policía cree que la mataron a golpes.

Laurie no supo qué decir.

—Es terrible, Rosemary. Lo siento mucho.

Sabía que sus palabras resultaban tan ineficaces como las que recibía ella cuando la gente se enteraba de la muerte de Greg.

—Se llamaba Lydia. Era una mujer muy agradable. Era... era mi amiga. Y la encontraron en mi jardín.

—¿En su jardín?

—Sí. No sé qué hacía allí. Creen que es posible que interceptara a alguien que intentaba entrar en mi casa.

—Es realmente aterrador. ¿Ha ocurrido hoy mismo?

—Hace unas horas —respondió Rosemary—. La policía no me ha dejado entrar en mi casa hasta ahora, pero el jardín sigue precintado.

—Entonces ¿ocurrió a plena luz del día? —«Como Greg», no pudo evitar pensar.

—El barrio entero está conmocionado. Aquí nunca ocurren esas cosas. Así que no se preocupe, alejarme de mi casa para ir al programa me sentará bien.

No les llevó mucho fijar un día para rodar en San Francisco. Rosemary se reservó los tres días que la productora tenía previsto reunirlos a todos en el sur de California. Laurie le prometió que le informaría de los detalles de esto último una vez que Jerry hubiera encontrado una casa de alquiler para la denominada «sesión cumbre».

—Siento mucho lo de su amiga —repitió antes de darle las buenas noches.

Cuando colgó, su padre estaba apoyado en el marco de la puerta.

—¿Ha ocurrido algo? —preguntó.

—Ya lo creo. Una amiga de Rosemary, una vecina, ha sido asesinada en el jardín de Rosemary. La policía cree que pudo interceptar a un ladrón.

—¿Han robado en casa de Rosemary? ¿Se llevaron algo?

—No lo sé —dijo Laurie—. La policía acababa de dejarla entrar. Rosemary todavía está muy abrumada.

Su padre estaba jugueteando con las manos, uniendo los pulgares con los índices, como hacía siempre que algo le preocupaba.

—¿Alguien intenta robar en su casa y mata a su vecina justo cuando tú estás investigando el asesinato de su hija?

—No seas rebuscado, papá. Sabes tan bien como yo que gente buena es atacada por toda clase de razones absurdas que solo un sociópata sería capaz de entender. Y la víctima aquí no fue Rosemary Dempsey, sino una vecina. Ni siquiera es el barrio donde creció Susan. No existe ninguna conexión entre una cosa y otra.

—No me gustan las coincidencias.

—Por favor, no le des más vueltas.

Lo acompañó a la puerta al tiempo que él se ponía el abrigo. Leo le dio un beso y un abrazo antes de partir, pero Laurie podía ver que seguía ensimismado mientras se dirigía al ascensor, jugueteando con las manos.

28

El breve paseo de Leo hasta su apartamento, situado a solo una manzana del de Laurie, estuvo plagado de pensamientos turbulentos. Primero vio a una mujer encorvaba junto a la portezuela abierta de un Mercedes, de espaldas a la acera y con las llaves colgando de la cerradura, totalmente concentrada en alcanzar algo del asiento del pasajero. Un empujón rápido —quizá un golpe en el hombro— y un ladrón de coches podría largarse con el Mercedes antes de que la mujer pudiera gritar socorro. Ocho metros más tarde encontró una bolsa de basura en el bordillo con un extracto bancario visible a través del fino plástico. Un ladrón de identidades con un mínimo de destreza podría limpiar esa cuenta antes de que amaneciera.

Y justo delante de su propio edificio, un hombre estaba recogiendo unos comprimidos desparramados por la acera y colocándolos en un dispensador de pastillas. El tipo aparentaba unos veinticinco años. Un tatuaje en la parte de atrás de su cabeza afeitada rezaba INTRÉPIDO.

Cualquier otra persona daría por hecho que el hombre había cometido una torpeza, pero Leo no. Se habría jugado el contenido de su cartera a que las pastillas eran aspirinas y que Don Cabeza Tatuada acababa de estafar a algún pobre peatón y estaba recargando el dispensador para el siguiente asalto.

Era uno de los timos de acera más viejos. A veces el artículo «caído» era una botella ya rota; a veces unas gafas de sol ya partidas. Esa noche era un dispensador de pastillas lleno de aspirinas infantiles. El timo consistía en tropezar con una presa fácil, tirar «sin querer» el objeto al suelo y hacer ver que la culpa era del otro. «No tengo dinero para sustituirlo.» La gente generosa ofrecía una compensación.

Donde otras personas, al contemplar esa manzana, verían a una mujer en su coche, una bolsa de basura y un tipo recogiendo un paquete que se le había caído, Leo veía la posibilidad de un delito. Era una respuesta totalmente involuntaria, como ver letras en una hoja y, de forma automática, leerlas. Como oír dos más dos y responder mentalmente «cuatro». Pensaba como un policía a un nivel celular.

Ya en su casa, encendió el ordenador del cuarto que hacía las veces de despacho y de dormitorio de Timmy. El ordenador no era tan rápido ni elegante como el de Laurie, pero a Leo le bastaba.

Lo primero que hizo fue buscar a Rosemary Dempsey en Google. Echó un vistazo al blog que había conducido a su hija hasta el caso del Asesinato de Cenicienta. Laurie se lo había enseñado cuando estaba considerando la posibilidad de abandonar ese caso. La autora mencionaba que Rosemary había dejado la casa donde había vivido con Susan y con su marido. Ahora vivía en una urbanización vigilada en las afueras de Oakland. Bingo.

Buscó «asesinato Oakland urbanización vigilada» y limitó la búsqueda a las últimas veinticuatro horas. Encontró dos noticias, ambas colgadas durante la última hora por medios de comunicación locales del norte de California. Lydia Levitt, de setenta y un años, asesinada esa tarde en su barrio residencial de Castle Crossings.

Rastreó Castle Crossings, encontró el código postal de la zona y lo introdujo en la página web CrimeReports. Solo trece incidentes denunciados en los últimos treinta días, la mayoría hurtos en comercios. Amplió en el mapa el área que rodeaba directamente la urbanización donde había residido la víctima. Cero incidentes. Extendió la búsqueda al último año.

Diez incidentes, ninguno violento. En todo el año solo un robo a una residencia.

Sin embargo ese día, justo cuando *Bajo Sospecha* se estaba preparando para abordar el asesinato de Susan Dempsey, una mujer de setenta y un años había sido asesinada en el jardín de la casa de la madre de la joven fallecida.

Leo sabía que tenía tendencia a inquietarse por su hija no como haría un padre, sino como lo haría un policía. Y el zumbido que notaba en esos momentos provenía de sus instintos de policía. Era tan primario como el de una lagartija sobre una roca cubierta de algas, que intuye el inminente golpe de un mazo.

Leo no era un padre paranoico. Estaba seguro de que el asesinato de Lydia Levitt tenía algo que ver con el programa *Bajo sospecha*.

Cuando el sol se coló por la persiana de su dormitorio al día siguiente, Leo no había pegado ojo en toda la noche, pero había tomado una decisión. Cogió el teléfono de la mesilla y llamó a su hija.

—¿Ocurre algo, papá?

Era lo primero que Laurie preguntaba si él la llamaba demasiado tarde, demasiado pronto o demasiadas veces seguidas.

—Dijiste que te preocupaba estar separada de Timmy durante el rodaje en California.

—Claro que me preocupa, pero ya encontraré una solución. Siempre lo hago. Podría volar los fines de semana. Y podríamos quedar cada día para hablar por Skype, aunque sé que la videoconferencia no es lo mismo que estar juntos.

Leo se dio cuenta de no era el único que se había pasado la noche rumiando.

—Eso no será necesario —dijo—. Iremos contigo, Timmy y yo.

—Papá...

—No me lo discutas. Somos una familia. Hablaré con el colegio. Solo serán dos semanas. Contrataremos a un profesor si hace falta. Timmy necesita estar cerca de su madre.

—Está bien —dijo Laurie tras una pausa. Leo podía oír la gratitud en su voz—. Es fantástico. Gracias, papá.

Leo sintió una punzada de culpa por no mencionar el principal motivo por el que quería acompañarla a California, pero de nada habría servido transmitirle sus preocupaciones. A estas alturas del partido, Laurie se habría negado a cancelar el programa del Asesinato de Cenicienta. Al menos, él estaría allí para protegerla si algo iba mal.

Rezó para que, por una vez, sus instintos como policía estuvieran equivocados.

29

Laurie y Grace entraron en el aparcamiento de las oficinas centrales de REACH de Palo Algo pasadas las diez de la mañana. El trayecto desde su hotel de San Francisco había hecho que el tráfico de Nueva York les pareciera, en comparación, increíblemente fluido. Habían llegado a California tan solo la noche antes, pero Laurie ya echaba de menos a su hijo.

La entrevista de hoy con el compañero de Susan en el laboratorio de informática de UCLA era el primero de los encuentros preliminares antes de la sesión cumbre programada para la semana siguiente en Los Ángeles. Habían decidido recabar información en San Francisco antes de acercarse a la escena del crimen y de los posibles sospechosos. Mientras Laurie y Grace hablaban con Dwight Cook, Jerry se dedicaría a buscar planos del barrio donde había vivido Susan. La idea era comenzar el programa con un montaje de fotografías de la víctima intercaladas con tomas de su casa y del instituto.

Laurie tuvo un escalofrío al bajar del asiento del pasajero de su coche de alquiler. Lucía un jersey de cachemir y un pantalón negro, sin chaqueta.

—Siempre me olvido del frío que puede hacer a veces en la bahía de San Francisco.

—¿Cómo crees que me siento yo? —Grace llevaba una blusa de seda verde jade con un pronunciado escote en pico y una falda negra corta incluso para ella—. Hice la maleta visualizando el sol de Los Ángeles y los mojitos.

—Solo pasaremos aquí tres días. Luego podrás disfrutar de Hollywood.

Dwight Cook las recibió en el vestíbulo, vestido con un traje caro y una corbata roja. Después de las fotografías que había visto de él, Laurie había esperado que las recibiera con sus habituales tejanos, camiseta, sudadera con cremallera y bambas de lona. Tal vez le pidiera a Jerry que animara a Dwight a vestir aquello con lo que se sintiese «más cómodo» en la filmación cumbre. Hoy parecía la versión adulta de un niño con su primer traje en el día de su confirmación.

Cruzaron el edificio, un laberinto de pasillos de colores llamativos y recovecos de formas extrañas. Cuando finalmente llegaron al despacho de Dwight, semejaba un remanso de paz con sus paredes grises, su suelo de pizarra y sus modernos muebles de líneas sencillas. El único toque personal era una fotografía de Dwight con neopreno y aletas, preparándose para saltar desde la cubierta de un yate a unas aguas turquesas y cristalinas.

—¿Practica el submarinismo? —preguntó Laurie.

—Probablemente sea lo único de este mundo que me gusta más que el trabajo. ¿Les apetece tomar algo? ¿Agua? ¿Café?

Laurie rechazó el ofrecimiento pero Grace aceptó el agua. A Laurie le sorprendió que Dwight sacara una botella de una mininevera con una cafetera Nespresso encima.

—Esperaba que entrara un robot dirigido por control remoto —comentó con una sonrisa.

—No imagina la de veces que mi madre me pidió que inventara a la criada Rosie de *Los Supersónicos*. Hoy día, Silicon Valley consiste únicamente en teléfonos y tabletas. Tenemos proyectos de compresión de datos, aplicaciones para redes sociales, tecnología de interfaces, lo que quieran. Todo lo que interactúe con un artefacto, lo más seguro es que tenga a alguien en este edificio trabajando en ello. Lo menos que puedo hacer es levantarme a buscar mi agua y mi café. Nicole me ha contado que su programa ha conseguido resolver casos abiertos.

El brusco cambio de tema sobresaltó a Laurie, pero entendía que alguien con tanto éxito como Dwight Cook funcionara en todo momento con la máxima eficiencia.

—Aunque no podamos garantizar que así sea —respondió con cautela—, la principal finalidad de *Bajo sospecha* es reactivar la investigación e intentar arrojar una nueva luz a los hechos ya conocidos.

—Laurie está siendo demasiado modesta —intervino Grace echándose un largo mechón de pelo hacia atrás—. Nuestro primer episodio condujo a la resolución del caso cuando aún estábamos filmando.

Laurie interrumpió las palabras un tanto agresivas de Grace.

—Creo que lo que Grace quiere decir es que nuestro objetivo es hacer todo lo que podamos por el caso de Susan.

—¿Le es difícil trabajar en esos casos habiendo perdido a su propio marido en un crimen violento?

Laurie pestañeó. Nicole le había advertido que Dwight podía ser socialmente «torpe». Sin embargo, no recordaba que nadie le hubiera preguntado de manera tan directa sobre el impacto personal del asesinato de Greg.

—No —contestó al fin—. De hecho, confío en que mi experiencia me convierta en la persona idónea para contar ese tipo de historias. Veo nuestro programa como una voz para unas víctimas que de lo contrario serían olvidadas.

Dwight le esquivó la mirada.

—Lo siento, la gente dice que a veces puedo ser demasiado directo.

—Puestos a ser directos, Dwight, le diré que existen rumores de que Susan y usted eran rivales en el laboratorio, que competían por la aprobación del profesor Hathaway.

—¿Alguien le ha insinuado que yo pude hacer daño a Susan? ¿Por Hathaway?

Laurie no creyó necesario decirle que había sido Keith Ratner quien había mencionado esa teoría durante una conversación telefónica, conversación en la que también abominó de la madre de Susan por haber sospechado siempre de él. Había mencionado asimismo a todas las personas que Susan había conocido en su vida, asegurando que encajaban en la categoría de sospechosos tanto como él, incluido Dwight Cook. Aunque las teorías de Ratner le habían sonado bastante desesperadas, esas entrevistas preliminares eran su oportunidad para exponer todas las hipótesis posibles fuera de las cámaras. Era un buen ensayo para cuando Alex Buckley los interrogara más detenidamente.

—No solo por su mentor —explicó—, sino por su trabajo. Usted estaba trabajando en el laboratorio de la universidad, y fundó REACH a los dos meses de morir Susan, después de reunir rápidamente millones de dólares en capital de inversión para apoyar sus innovaciones en motores de búsqueda. Esa suma de dinero pudo haber sido un buen motivo para hacerla desaparecer.

—Usted no entiende nada —dijo Dwight con pesar. Laurie esperaba que se defendiera, que la atacase con hechos que demostraran que era mejor programador que Susan. En lugar de eso, parecía sinceramente dolido—. Yo jamás habría hecho daño a Susan. Jamás haría daño a nadie ni por dinero ni por ninguna otra razón, y aún menos a Susan. Ella era... era mi amiga.

Laurie percibía el cambio de tono en la voz de Dwight cada vez que mencionaba el nombre de Susan.

—Parece que le tenía un gran cariño.

—Sí.

—¿Conocía a Keith Ratner, su novio?

—Por desgracia, sí. Nunca se interesó mucho por mí, pero solía pasarse por el laboratorio para recoger a Susan, cuando no le daba plantón. Déjeme adivinar: fue él quien insinuó que yo robé REACH a Susan.

—Lo siento, pero no puedo decírselo.

—No hace falta. Es una prueba más de que Ratner jamás se interesó por el trabajo de Susan. No tenía la menor idea de lo que ella hacía en el laboratorio. Susan nunca trabajó en funciones de búsqueda, que era el principal objetivo de REACH cuando la empresa se creó. Estaba desarrollando un software de reconocimiento de voz.

Laurie tardó un momento en entender la expresión.

—¿Se refiere al dictado automatizado? —preguntó—. Yo lo utilizo en mi móvil para dictar correos electrónicos.

—Exacto. Si tiene alguna duda, podemos aclararla ahora mismo. —Dwight descolgó su teléfono y marcó un número—. Los de *Bajo sospecha* están aquí. ¿Puedes venir?

Un minuto después, un hombre atractivo de cincuenta y tantos años entró en el despacho de Dwight. Vestía una camisa de algodón fino y unos pantalones de color caqui; su estilo deportivo hacía juego con su rostro bronceado y su pelo moreno y ondulado. Se presentó como Richard Hathaway.

—Estábamos hablando del trabajo de Susan en UCLA —dijo Laurie.

—Qué gran pérdida. Sé que puede parecer cruel ya que la muerte de cualquier persona joven es una gran pérdida, pero Susan era brillante. No se pasaba las veinticuatro horas del día sobre el teclado como otros programadores —miró a Dwight con una sonrisa—, pero era creativa. Su gran capacidad para relacionarse con la gente, algo que a los informáticos nos cuesta, le ayudaba a conectar la tecnología con la vida real.

—Saldré un rato —propuso Dwight—. La señora Moran necesita preguntarte algo.

Una vez a solas con el ex profesor, Laurie le preguntó si Susan había estado trabajando en un proyecto concreto.

—Quizá sirva de ayuda comprender cómo dirigía mi laboratorio. El trabajo informático puede ser muy solitario, de modo que mis ayudantes de investigación hacían, sobre todo, de profesores de apoyo en mis clases de introducción. También me ayudaban en secciones aisladas de mi trabajo, que en aquel entonces consistía en la segmentación de código, una técnica que optimiza los bucles solapando su ejecución. Imagino que no tiene ni idea de lo que le estoy hablando.

—No.

—Es lógico. Se trata de un método de optimización de programas que solo interesa a la gente que escribe códigos. El caso es que yo seleccionaba a estudiantes cuyos proyectos durante el primer año parecían prometedores. Susan estaba trabajando en el reconocimiento de voz, lo que la mayoría de nosotros llamamos dictado. En los noventa era un sistema bastante rudimentario, pero Steve Jobs jamás podría habernos dado a Siri sin la función básica del reconocimiento de voz. Quién sabe qué habría pasado si Susan no hubiese muerto.

—¿Trabajó Susan en REACH con Dwight?

—REACH todavía no existía. Pero Dwight y ella trabajaban muy cerca el uno del otro, si es a eso a lo que se refiere. El trabajo de Dwight, sin embargo, era muy diferente. Como probablemente sabrá, REACH lanzó una nueva manera de buscar información en internet en los tiempos en que la gente todavía lo llamaba la World Wide Web. El ámbito de interés de Susan era muy diferente.

—Profesor...

—Llámeme Richard, por favor. Hace mucho que me retiré de la docencia, y ya entonces me importaban muy poco los títulos.

—Me parece usted joven para estar retirado.

—Pues me retiré hace tiempo. Dejé UCLA para ayudar a Dwight a crear REACH. Imagínese ser un estudiante de segundo de universidad y tener a capitanes de la industria peleándose por conseguir una reunión contigo. Sé reconocer una mente brillante cuando la veo, y estaba dispuesto a apoyar a Dwight al cien por cien mientras él insistía en terminar la carrera para que sus padres estuvieran orgullosos de él, si puede creerlo. Yo pensaba que REACH sería una parada breve en mi transición al sector privado, y sin embargo aquí estoy, veinte años después.

—Es fantástico que tengan una relación tan estrecha.

—Quizá le parezca un sentimental, pero yo no tengo hijos y Dwight es... Sí, la verdad es que estamos muy unidos.

—Tengo la impresión de que Dwight se sentiría más cómodo hablando con nuestro presentador, Alex Buckley, si tiene a un viejo amigo como usted a su lado. —Lo que Laurie quería decir era que Hathaway daría mucha mejor imagen en la tele que Dwight Cook con su falta de tacto—. ¿Cree que podría unirse a nosotros cuando filmemos en Los Ángeles? Tenemos previsto alquilar una casa cerca de la universidad.

—Por supuesto. Cuente conmigo para lo que necesite.

Laurie había juzgado de rebuscada la acusación de Keith Ratner de una posible rivalidad profesional entre Susan y Dwight. Sin embargo, tanto Dwight como el profesor Hathaway la habían echado por tierra. Confirmaría con Nicole y Rosemary que Susan nunca tuvo desavenencias con Dwight, porque era de vital importancia tener en cuenta todas las posibilidades.

Algo le decía, no obstante, que encontraría en Los Ángeles las respuestas que buscaba sobre la muerte de Susan.

30

Dwight se quedó solo en su despacho después de que Hathaway se ofreciera a acompañar a la gente de la tele hasta la salida del laberíntico edificio.

Sabía, por la mirada que Hathaway le había echado al salir, que no le habían gustado las preguntas de la productora sobre REACH, pero al menos no habían entrado en terreno espinoso. La idea de que Susan tenía algo que ver con la tecnología de REACH era del todo descabellada.

Aun así, le habría gustado poder dar marcha atrás al reloj y empezar de nuevo esa mañana. Había decidido sacar el tema del marido difunto de Laurie para establecer una conexión más personal con ella, pero la tentativa había caído como un saco de cemento. El día que Dwight y Hathaway empezaron a reunirse con inversores privados, Hathaway le había dicho: «¡Eres demasiado franco! ¡Peor que un niño de ocho años! Eso está bien cuando hablas conmigo, pero cuando hay dinero de por medio debes aprender a ser más sutil».

Su relación con Hathaway no era franca por casualidad. Dwight evocó aquel viernes por la noche, cuando estaba en segundo, en que Hathaway lo pilló en el laboratorio pirateando la base de datos de la secretaría. Aunque no estaba haciendo trampas ni modificando notas, Dwight quería demostrarse a sí mismo que podía atravesar los muros virtuales de su universidad. Era un acto ilegal, además de una violación del código de conducta académico, y cometió la estupidez de hacerlo desde el equipo informático del laboratorio, equipo que la universidad controlaba con frecuencia. Hathaway le dijo que creía que sus intenciones no eran malas y que lo defendería ante la universidad, pero que estaba obligado a informar de ello a la dirección para proteger su laboratorio.

Dwight se sentía tan mal por haber decepcionado a su mentor que al día siguiente por la noche entró en el laboratorio para vaciar su mesa de trabajo y dejar una carta de renuncia. En lugar en encontrarlo vacío, Dwight se encontró con una estudiante que reconocía de la clase de Introducción a la Informática a la que él asistía. La joven estaba saliendo del despacho de Hathaway. Dwight no pudo evitar pensar en los rumores que corrían por el campus sobre el profesor «guaperas».

Habría salido a hurtadillas del laboratorio tras dejar su carta de renuncia si las suelas de sus bambas de tenis no hubieran chirriado sobre el suelo de losetas. Hathaway salió de su despacho y le explicó que no veía motivos para informar a la universidad de su pirateo. Seguro que la dirección sacaría las cosas de quicio y no sería capaz de entender la curiosidad natural de alguien del talento emergente de Dwight. Lo obligó a prometerle, no obstante, que invertiría ese talento en un proyecto legal, el tipo de proyecto con el que un joven podría ganar una fortuna en Silicon Valley.

La conversación, con el tiempo, dio lugar a una extraña amistad. La relación estudiante-profesor, mentor-protegido, se convirtió en una relación más de colegas, caracterizada por una plena franqueza mutua. Hathaway era el primer adulto que trataba a Dwight como una persona y no como un hijo tarado al que había que curar o bien aislar. Dwight, a su vez, aceptaba a Hathaway, aunque fuera un personaje algo turbio. ¿Cómo habrían conseguido fundar REACH si Hathaway y él no hubiesen confiado plenamente el uno en el otro?

Ojalá Dwight tuviera la habilidad de Hathaway para relacionarse con la gente. Podría haber mencionado al marido de

Laurie sin resultar maleducado. Confiaba en no haberla ofendido tanto para que lo borrara del programa.

Una vez que estuvieran todos reunidos en Los Ángeles, solo necesitaría acceder unos segundos al móvil de cada participante, y todos sus mensajes de texto, correos y llamadas serían descargados automáticamente en el ordenador de Dwight. El problema era que no sabía si estarían todos en el rodaje al mismo tiempo o si los citarían por separado.

Mientras pensaba en la filmación tuvo una idea. Accedió al último correo que había recibido de Jerry, el ayudante que, según Laurie, estaba buscando un lugar cerca del campus. Abrió un mensaje nuevo y se puso a escribir.

Tras pulsar ENVIAR, se reclinó en su sillón y contempló la fotografía que descansaba junto a su ordenador. Se la había hecho Hathaway tres años atrás, en una salida para hacer submarinismo durante las vacaciones anuales de REACH en Anguila. La empresa había invitado a todos sus empleados —incluso a los becarios— a una estancia en el lujoso Viceroy. La gente estaba encantada con las instalaciones del hotel y con la arena blanca y mullida de Meads Bay, pero para Dwight esos retiros tenían siempre que ver con viajar debajo del agua. La foto era de una inmersión en los cayos de la isla Dog por una pared de treinta metros. Nadó con atunes, tortugas, pargos de banda amarilla, incluso con un tiburón de arrecife y dos rayas látigo. En las profundidades del mar era donde sus pensamientos encontraban tranquilidad.

Clavó la mirada en el agua de la fotografía deseando poder zambullirse en el marco. En esos momentos necesitaba tranquilidad. Ese programa de televisión le estaba haciendo revivir todo el dolor que le había provocado la muerte de Susan. Y cuando no estaba reviviendo el dolor, no paraba de darle vueltas a la posibilidad que tenía de descubrir al fin quién había matado a la única mujer que había querido en su vida.

31

Rosemary Dempsey se paseaba por la cocina deslizando los dedos por la encimera de granito gris oscuro.

—Se me hace raro estar de nuevo aquí. Cociné en este lugar casi cada día durante cerca de cuarenta años.

Había reunido fotos y recuerdos de la infancia de su hija: una cinta azul ganada en una feria de ciencias, la insignia que había llevado como reina del baile de bienvenida de su instituto. Incluso había entregado a Laurie y al equipo el libro de condolencias de su funeral.

Se encontraban en la antigua casa de la familia Dempsey, donde Jerry había acordado que se filmara la entrevista de ese día. Esta era la cocina en la que Rosemary se enteró de que el cuerpo de su hija había sido hallado en Laurel Canyon Park.

—Pensaba que sería traumático volver aquí —dijo Rosemary—, pero después de lo sucedido en mi jardín la semana pasada, me ha ido bien alejarme de mi «nuevo» barrio.

—¿Ha descubierto algo más la policía sobre la muerte de su amiga?

—Al parecer, no. Tal vez tenga ahí otro caso para su programa —dijo con una sonrisa triste.

Laurie era consciente de que Rosemary necesitaba entrar poco a poco en la conversación sobre aquella horrible mañana en que le comunicaron la muerte de Susan. Lanzó una mirada a Jerry, que estaba hablando con los cámaras apostados cerca de las puertas de cristal correderas de la cocina. Jerry asintió. Aunque permanecían a cierta distancia, podían grabar desde allí lo que necesitaban.

—¿Ha cambiado mucho la casa desde que vivían aquí? —preguntó Laurie.

Rosemary dejó de pasearse y se volvió hacia ella.

—No de una manera obvia, pero la siento muy diferente. Los muebles son mucho más modernos que los nuestros. Y no están nuestros cuadros, ni las fotografías. Todas las cosas que convertían esta casa en mi hogar están conmigo en la casa nueva o almacenadas.

—Si no le resulta demasiado doloroso —dijo Laurie—, podría señalar algunos detalles de la casa que fueran especiales para su hija. Podríamos empezar por su cuarto.

Laurie no necesitaría tomas de otras estancias, pero un paseo por la casa ayudaría a Rosemary a relajarse y a empezar a hablar de Susan. El programa solo funcionaría si conseguían retratar a la víctima no como una pieza en un misterio por resolver, sino como un ser humano aún vivo.

Rosemary encabezó el ascenso por la escalera estilo misión hasta un dormitorio situado al final del pasillo. La mano le temblaba cuando giró el pomo. La habitación era ahora un cuarto infantil pintado de azul lavanda con tulipanes amarillos.

Caminó hasta la ventana y acarició el pestillo.

—¿Ve que el techo del porche cae justo debajo de la ventana? Cada noche me aseguraba de echar este pestillo porque tenía miedo de que alguien entrara y se llevase a mi bebé.

Se acercó al armario y pasó los dedos por el marco de la puerta.

—Cada cumpleaños dibujábamos aquí una raya con su nueva estatura. La pintura las ha borrado, pero juraría que todavía se ven. ¿No ve unas rayitas tenues?

Laurie miró por encima del hombro de Rosemary, y aunque solo veía pintura blanca, sonrió.

Cuando regresaron a la cocina y se coloraron delante de las

cámaras, Laurie sentía que Rosemary estaba finalmente preparada.

—Por favor —la animó con suavidad—, háblenos de cómo se enteró del asesinato de su hija.

Rosemary asintió despacio.

—Era el fin de semana del sesenta cumpleaños de Jack. El sábado por la noche organizamos una gran fiesta en el jardín. Hacía una noche preciosa. Susan telefoneó por la tarde para felicitar a su padre, pero Jack estaba en el club jugando al golf. Trabajaba mucho. Siempre. Mi hija se encontraba muy a gusto en la universidad y estaba entusiasmada con la prueba que iban a hacerle esa noche.

—¿Frank Parker?

—Sí. Susan me dijo su nombre, pero yo no había oído hablar de él. Me contó que era una gran promesa como director. Dijo... dijo que se sentía «afortunada», que era «demasiado bueno para ser verdad». —La voz se le quebró al evocar las palabras de su hija—. A la mañana siguiente recibimos la llamada de la policía. Curiosamente, yo había tenido durante todo el sábado la sensación de que algo malo iba a pasar, como un presentimiento vago pero aterrador.

—¿Relacionado con Susan?

—Al principio no. Era una angustia imprecisa. Pero todo eso cambió cuando la policía llamó. Eran del departamento de Los Ángeles. Habían encontrado un cuerpo. El resto ya lo sabe. Se le había caído un zapato, presumiblemente mientras la perseguían por Laurel Canyon Park. También encontraron cerca su móvil. Le habían arrancado del cuello su collar de la suerte. La policía quería saber qué podía estar haciendo mi hija en el parque. Les conté que esa noche había quedado con Frank Parker. Fue más tarde cuando nos enteramos de que su casa estaba a solo un kilómetro y medio del lugar donde encontraron el cuerpo.

Laurie podía ver el dolor que atenazaba a Rosemary, después de todos esos años. Sabía muy bien que nunca desaparecería.

—Volviendo a Frank Parker, ¿le pareció extraño que hubiese quedado con Susan por la noche? —preguntó Laurie con suavidad.

—No, pero Susan no me contó que había quedado en su casa. Además, supuse que su agente estaría presente. Créame, si pudiera volver atrás, le habría impedido ir a esa prueba.

—¿Por qué? ¿Porque cree que Frank Parker es la persona que hizo daño a su hija?

Rosemary se miró las manos y meneó la cabeza.

—No. Ojalá le hubiera impedido ir a Hollywood Hills aquella noche porque al menos habría estado más cerca del campus, un lugar que conocía. No habría llevado zapatos plateados con los que no podía correr. Aunque no hubiera podido escapar, no la habrían llamado Cenicienta, como si mi hija fuera una niña bonita en busca de un príncipe para esa noche. Ese apodo y el escenario de Hollywood no habrían representado una distracción tan dolorosa.

—¿Una distracción de qué, Rosemary?

Rosemary apretó los labios mientras elegía sus siguientes palabras. Cuando finalmente habló, el nerviosismo por aparecer ante las cámaras se había esfumado. Miró directamente al objetivo como una experimentada estrella de la tele.

—Una distracción de la verdad, y la verdad es que la persona más peligrosa en la vida de Susan estaba mucho más cerca de casa: su novio, Keith Ratner. Un hombre infiel y mentiroso que sabía que a mi Susan le esperaba un futuro con el que él no podía ni soñar. Me iré a la tumba creyendo firmemente que él mató a mi pequeña.

32

A la mañana siguiente, Laurie bajó de la furgoneta delante de la casa de Nicole Melling. A ese lado del puente del Golden Gate la temperatura era cinco grados mayor que la que había hecho en el centro de San Francisco, donde estaba su hotel, media hora antes.

Jerry soltó un silbido al reparar en las vistas.

—Puede que nunca vuelva a Nueva York.

La casa descansaba en lo alto de una colina, por encima de la ciudad, junto al Sorich Ranch Park. Estaban contemplando dos montañas al otro lado del Ross Valley cubiertas de árboles, el verde de las hojas interrumpido únicamente por las flores tempranas de los cerezos silvestres.

Laurie oyó que la puerta lateral de la furgoneta se abría y observó cómo Grace conseguía bajar con sus apretadas mallas y sus botas con tacón de aguja.

—Uau —dijo volviéndose hacia donde miraban los demás—. Este paisaje casi podría hacerme amar la naturaleza.

—Cuesta creer que estemos a solo treinta kilómetros de la ciudad —añadió Laurie.

Jerry propinó un codazo a Grace, que estaba jugueteando con su iPhone.

—Tu amor por la naturaleza no ha durado demasiado —bromeó.

—No es cierto, estaba documentándome —repuso indignada. Levantó la pantalla, en la que aparecía una foto de las vistas que tenían delante—. Son el monte Bald Hill y el monte Tamalpais —dijo trabándose con la pronunciación—. Y por si te interesa saberlo, según Zillow esta casa vale...

Jerry la regañó con el dedo.

—¡No! Me parece fatal que ciberacoses a toda la gente que conoces y no quiero formar parte de eso. Laurie, ayer Grace encontró una web llamada «Quien ha salido con quien», sin acento en el quien, para más inri. Pero gracias a esa estúpida web, me tiré toda la espera en la recogida de equipajes oyéndola hablar de todas las ingenuas con las que Frank tuvo relación antes de casarse.

—Si tú supieras, Jerry... La lista era tan larga que habríamos estado entretenidos mientras nos registraban en el hotel.

Pero él no había terminado con sus quejas.

—Y hablando de equipajes, ¿crees que has traído suficientes maletas, Grace? Yo he conseguido hacer este viaje con una simple bolsa de mano.

—¡No me culpes de las maletas a mí! —protestó Grace—. Fue tu padre, Laurie. Se empeñó en ir armado, y llevar una pistola desde Nueva York hasta California significa que hay que facturar. Así que me dije que ya que estábamos, por qué no llevarme todos mis zapatos favoritos.

Laurie meneó la cabeza y rió. Jerry y Grace formaban un gran equipo, pero a veces tenía la sensación de que montaban su propio *reality show* con sus diferentes personalidades a lo Mutt-and-Jeff.

—Mi padre no va armado, Grace, pero el que ha sido poli siempre será poli. No puede dormir si no tiene esa pistola en la mesilla de noche. Ahora concentrémonos en la antigua compañera de cuarto de Susan y en lo que podría estar ocultando.

El interior de la casa de Nicole Melling era tan espectacular como el exterior. Nicole los recibió en un vestíbulo forrado de arte contemporáneo de colores vivos. Laurie había realizado sus propias pesquisas en la red y no había encontrado una sola fotografía de Nicole. Únicamente disponía de un par de fotos del anuario del colegio que Jerry había localizado en Irvine, la ciudad natal de Nicole, y de su foto de primer año en UCLA. Ni siquiera en esa aparentaba más de catorce años.

La mujer que Laurie tenía delante era muy diferente de como la había imaginado. No porque hubiese envejecido mal. La versión adulta era mucho más atractiva que la chica pecosa y feúcha de las fotografías. Pero había cambiado radicalmente de aspecto. El cabello rubio rojizo que de joven le caía por debajo de los hombros era ahora una melena corta teñida de castaño oscuro. Quizá fuera únicamente por las cámaras, pero ese día llevaba una gruesa capa de maquillaje y perfilador negro en los ojos. Más sorprendente aún que cualquier cambio físico era una seguridad en el porte que se hallaba ausente en sus fotografías de juventud.

—Nicole —dijo Laurie estrechándole la mano—, le agradezco mucho que haya accedido a participar en *Bajo sospecha*. Rosemary me ha hablado de su estrecha amistad con Susan en la universidad.

—Susan me cuidaba mucho —dijo con calma Nicole.

Los condujo hasta un salón con vistas al valle.

Su conversación se vio interrumpida por la llegada de un hombre con camisa de tela Oxford y pantalones de color caqui. Se le veía algo de barriga y empezaba a mostrar entradas, pero tenía una sonrisa atractiva. Laurie creyó detectar un vago olor a jabón.

—Hola. Me dije que como mínimo debería saludar. Soy Gavin, el marido de Nicole.

Laurie se levantó de la butaca para estrecharle la mano.

—No era necesario que se tomara el día libre por nosotros.

—No lo he hecho. Trabajo en la planta de arriba.

Gavin señaló la escalera que partía del vestíbulo.

—Gavin se dedica a las finanzas —explicó Nicole—. Su firma está en la ciudad, pero trabaja en casa cuando no tiene reuniones.

—Es usted afortunado —dijo Laurie—. ¿Estudió también en UCLA? ¿Fue allí donde se conocieron?

—Qué va. Yo acababa de licenciarme en Harvard y estaba creando una empresa en San Francisco. Fue de las primeras compañías que permitían a la gente de a pie comprar y vender acciones online sin necesidad de un broker. Conocí a Nicole en un bar.

Su esposa puso los ojos en blanco.

—Detesto que le cuentes eso a la gente. Parece que sea una mujer fácil.

—Lo peor de todo es que le encantó la cursilada de piropos que le solté. Le pregunté si tenía una tirita porque me había despellejado la rodilla al caer prendado a sus pies.

Laurie fingió un gruñido.

—Es terrible.

—Lo sé —convino Gavin—, pero fue intencionado; por lo tanto no es lo mismo.

—Es cierto; fue así como nos conocimos —dijo Nicole—. Me dio tanta pena que le di mi número de teléfono, y después de eso empezamos a salir con regularidad.

—¿Y qué les trajo a San Francisco después de UCLA? —preguntó Laurie.

Sabía que Nicole había dejado la universidad después del primer año y suponía que se debía a lo que le había sucedido a Susan. Nunca dejaba de sorprenderle hasta qué punto la muerte de una persona podía cambiar el curso de muchas otras vidas.

—Yo siempre había querido estudiar en Stanford o Berkeley, así que supongo que sentía una atracción especial por el norte de California. Solo hay que contemplar estas vistas.

La historia sonaba correcta pero superficial.

—Entonces ¿siguió estudiando aquí? —preguntó Laurie.

—No. —Nicole negó con la cabeza y no dijo nada más.

—He observado que algunas de las personas próximas a Susan dejaron la universidad tras la muerte de esta: usted, Madison Meyer, Keith Ratner.

—Tendrá que preguntarles a ellos. Imagino que es normal que los actores dejen de estudiar cuando empiezan a tener trabajo con regularidad. Además, Madison obtuvo aquel papel en *La bella tierra*. En cuanto a mí, creo que la muerte de Susan me hizo comprender que la vida es corta.

—¿Sigue en contacto con Madison o Keith?

Nicole negó con la cabeza.

Laurie tuvo la impresión de que el tema la incomodaba y decidió abordar la entrevista desde otro ángulo.

—Entonces, cuando el caballero del bar le lanzó su ingenioso piropo, ¿todavía era nueva en la zona?

Gavin rió.

—Estaba recién bajadita del tren. Y nerviosa. Le ha dicho que me dio su número de teléfono, pero lo que no le ha contado es que me dio un nombre falso.

—¿En serio? —preguntó Laurie—. ¿Y por qué?

Nicole se removió en su asiento.

—Caray, no imaginaba que acabaríamos hablando de esto. La verdad es que estaba en ese bar con un carnet de conducir falso. No quería que el camarero me oyera decir un nombre que no coincidía con el carnet que acababa de mostrarle. Además, seguro que no soy la primera mujer que le da un nombre falso a un desconocido que intenta ligar con ella en un bar.

—Por supuesto que no —dijo Laurie.

Pero, por lo general, el nombre falso iba acompañado de un número de teléfono falso. ¿Cuántas veces una Laurie más joven había escrito, copiando la letra de una vieja canción, «Jenny, 8675309» en la caja de cerillas de un calavera borracho?

—En cualquier caso —dijo Gavin—, fue amor casi a primera vista. Nos casamos exactamente seis meses después de conocernos.

Nicole sonrió y dio unas palmaditas en el brazo de su marido.

—Como ya le he dicho, la vida es corta.

—Ignoraba que Susan fuera el motivo de que estuvieses dispuesta a lanzarte a la piscina tan deprisa —dijo Gavin—. De hecho, Nicole no me mencionó que había sido compañera de cuarto de Susan hasta que un día nos encontramos a Rosemary, la madre de Susan, en uno de esos enormes restaurantes de Chinatown. ¿Lo recuerdas, cariño?

Nicole enarcó una ceja pero no respondió.

—Claro que lo recuerdas —le instó su marido—. Por encima del barullo de las mesas y de los carritos de comida oí a una mujer gritar: «¿Nicole? ¿Nicole Hunter?». Ese era su apellido de soltera. Rosemary se acercó corriendo y dio un fuerte abrazo a mi esposa. Como es lógico, le pregunté a Nicole quién era, y entonces me contó que había sido compañera de cuarto de la víctima del Asesinato de Cenicienta.

—No era algo de lo que me gustara hablar —dijo Nicole—. Ni siquiera ahora.

—El caso es que fui yo quien volvió a la mesa de Rosemary y le insistí en que nos llamara alguna vez.

Laurie había recibido de Rosemary la impresión de que Susan y Nicole eran íntimas amigas, pero ahora descubría que Nicole no había mencionado el asesinato de Susan a su marido desde un principio y que no tuvo relación con la madre de Susan hasta que Gavin se lo propuso.

Rosemary le había advertido que Nicole podía ser tímida e incluso parecer un poco fría. Pero mientras Laurie la observaba proseguir con su sonrisa cortés, tuvo la certeza de que la supuesta íntima amiga de Susan le estaba mintiendo.

33

Jerry se puso el cinturón de seguridad y arrancó el motor de la furgoneta.

—Echad otro vistazo al fantástico paisaje —dijo—, porque creo que es lo único bueno que hemos sacado de subir hasta aquí.

—Y que lo digas —convino Grace inclinándose hacia delante desde el asiento de atrás—. Ha sido un auténtico fiasco. Qué tía tan fría.

Así que Laurie no era la única que había reparado en la poca predisposición de Nicole a hablar de sus recuerdos de Susan Dempsey.

Jerry puso el intermitente, aunque no venía ningún coche, y se alejó del bordillo.

—Es como si no hubiera estado allí.

—Es cierto —dijo Laurie—. Parecía distraída.

—No, me refiero a que no hubiera estado en UCLA —puntualizó Jerry—. No ha mantenido el contacto con sus amigos. No nos ha contado nada sobre Susan salvo que se portaba muy bien con ella. Solo quería hablar de los demás: de lo extraño que le parecía que Frank Parker quisiera quedar con Susan en su casa, de las ganas que tenía Madison de hacerse famosa, de la de veces que Susan había pillado a su novio coqueteando con otras chicas. Era como si quisiera que nos concentráramos en todos menos en ella.

Laurie estaba tratando de adivinar por qué Nicole se había mostrado tan reservada cuando el móvil interrumpió sus pensamientos. Era su padre.

—¿Va todo bien, papá?

—Sí. Creo que Timmy ya se ha recuperado del vuelo. Durmió hasta las siete y media y desayunó como un rey en el restaurante del hotel. Luego bajamos al muelle de los pescadores y nos zampamos una bandeja de *fish and chips*.

—Sabes que no deberías comer esas cosas.

El año anterior su padre había tenido que ingresar de urgencias en el hospital Mount Sinai por una fibrilación cardíaca. Le habían implantado dos endoprótesis en el ventrículo izquierdo, y desde entonces debía seguir una dieta saludable por el bien de su corazón.

—No se preocupe, doctora Laurie, yo tomé halibut a la plancha y ensalada. Y, si soy del todo sincero, cuatro patatas fritas.

—Supongo que no pasa nada por cuatro patatas. Estamos yendo hacia el hotel. ¿Cenamos en Mama Torini's? —Laurie había visitado San Francisco con sus padres veinte años atrás, cuando estaba considerando la posibilidad de estudiar en Stanford. Sus mejores recuerdos de aquel viaje eran de su padre encerrando a su madre en una celda de Alcatraz y una cena en Mama Torini's, con los manteles de cuadros rojos y blancos y las enormes porciones de fettuccini Alfredo preparados a la vista—. Creo que a Timmy le encantaría.

—Las grandes mentes piensan igual. Por eso te llamaba. He reservado mesa a las siete. Supuse que era lo máximo que Timmy podría aguantar y que tú ya habrías terminado de trabajar.

Pese a tener a Timmy y a su padre allí, a Laurie no le estaba resultando fácil encontrar tiempo para verlos. Aseguró a su padre que llegaría al hotel en menos de una hora y colgó.

Grace estaba nuevamente inclinada sobre el asiento jugueteando con el móvil.

—¿Os acordáis de la web «Quien ha salido con quien»? —preguntó.

—¿La misma a la que voy a escribir para que pongan los acentos?

—Pues he buscado a Keith Ratner, el novio de Susan, y la lista es interminable.

Grace procedió a recitar nombres de mujeres que habían sido relacionadas con el actor de películas de serie B a lo largo de los años.

—Creo que de todas ellas solo me suenan dos —dijo Laurie. Ambas eran actrices por lo menos diez años más jóvenes que Keith.

—Eso es porque ya no está en situación de ligarse a mujeres famosas —arguyó Grace—. Lo que resulta interesante es que la lista es larga. Rosemary y Nicole dijeron que Keith engañaba a Susan. Supongo que lo lleva en la sangre.

—Pero engañar es una cosa y matar, otra —señaló Jerry.

—Lo sé —dijo Grace—, pero ¿y si Susan lo pilló engañándola? Puedo imaginarme perfectamente la situación. Keith la acompaña en coche a la prueba con la esperanza de conseguir un papel para él, o para asegurarse de que Frank no intenta propasarse con su chica. Susan le dice que sabe que le ha sido infiel y discuten. Ella se enfada y se baja del coche. Yo misma lo he hecho más de una vez. Él la sigue, forcejean y la cosa se les va de las manos.

No era una mala teoría. Explicaría por qué Susan había aparecido cerca de Laurel Canyon Park mientras que su coche estaba en el campus.

Jerry se detuvo en un semáforo en rojo.

—Lástima que Keith disponga de una coartada y nosotros no tengamos ninguna prueba.

—Es como el viejo juego del Cluedo —dijo Laurie pensando en las partidas que echaba con su hijo en casa—. Debemos mirar todas las posibles hipótesis e intentar derribarlas. Cuando solo quede una hipótesis en pie, quizá entonces tengamos algunas respuestas.

—Y ahí es donde nuestro adorable presentador, Alex Buckley, hace su entrada —dijo Grace—. Hablando de Alex, vamos a buscarlo en la web, a ver qué encontramos. Oooh, no es Keith Ratner, pero tampoco se queda corto.

Grace empezó a leer nombres de «Quien ha salido con quien». Laurie reconoció unos pocos: una modelo, una actriz, una cantante de ópera, la presentadora de un telediario matutino.

El semáforo se puso verde y Jerry dobló a la derecha. Laurie estaba tan distraída por el parloteo de Grace que no reparó en que la pickup de color crema que había estado aparcada en la calle de Nicole se encontraba ahora detrás, girando en la misma dirección que ellos.

34

Martin Collins estaba sentando en un sillón de mimbre, en la terraza de su casa de ochocientos metros cuadrados de Sunset Strip. Contempló el sol que, al otro lado de su piscina infinita, empezaba a descender sobre la ciudad. Había comprado esa casa cuatro años antes por más dinero del que había soñado ganar jamás. No tenía nada que ver con el piso de mala muerte de Nebraska donde había crecido. Él había nacido para vivir allí.

Devolvió la atención a la carpeta de documentos que sostenía sobre el regazo. Eran prototipos de los últimos folletos de los Defensores de Dios, los cuales contenían fotografías de sonrientes miembros de su iglesia entregando latas de comida a los necesitados, de picnis familiares y de Martin arrojando un Frisbee a un labrador rubio. Los estudios de mercado desvelaban que la gente relacionaba a los labradores, más que a ninguna otra raza, con rasgos como la fuerza y la confianza. Martin asintió complacido. Era la clase de folletos que los nuevos seguidores podrían repartir entre familiares y amigos para ampliar el número de afiliados a los Defensores de Dios. Más miembros significaba más aportaciones.

De pronto, recordó que debía llamar a Steve Roman para que le pusiera al día sobre Nicole; su buen humor desapareció al instante. Buscó el número en el móvil y pulsó INTRO.

—Justo a tiempo —dijo Steve a modo de saludo—. Acabo de dejar la casa de Nicole. El equipo de televisión estuvo allí.

—¿Alguna posibilidad de que oyeras lo que les dijo?

Steve percibió la frustración de Martin cuando le respondió que no. Durante la última semana los informes de Steve habían sido extrañamente sucintos. Quizá había llegado el momento de enviar a otro subordinado para que lo sustituyera.

—¿Me estás ocultando algo? —preguntó Martin.

—Por supuesto que no —le aseguró Steve.

Martin estaba al corriente del pasado violento de Steve, de los robos, de las peleas en los bares, de los impredecibles ataques de ira que acostumbraba tener antes de que entrara a formar parte de su iglesia. Aun así, nunca le había dado motivos de preocupación. Steve había cambiado mucho; puede que más que cualquier otro seguidor de los Defensores de Dios. Y era leal.

—Me quedé en la camioneta mientras el equipo entraba en la casa —estaba explicando Steve—. Es inmensa. Se diría que a Nicole le ha ido muy bien, económicamente hablando.

—Entonces ¿eso es todo lo que tienes?

—Por el momento, pero ahora mismo estoy siguiendo al equipo de televisión. Acaban de dejar a dos tipos con un montón de material en un almacén y en estos instantes se dirigen al centro de San Francisco. Tal vez consiga oír algo si me mantengo pegado a ellos. ¿Qué se supone que debo escuchar exactamente?

—¿Recuerdas que te dije que hay gente que no entiende a los Defensores de Dios, que intenta hablar mal de nuestras buenas obras? Pues bien, puede que Nicole sea el peor enemigo de nuestra iglesia. Si le dan la oportunidad de hablar en un programa de televisión de ámbito nacional, podría tener la tentación de criticar nuestras creencias, de inventarse embustes sobre DD o sobre mi propia persona. Necesito saber qué está contando sobre su época en UCLA.

Aunque Martin no era dado a compartir secretos, le había sido imposible reclutar a Steve como sus ojos y sus oídos sin confiarle al menos cierta información. Así pues, Steve sabía que Nicole había pertenecido a los Defensores de Dios en sus inicios y que se había marchado de malas maneras. Sabía que la compañera de cuarto de Nicole en la universidad, Susan Dempsey, había sido asesinada, y que su muerte era el tema del programa de televisión en el que Martin temía que se hablara mal de los Defensores de Dios.

Martin no tenía intención de desvelarle nada más. Después de todo, ese había sido su error con Nicole: permitir que ella viera un lado de él que no estaba preparada para comprender. Al principio, cuando Nicole dejó la universidad y se marchó de la ciudad, Martin siguió con el temor de que pudiera hablar; se preguntaba si había hecho lo suficiente para asegurarse su silencio. Pero los meses se convirtieron en años, y los años en cerca de dos décadas.

Y entonces surgió ese estúpido programa. Había visto el primer especial y sabía lo meticulosos que eran con la información. ¿Sería capaz Nicole de participar en él sin que su relación con DD saliera a la luz?

—El programa va sobre la compañera de cuarto de Nicole —dijo Steve—. ¿Qué tiene que ver el asesinato de Susan Dempsey con DD?

—Estás haciendo más preguntas de las debidas, Steve —dijo Martin con ese tono duro que le helaba la sangre a uno.

—Disculpa —dijo Steve—. Seguiré vigilando. Un momento, se han detenido delante de un hotel muy alto. Sí, están bajando. Sé quién está al mando por la manera en que está dando órdenes: una mujer que va en el asiento de delante. Aparcaré y la seguiré a pie. Veré qué puedo averiguar.

—Hazlo, Steve.

35

Apenas eran la siete de la tarde, pero Nicole ya estaba frente
al tocador de su cuarto de baño quitándose la gruesa capa de
maquillaje que se había aplicado para aparecer ante las cámaras. También se había quitado el ceñido vestido negro y puesto en su lugar su acostumbrado conjunto de pantalón de yoga
y sudadera.

Cuando hubo terminado de secarse la cara abrió los ojos y
tropezó con la imagen de Gavin en el espejo, detrás de ella.

—Esa es mi mujer —dijo él rodeándola por la cintura y
dándole un beso en la mejilla recién lavada—. Hoy estabas
preciosa, pero te prefiero así.

Ella se volvió para mirarlo y respondió a su abrazo.

—Nunca he sido guapa. Seguro que el maquillaje ayuda,
pero no entiendo que haya mujeres dispuestas a tomarse todo
ese trabajo cada día.

—Yo siempre te he encontrado guapa.

—Por favor, si cuando me conociste todavía parecía una
adolescente con cara de pan. Supongo que ahora debería estar
agradecida de haber aparentado siempre menos edad.

Gavin estaba sonriendo para sí.

—¿Qué te hace tanta gracia? —preguntó ella.

—Lo que le conté a esa productora de cómo nos conocimos. Hacía mucho tiempo que no pensaba en ello. Debemos
nuestro matrimonio a tu carnet de conducir falso.

—Me lo dio Madison. Nos consiguió uno a Susan y a mí para que pudiéramos entrar en las discotecas y mirar a los famosos.

—Ni siquiera puedo imaginarte haciendo algo así.

Eso es porque no me conocías cuando era una adepta, una borrega, pensó Nicole. La chica cuyos padres sabían que se «perdería» si la dejaban sola. La que empezó a pasar más tiempo con los desaprensivos miembros de los Defensores de Dios que con su mejor amiga.

—¿Has terminado de trabajar? —preguntó.

—Un par de correos y seré tuyo el resto de la noche.

—Genial. Empezaré a preparar la cena. ¿Qué tal lasaña?

—Estupendo. —Gavin le dio otro beso en la mejilla.

Él regresó a su despacho y ella bajó a la cocina. Mientras troceaba albahaca fresca para la salsa, repasó su conversación con el equipo de televisión. Se dijo que había hecho bien al hablar de Madison, Keith y Frank Parker, las tres personas que estaban realmente bajo sospecha. Pero antes de centrarse en la investigación, Laurie le había hecho todas esas preguntas de por qué había dejado la universidad y se había mudado a la bahía de San Francisco. Y pareció sorprenderse cuando Nicole le dijo que, al conocer a Gavin, le había dado a este un nombre falso.

¿Acaso sabía que había utilizado ese carnet falso para algo más que comprar vino después de huir de Los Ángeles? ¿Sabía lo de los Defensores de Dios?

Imposible. Nicole jamás había vuelto a pronunciar las palabras «Defensores de Dios» o «Martin Collins» desde que dejó L. A. Tenía demasiado miedo.

Puede que Keith Ratner hubiera hablado a la productora de la relación de Nicole con los Defensores de Dios. Después de todo, fue ella quien lo introdujo en ese fraude. Claro que ningún miembro de los Defensores de Dios lo llamaría «fraude», por supuesto. Ellos lo llamaban religión. Decían que se dedicaban a las «buenas obras».

Hacía tanto de eso que a veces le costaba recordar cuándo

había empezado exactamente Susan a sentir tanta animosidad contra los Defensores de Dios. Al principio la habían apoyado. Igual que Susan tenía sus actividades teatrales y su trabajo informático, ella estaba encontrando una nueva red de amigos en lo que inicialmente había descrito a Susan como «un grupo de voluntarios» dedicado a «servir a los pobres». Pero cuando Nicole empezó a adentrarse en el círculo y a pedir donaciones a estudiantes acomodados como Susan, esta comenzó a sospechar de las constantes demandas de dinero de la iglesia.

A comienzos del tercer trimestre de su segundo año de universidad, Nicole le contó a Susan que durante las vacaciones había empezado a ver a Martin Collins, no solo como un miembro más del grupo, sino como su novia. Pensaba que a Susan le preocuparía la diferencia de edad: Nicole, que había terminado un año antes el bachillerato, aún no tenía los dieciocho, mientras que Martin tenía veintinueve. Pero la inquietud de Susan iba más allá. Dijo que los Defensores de Dios eran un fraude, que Martin se estaba llenando los bolsillos con el dinero destinado a los pobres, y que reclutaba a gente vulnerable para que lo trataran como a un dios. También le dijo que le parecía que Nicole estaba metiéndose en «otro mundo», y que le estaban «lavando el cerebro». Le preguntó qué interés podía tener un hombre de veintinueve años en una estudiante de dieciocho.

—¿Qué sabrás tú de Martin si ni siquiera lo conoces? ¿Cómo puedes juzgar a DD si te niegas a enterarte de qué va? ¡No me extraña que Martin diga que intentas corromperme! —gritó Nicole. Era la primera vez que discutían.

Pero no fue hasta que Nicole invitó a Keith a participar con Martin y con ella en un renacimiento que Susan se enfadó de verdad. Nicole nunca la había visto así. Susan era una chica tan serena, siempre sonriendo como si estuviera contándose un chiste o escuchando su propia banda sonora. Pero ese día le gritó con tal furia que tenía la cara roja y el maquillaje le resbalaba por las mejillas. «Keith necesita la atención de todas las chicas que conoce. Primero fue Madison y ahora tú. Pero tú eres peor que Madison. Ella es una coqueta inofensiva, pero tú te llevaste a mi novio a esa estúpida secta. ¿Qué te está pasando, Nicole? Tengo la sensación de que ya no te conozco.»

Incluso ahora, Nicole no conseguía recordar que el momento en que agarró su libro de ciencias políticas y se lo arrojó a la cabeza. Solo vio que Susan se quedaba paralizada, con la boca abierta por el shock. Recordaba que intentó disculparse pero que Susan no quiso calmarse. «Se acabó, Nicole —gritó desde la puerta—. Te quiero, pero o dejas esa secta o te largas de este cuarto.»

Fue la última vez que hablaron.

Nicole salió corriendo de la residencia y se dirigió a casa de Martin. Una vez allí, entró en la habitación de él sin llamar. No estaba solo. En ese momento, Nicole comprendió qué era lo que a Martin le había gustado de ella desde el principio: siempre había parecido más joven de lo que era en realidad, pero, por lo visto, no era lo bastante joven para Martin Collins.

36

Mama Torini's estaba exactamente como Leo lo recordaba: manteles de cuadros rojos y blancos, molduras de madera oscura y paredes amarillas apenas visibles bajo décadas de carteles de películas italianas y fotografías firmadas por famosos. No podía creer que hubieran pasado veintidós años desde que había estado allí con Laurie y Eileen. Le habría gustado que su esposa estuviese con ellos para compartir la experiencia con su nieto, pero un infarto se la había llevado diez años atrás, antes de tener la oportunidad de conocer a Timmy. También le habría gustado que estuviera Greg, el marido de Laurie. Pero, como decía la canción, no siempre puedes tener lo que quieres. Él era afortunado de tener a Timmy y a Laurie en su vida.

Se dio cuenta de que un hombre de aspecto elegante sentado a la mesa de al lado se fijaba en Laurie mientras ella tomaba asiento. Como siempre, su hija vivía completamente ajena a las miradas. Tenía toda su atención puesta en su hijo mientras señalaba una fotografía autografiada de Wynton Marsalis con dos camareros del restaurante.

—¿Qué habéis hecho hoy el abuelo y tú? —preguntó Laurie una vez instalados.

—Caminar y caminar —dijo Timmy—. Cincuenta kilómetros por lo menos. Hemos caminado incluso más que en Nueva York, y aquí es peor porque hay un montón de subidas. Fue... —Hizo una pausa para jadear como un perro cansado—. Cuando llegamos al hotel le dije al abuelo que si dábamos un paso más se me caerían los pies.

Laurie hizo ver que miraba debajo de la mesa.

—Hemos venido andando hasta aquí y todavía conservas los pies. ¿Visteis algo mientras caminabais y resoplabais?

—¡Fue la bomba! Lo hemos visto todo —dijo, entusiasmado, Timmy—. Chinatown, el muelle, una pasada de lugar llamado Exploratorium. Abuelo, ¿cómo se llamaba esa calle superempinada y llena de curvas?

—Lombard. El chico la subió entera, como un campeón.

—Habéis tenido un día realmente ajetreado —concluyó Laurie.

Parecía, por el relato de Timmy, que se hubieran pasado el día haciendo turismo. Pero Leo había encontrado tiempo para hacer su propio trabajo. Su principal cometido era cuidar de su nieto mientras Laurie trabajaba, pero, si realmente quería velar por la seguridad de ambos, no podía ignorar ese instinto que le había traído hasta California: el instinto de un policía.

El inspector del Departamento de Policía de Nueva York, Leo Farley, había pasado veinte minutos del tiempo de televisión de Timmy al teléfono con el detective Alan O'Brien, encargado de investigar el asesinato de Lydia Levitt. Si otra persona hubiera llamado al departamento del sheriff del condado de Alameda para preguntar sobre un homicidio sin resolver ocurrido una semana antes, probablemente la habrían mandado a paseo, pero más de treinta años en el oficio resultaban muy útiles, incluso estando jubilado y viviendo en la otra costa.

Sabía, por el detective O'Brien, que la policía no tenía sospechosos en el asesinato de Lydia, ni siquiera extraoficiales. La triste realidad era que cuando una mujer aparecía asesinada, generalmente se trataba de un caso de violencia doméstica. La policía, sin embargo, no había encontrado indicios de que en el matrimonio Levitt existieran desavenencias y menos aún violencia física. A decir de todos, el marido de Lydia, Don, era un ciudadano modélico, con una coartada sin fisuras en el momento del asesinato de su esposa gracias a las cámaras de seguridad de su gimnasio.

Otra hipótesis era que tal vez Lydia llevaba una vida secreta que pudo ponerla en peligro. Pero un registro exhaustivo de la casa y de los ordenadores había establecido que no existían razones para creer que Lydia no fuera sencillamente lo que parecía: una esposa, madre y abuela de setenta y un años a la que le gustaba la jardinería, comer en restaurantes y charlar con sus vecinos.

Según el detective O'Brien, la explicación más probable era que Lydia había interrumpido un intento de robo en casa de Rosemary. La policía estaba investigando a los ladrones locales.

—¿Le contó Rosemary que habían asesinado a su hija hace veinte años? —le había preguntado Leo.

—En efecto —contestó el detective—. Estaba muy afectada por lo de su vecina y mencionó que le había recordado lo sucedido con su hija Susan. El Asesinato de Cenicienta. Me pregunto si algún día se resolverá.

—Esa es justamente la razón de que esté en California. —Leo le explicó la decisión de Laurie de presentar el caso de Susan Dempsey en *Bajo Sospecha*—. Debo reconocer que me llamó la atención que se hubiera producido un asesinato en casa de uno de los participantes del programa justo cuando estaba comenzando el rodaje.

—¿Cree que el asesinato de Lydia Levitt está relacionado con el programa *Bajo sospecha*?

—Pensé que debería cómo mínimo exponer esa posibilidad. Si se entera de algo que sugiera una posible conexión, le agradecería que me llamara.

Leo tenía que confiar en que el detective O'Brien cumpliera su palabra. Por teléfono le había parecido un hombre de fiar. Hasta que pudiese demostrarle a Laurie que la vecina de Rosemary había sido asesinada debido al programa, le sería imposible convencerla de que estaba en peligro.

Durante la siesta de Timmy había habido otra llamada, esta vez de Alex Buckley. Esa sí podía compartirla con su hija.

—Alex me llamó hoy —dijo.

—A mí también, pero no me dejó ningún mensaje. ¿Cómo le va?

Leo nunca sabía si a Laurie le interesaba realmente que su padre la pusiera al día sobre Alex o si se limitaba a seguirle la corriente, como haría con cualquier otra historia.

—Está deseando venir.

—Genial. Cuando lleguemos a la sesión cumbre podrá empezar con sus interrogatorios.

—Justamente llamaba por eso. Llega a Los Ángeles mañana.

Leo vio el desconcierto en el semblante de su hija.

—Lo habrás entendido mal, papá. Por ahora solo estamos haciendo el trabajo preliminar y recogiendo algunos testimonios. No necesitaremos a Alex hasta la sesión cumbre.

—Sé que ese era el plan inicial, pero por lo visto Brett decidió que quería que Alex tuviera el máximo contacto posible con los sospechosos, o los participantes, o comoquiera que los llames. Alex me comentó que Brett solía no avisarte de ciertas cosas, así que quería asegurarse de que supieras que había adelantado el viaje.

El resumen de Timmy de las actividades del día había conseguido que Laurie dejara finalmente de pensar en el trabajo, pero Leo notó que la tensión se apoderaba nuevamente del rostro de su hija.

—No sabía nada. Típico de Brett.

—¿Estás disgustada? Alex es nuestro amigo. Es un buen hombre.

—Quiero que venga, por supuesto, pero deseaba contactar personalmente con los participantes antes de que él los entrevistase.

—A mí me parece que buscas razones absurdas para mantenerlo alejado de ti...

—Papá, por favor.

Leo comprendió que había llegado el momento de cambiar de tema.

—¿Has conocido a Nicole, la compañera de habitación de Susan?

Ella asintió.

—No es como esperaba. No me dio buenas vibraciones. Sé que puede parecer una locura, pero me pregunto si la policía la vio en algún momento como sospechosa. A lo mejor se centraron demasiado en los demás sospechosos y no se molestaron en averiguar dónde estaba la supuesta mejor amiga de Susan en el momento de su muerte.

—A veces creo realmente que has heredado mis instintos de policía.

—Se trata más bien de mis instintos de periodista. *Bajo sospecha* es un *reality show*, pero no he olvidado mis raíces periodísticas. Igual que no queremos tergiversar los hechos para hacer que la gente parezca culpable si no lo es, tampoco quiero mostrar a Nicole como la amiga angelical de Susan si existe otra versión de la historia.

—¿Qué piensas hacer?

—Voy a averiguar quién era realmente Nicole Melling en UCLA, cuando se la conocía como Nicole Hunter.

Los pensamientos de Steve Roman se vieron interrumpidos por la llegada del camarero con su pelo moreno recogido en una pulcra coleta y una camiseta ajustada de color negro que le marcaba los bíceps.

—¿Otra agua con gas, señor?

Steve miró de soslayo a la mujer, al tipo mayor y al niño. La mujer estaba pidiendo la cuenta.

—No, gracias —dijo.

Intentaba evitar cualquier tentación de ingerir alcohol, pero su presencia ese día en la barra de Mama Torini's era inevitable. Su taburete, situado a tan solo cinco metros de la mesa de la mujer de la tele, le permitía oír su conversación sin problemas.

Por lo visto, Nicole Melling, de soltera Hunter, estaba manteniendo el pico cerrado sobre el problema que había tenido con los Defensores de Dios. Si Steve pudiera darle únicamente esa noticia a Martin, este se tranquilizaría. Tal vez hasta lo liberaría de esa misión y le permitiría recuperar su vieja rutina.

Pero Steve había descubierto que tenían un nuevo problema. Desde su taburete de la barra había buscado en Google «producción de *Bajo sospecha*». Enseguida había encontrado una fotografía de la mujer que había identificado como la jefa del equipo de producción. Se llamaba Laurie Moran; era la creadora y productora del programa. También había averiguado que la propia Laurie había sido víctima de un crimen y que era hija de un policía. Sus pesquisas también le habían confirmado que el tipo mayor sentado a la mesa era su padre.

Y esa mujer acababa de comentar que sentía curiosidad por Nicole y que tenía intención de indagar sobre su pasado. «Voy a averiguar quién era realmente Nicole Melling.»

A Martin no le iba a gustar oír eso.

Alex Buckley contempló la maleta y la bolsa de los trajes que descansaban, todavía abiertas, sobre la cama. Había viajado largas distancias con anterioridad por su trabajo y estaba habituado a salir en televisión, pero esta era la primera vez que combinaba ambas cosas. Había conseguido meter en su equipaje seis trajes y varias opciones más informales.

Cuando Brett Young lo había llamado esa tarde para pedirle que adelantara su viaje a Los Ángeles, Alex quiso consultarlo primero con Laurie. Había visto la manera en que Young la había sorprendido al invitarlo a su despacho sin comunicárselo primero. Así pues, a fin de ganar tiempo, Alex le dijo que debía consultar su agenda. En realidad, había utilizado esos momentos prestados para telefonear a Laurie, pero no la encontró. Llamó entonces a Leo, quien le aseguró que Laurie apreciaría que adelantara su incorporación al programa. Pero ahora que ya tenía hecho el equipaje, se preguntaba si Leo no tendría sus propias razones para querer a Alex en California. Cuando llegara allí, ¿no alteraría el ritmo de trabajo de Laurie y de su equipo de producción? Esta era la primera vez que iban a trabajar juntos desde que habían forjado una amistad fuera del programa.

Cuando lo invitaron a presentar el primer episodio de *Bajo sospecha* dedicado al asesinato de la Gala de Graduación, no pudo resistirse. Había seguido el caso de cerca cuando estudiaba segundo de Derecho en la Universidad de Fordham y siempre había estado convencido de que el asesino era uno de los invitados a la gala. Sus sospechas resultaron ser erróneas. La huella perdurable que le había dejado su participación en el programa no era el descubrimiento de la identidad del verdadero asesino, sino su amor por Laurie Moran.

—¿Necesita un coche para mañana, señor Alex?

—Ramón, ¿cuántas veces tengo que decirte que no me llames señor? Llámame Alex. De hecho, puedes llamarme Al, como en la canción.

—Ese no es el estilo de Ramón, señor.

Alex meneó la cabeza y rió. De vez en cuando observaba su vida y no daba crédito. Ramón tenía sesenta años y era de Filipinas. Divorciado y con una hija en Syracuse, era el «asistente» de Alex. Alex prefería ese término al de «mayordomo», el tratamiento que Ramón había recibido en su anterior puesto con una familia que se había trasladado a la costa Oeste. La interiorista encargada de que el piso de Alex fuera decorado con gusto le había aconsejado que contratara a Ramón cuando vio que Alex pasaba tanto tiempo en el trabajo que a menudo tenía que comprarse camisetas nuevas porque se le amontonaba la colada.

El piso de Alex en Beekman Place, con vistas al East River, tenía seis estancias, más las dependencias del servicio; demasiadas para un soltero. Pero disponía de espacio suficiente para un salón en el que reunir a sus amigos, para un despacho, para Ramón y para el hermano menor de Alex, Andrew, un abogado mercantil de Washington capital que lo visitaba con frecuencia. En opinión de Alex, su casa reflejaba su compromiso con los amigos, la familia y la lealtad. Sin embargo, comprendía la imagen que podía llevarse de él alguien que no lo conociera de verdad.

Aunque en realidad lo que le preocupaba era la impresión que podía causarle a Laurie.

El pasado diciembre pensaba que las cosas saldrían rodadas. El hombre al que Timmy llamaba Ojos Azules había intentado matar al muchacho y a su madre. Instintivamente, Alex había corrido hasta ellos para abrazarlos. Durante ese breve instante casi parecieron una familia.

Pero Leo llegó enseguida, y Laurie y Timmy se deshicieron del abrazo. La familia, en realidad, eran Leo, Laurie y Timmy. Alex era un amigo, un compañero de trabajo, un colega. No formaba parte de la familia. Y más importante aún, no era Greg.

Al principio Alex se dijo que Laurie, sencillamente, no estaba preparada para otra relación. Podía entender perfectamente las posibles razones. Tenía una profesión exigente y un niño que atender. Había perdido a su marido y todavía no había superado su ausencia. Puede que nunca lo hiciera.

Pero ahora, la víspera de su viaje a Los Ángeles para trabajar con Laurie una vez más, se preguntaba si su renuncia tenía que ver únicamente con él. Además de un piso que podía parecer demasiado grande y un asistente con pinta de mayordomo que le llamaba «señor Alex», a Alex le había sido endosado una imagen pública idónea para la prensa amarilla.

¿Cuántas veces había visto su fotografía en las páginas de sociedad con una mujer del brazo y un pie de foto que insinuaba que había algo entre ellos? Pero dado que su trabajo de comentarista de juicios lo había convertido en una pseudocelebridad, tales emparejamientos acababan exagerándose. Andrew le había hablado incluso de una web que aseguraba poseer la lista de todas las mujeres con las que Alex había salido. La mayoría eran nombres que Alex no conocía.

¿Por qué una mujer tan inteligente y segura como Laurie iba a confiar en alguien como él? Ella tenía una profesión y un hijo del que ocuparse. No había sitio para un repeinado donjuán de metro noventa y tres. ¿Acaso Laurie permitiría que Timmy se encariñara de un hombre que, en su opinión, podía desaparecer de su vida en cualquier momento?

Alex observó de nuevo su equipaje y sustituyó una llamativa corbata de estampado de cachemir en tonos morados por otra más conservadora de rayas azules, aunque sabía que nada de eso cambiaría las cosas.

—Uau, mamá, se parece al enorme desayuno que servían en aquel hotel de Aruba.

Las vacaciones en Aruba del invierno anterior habían sido una excusa perfecta para celebrar el éxito del primer episodio de *Bajo sospecha*. Laurie tenía la sensación de que no había parado de trabajar desde entonces.

Posó una mano en el hombro de Timmy mientras observaba las opciones expuestas sobre la enorme isla de la cocina. Había tenido sus reservas sobre la idea de acampar todos juntos bajo el mismo techo en Los Ángeles, pero, dadas las quejas de Brett sobre el presupuesto del programa, no había estado en condiciones de desafiar la lógica de Jerry de utilizar una casa que les hiciera las veces de alojamiento y de plató para el rodaje de la sesión cumbre.

Claro que no había esperado que la casa de Bel Air pareciera una mansión de Normandía. Tampoco que cada uno de ellos —Jerry, Grace, Laurie, Timmy, Leo y Alex— dispusiera de su propia habitación con baño y una cama de matrimonio con las sábanas más suaves que Laurie había acariciado en su vida. Y ahora, gracias a la cuidadosa planificación de Jerry, Timmy y ella se hallaban ante un desayuno servido en la cocina por una empresa de catering.

—¿Puedo coger un bagel? —preguntó Timmy examinando el surtido de la bandeja.

—No empieces a tocarlos todos, ¿vale? —Los niños de nueve años no sabían de gérmenes—. Y claro que puedes coger un bagel.

—¿Y puedo tomar mantequilla y queso cremoso y salmón ahumado y macedonia?

—Puedes, pero asegúrate de dejar algo para los demás.

—Me estás pidiendo que no acapare.

—Exacto. —¿Dónde aprendía esas cosas?

Laurie estaba observando a su hijo untar queso cremoso en un bagel con semillas de amapola cuando entró Jerry. Nunca lo había visto vestido de manera tan informal: polo de color amarillo y chinos azul marino. Todavía tenía el cabello húmedo de la ducha.

—Ah, fantástico. Veo que los del catering ya han estado aquí.

—Sabes que hoy no filmaremos en la casa, ¿verdad? —le recordó Laurie—. Hoy haremos la entrevista preliminar a Keith Ratner.

—Lo sé, pero encargar la comida no es mucho más caro que salir a comer, y ahorra tiempo. El servicio de catering nos servirá tres comidas al día con limpieza incluida por la noche, a menos que les comunique lo contrario. Y luego me dije, ¿por qué no darnos un festín la primera mañana? Además, con todo el dinero que hemos ahorrado con esta casa bien podemos permitirnos un capricho.

Laurie señaló el entorno con el brazo. Junto a la cocina abierta había una enorme sala de estar con chimenea y varias zonas de reunión. El comedor podía acoger a dieciséis comensales. Fuera, una piscina digna de un hotel refulgía bajo el sol.

—Me cuesta creer que esta casa se ajuste al presupuesto que nos ha dado Brett Young.

—Para nosotros sí —dijo Jerry sonriendo con satisfacción—, porque la hemos conseguido gratis.

—¿Perdona?

—Lo que oyes. Cuando telefoneé a Dwight Cook para fijar un día para su entrevista, le dije que el lugar de la sesión cumbre estaba por determinar y que la idea era encontrar una casa cerca del campus. Resulta que él compró esta casa para sus padres cuando REACH despegó. Hace un par de años los padres decidieron que necesitaban algo más pequeño y de una sola planta. Supongo que no quiere venderla por un tema de impuestos o por algo que no soy lo bastante rico para comprender. Tiene un administrador que la ofrece en alquiler como casa de lujo para películas y yo qué sé qué más. Pero a nosotros nos la ha dejado gratis. ¿Estás enfadada?

—¿Porque la casa pertenezca al compañero de laboratorio de Susan?

Jerry asintió.

—Debería habértelo consultado, pero pensé que estabas lo bastante ocupada para encima encargarte de esos pormenores.

Laurie había estado hasta arriba de trabajo, pero le habría gustado saber que iban a recibir una subvención de Dwight Cook. No era la primera vez que obtenían ayuda de alguien implicado en un caso. Para «La Gala de Graduación», rodaron todo el programa en la casa del marido de la víctima. El hombre incluso pagó a los participantes una compensación adicional de su propio bolsillo para asegurarse su presencia. Con todo, la periodista que había en ella había sentido cierta vergüenza.

Jerry ayudó a Timmy a servirse un zumo de naranja.

—Me dije que no pasaba nada por aceptar teniendo en cuenta que Dwight no es sospechoso. Él era amigo de Susan, y, la verdad, con todo el dinero que tiene dudo mucho que nuestra estancia en esta casa afecte a su cartera. Además, en el caso de la Gala de Graduación...

—Tranquilo, Jerry, no hace falta que me des explicaciones. Yo también habría aceptado su ofrecimiento. Pero tendremos que contarlo en algún momento del programa.

El trabajo de Laurie sería más fácil si empezara a confiar más en Jerry a la hora de tomar decisiones.

—Es una casa muy bonita —dijo Timmy dejando el vaso de zumo sobre la mesa—. Gracias por conseguirla, Jerry.

—Gracias, Timmy. Si pudieras embotellar toda esa dulzura y venderla, Dwight Cook no sería el único millonario aquí.

Laurie se volvió al oír unos pasos y vio a su padre y a Alex Buckley entrar en la cocina.

—¿Qué es todo esto? —bramó Leo.

—¡Jerry nos ha traído el desayuno! —exclamó Timmy.

—Mejor aún —dijo Jerry—, Jerry contrató a alguien para que nos trajera el desayuno.

Alex dio a Laurie un beso fugaz de buenos días en la mejilla y fue directo al café. En la mano llevaba un iPad que ella sabía que utilizaría para leer *The New York Times*. La noche anterior había llegado tan tarde que apenas habían tenido oportunidad de hablar.

Laurie vio que Timmy se levantaba de un salto para mostrarles el bufet a Alex y a su abuelo. Mientras los miraba a los tres, se percató de que estaba sonriendo y de que todavía notaba en la mejilla el calor del beso de Alex.

Desvió deliberadamente la mirada hacia el cubierto vacío de la mesa.

—Estamos todos menos Grace —comentó—. Probablemente aún esté acicalándose.

—Le dije que no hacía falta que madrugara —explicó Jerry.

—Hemos quedado con Keith Ratner. —Laurie miró su reloj. No podían demorarse mucho—. Repasaremos la estrategia por el camino. Rosemary siempre ha creído que Keith tuvo algo que ver.

—El novio es importante, lo sé, pero como le gusta la fama casi tanto como a Madison Meyer, he pensado que deberías llevarte a Alex en lugar de a Grace y a mí. Siempre y cuando Alex esté de acuerdo, claro.

Este levantó la vista del café.

—Yo no diría que soy una celebridad, pero si Laurie quiere que vaya, iré.

Otro punto para Jerry. Tenía razón: Alex sabría camelarse a Keith Ratner. Laurie no perdía nada por aprovecharse de su pericia a la hora de sacar información a la gente.

—Alex, si Keith lleva todos estos años guardándose información sobre el asesinato de Susan, no se me ocurre nadie mejor que tú para hacerle hablar.

—No sé, Jerry —dijo Leo con una sonrisa—, a mí me parece que has montado toda esta historia para tener el día libre.

—En absoluto, señor Farley —repuso él agitando su lista de tareas—. Grace y yo tenemos una larga lista de cosas que hacer antes de la sesión cumbre de la semana que viene.

Laurie sonrió.

—Papá, te aseguro que Jerry no para de trabajar. Y hablando de trabajo, deberíamos ponernos en marcha, Alex. Y tú, Jerry, puedes tachar de tu lista una de las llamadas. Nosotros nos aseguraremos de que Keith sepa dónde debe presentarse la próxima semana para filmar el programa.

39

Quinientos ochenta kilómetros al norte, Dwight Cook estaba despertándose en su mansión de Palo Alto. Aunque la casa tenía más de ochocientos metros cuadrados, pasaba la mayor parte del tiempo en esta enorme suite con impresionantes vistas de la ladera. Esa mañana, sin embargo, estaba más interesado en otra de sus propiedades. Cogió el portátil de la mesilla de noche y abrió el visor de las cámaras de vigilancia de la casa de Bel Air.

La primera cámara que apareció enfocaba el vestíbulo. Laurie Moran se dirigía a la puerta. Dwight reconoció en el hombre que la seguía a Alex Buckley, el presentador del programa.

Empleó la tecla de la flecha derecha para observar las cámaras dispuestas por el resto de la casa.

Grace, la ayudante, estaba saliendo de uno de los dormitorios del primer piso tarareando una vieja canción disco. Los demás se hallaban en la cocina, terminando de desayunar, y el niño estaba preguntando si les daría tiempo de ir a Disneylandia. El equipo de vigilancia —montado en el interior de las paredes, totalmente indetectable— funcionaba a la perfección. Dwight se lo había hecho instalar en todas sus propiedades por un tema de seguridad; sin embargo ahora le serviría para otro propósito.

No pensaba viajar a Los Ángeles hasta el próximo fin de semana, pero, a efectos prácticos estaba allí mismo, en la casa de Bel Air, con todo el equipo de producción. Y una vez que comenzara la sesión cumbre, podría verlo y oírlo todo sin que nadie se percatara de ello.

40

Laurie y Alex se encaminaron hacia el todoterreno negro. Además del Land Cruiser, habían alquilado una furgoneta para el equipo de producción y un utilitario para que Leo y Timmy pudieran hacer turismo. Laurie agitó las llaves.

—¿Quién conduce?

—Tú eliges.

—Nunca he conducido en Los Ángeles. Supongo que, al menos, debería intentarlo. Si siento que estoy poniendo vidas en peligro, pararé para que cambiemos.

—Me parece bien —dijo Alex—, aunque me preocupa más la vida de los conductores que cometan la imprudencia de enfadarte.

—Reconozco que puedo ser dura a veces —repuso Laurie riendo—. Procuraré contenerme.

Ya había introducido el destino en el GPS. Tras ponerse el cinturón de seguridad, arrancó el motor para salvar el corto trayecto hasta Westwood.

—Me sorprende que no tengas chófer —observó Alex.

—Dice el hombre con mayordomo —repuso ella con ironía—. ¿Acaso no conoces a Brett Young? No ha parado de darme la tabarra sobre el presupuesto para este episodio. Rodar en California no es barato. Creo que podemos tomarnos la molestia de conducir.

—Esa casa, desde luego, no tiene pinta de barata.

—Curioso que lo menciones. Jerry acaba de contarme que pertenece a Dwight Cook y que nos la ha dejado gratis.

—Pareces molesta.

—No. Pero sé que Jerry tuvo muchas oportunidades de mencionarme ese pequeño detalle antes de venir.

—De haberlo hecho, podrías haber dicho que no, y Jerry habría tenido que ponerse a buscar de nuevo una casa lo bastante grande para alojarnos a todos y donde se pudiera filmar, y todo eso sin salirse del presupuesto de la productora. Como dicen, mejor pedir perdón que pedir permiso.

—Tienes razón. Creo que aún me cuesta dejar de ver a Jerry como el becario flacucho que servía los cafés.

—No es asunto mío, pero, por lo que he podido observar, está muy lejos de eso. Es muy bueno en su trabajo.

—Lo sé. Enviarte hoy a entrevistar a Keith es un ejemplo de ello. Madison y Keith dan mucha importancia al estatus social. Viven en un mundo en el que su valía se mide a diario por la rapidez con que el portero del Ivy va a buscarles el coche. No es exactamente un actor de primera, pero habría conseguido engatusar a Jerry y a Grace.

—Nadie podría engatusar a Grace —dijo Alex.

—Eso es verdad.

—¿Dónde hemos quedado?

—En una pequeña librería de Westwood. Por lo que he leído en internet, parece un local alternativo con una propuesta contracultural.

—¿Por qué ahí? Creía que Keith había dicho que estaba en algo relacionado con su iglesia la noche que Susan fue asesinada.

Laurie tendría que haber sabido que Alex estudiaría exhaustivamente el material sobre el caso.

—Así es, supuestamente al menos. Pero la iglesia todavía no era del todo una iglesia en sus inicios. Una cosa un poco marginal, en mi opinión. En aquel entonces Keith contó a la policía que se encontraba en la librería con un grupo de debate. Cuando la policía indagó un poco más, descubrió que era la reunión de un grupo llamado los Defensores de Dios.

Varios miembros del grupo habían dado fe del paradero de Keith en el momento del asesinato de Susan, pero, basándose en lo que sabía de esa iglesia, Laurie se preguntaba si no se trataría de un grupo cerrado donde se cubrían unos a otros.

—Han progresado mucho desde sus reuniones de reclutamiento en librerías alternativas —dijo Alex—. ¿No es ahora una megaiglesia de la costa Oeste?

—¿Y cómo crees que han llegado tan lejos? —preguntó ella—. Con dinero. Dicen que «propugnan la bondad de Dios» —añadió el gesto de las comillas para dar énfasis a sus palabras—, pero solo les interesa recaudar dinero. Aseguran que lo destinan todo a servir a los pobres, pero me cuesta creerlo. Los miembros de esa iglesia parecen obedecer ciegamente.

—Por eso dijiste que Keith tiene «presunta» una coartada para el asesinato de Susan.

—Exacto. En aquel entonces Ratner era un actor muerto de hambre y llevaba poco tiempo en los Defensores de Dios. Si estuvo implicado en el asesinato de Susan, me cuesta creer que su iglesia estuviera dispuesta a correr el riesgo de encubrirlo.

—En el mundo de la abogacía llamamos a lo que estás haciendo debatir con uno mismo.

—Lo sé. Puedo examinar a cada sospechoso y pensar que es completamente inocente, y un segundo después imaginármelo persiguiendo a la pobre Susan por ese parque. Incluso su amiga Nicole actuó de manera extraña cuando hablamos con ella, como si ocultara algo. Ahora entiendo por qué la policía no consiguió resolver el caso.

—Aún es pronto para desanimarse. Acabamos de empezar.

La diminuta librería tenía todas las paredes forradas de libros, muchos de ellos usados. Detrás de la caja registradora, una pizarra blanca informaba de las próximas actividades. Esa noche, un escritor iba a firmar ejemplares de su libro *Legalizarlo todo*.

El dependiente lucía una barba frondosa que hacía difícil calcularle la edad.

—¿Estáis buscando una cafetería?

Por lo visto, Laurie no era la única que pensaba que Alex y ella parecían fuera de lugar. Por suerte, la campanita de la puerta interrumpió el momento. Al ver la cara de Keith Ratner, Laurie enseguida supo que este había reconocido a Alex de la tele.

—No sabía que hoy fuéramos a filmar. —Se mesó su alborotado pelo moreno.

—Y no vamos a hacerlo —explicó Laurie—, pero Alex quería conocerle antes del rodaje.

Alex le tendió la mano.

—Me alegro de conocerle, Keith. Era un gran seguidor de *Fallos arbitrarios*.

Keith Ratner había interpretado a un fiscal joven en la fugaz serie de abogados.

—Gracias por venir —dijo Laurie—. Y antes de que se me olvide contárselo, ya tenemos sitio para la sesión cumbre de la semana que viene. Es una casa que no queda lejos de aquí. —Le tendió un papelito con la dirección de Bel Air.

—Bien. —Keith se guardó la dirección en el bolsillo del tejano—. Caray, esta librería no ha cambiado nada. Menudo viaje al pasado.

—¿Hacía mucho que no venía por aquí? —le preguntó Laurie.

—Solo vine dos veces, creo, y en ambas ocasiones para una reunión.

—De los Defensores de Dios.

—Ajá. ¿Importa eso?

—Solo si los miembros de su iglesia lo encubrieron porque compartían la misma religión.

—Conque una charla cordial, ¿eh? —Keith miró a Alex en busca de apoyo, pero este hizo ver que examinaba una estantería etiquetada HAIKU Y TANKA—. Si alguna vez estuve «bajo sospecha» fue únicamente porque nunca le caí bien a Rosemary. Seis personas confirmaron a la policía que estuve con ellas toda la noche, primero aquí, en la librería, y luego tomando un café. Pero como formábamos parte de una iglesia nueva que la gente no entendía, es como si nuestra palabra no tuviera validez alguna.

—Lo siento, Keith, no es mi intención presionarle por su sistema de creencias. Pero tiene que reconocer que cuando hablamos por teléfono intentó desviar la atención hacia los demás.

—Así es la naturaleza humana. —Keith miró de nuevo a Alex—. Seguro que usted, como abogado criminalista, lo entiende. Alguien mató a Susan y no fui yo, de modo que sí, podría decirse que sospecho de todos los demás. La gente parece olvidar que fue mi novia durante cuatro años. Yo quería a esa muchacha.

—Y sin embargo la engañaba —intervino Alex. No tenía intención de jugar al poli bueno.

—Nunca he dicho que fuera perfecto. ¿Por qué cree que tuve la necesidad de encontrar una nueva religión, de hallar algo en lo que creer? Como novio era un desastre, pero eso no me convierte en un asesino. ¿Se han molestado en investigar lo que les conté de Dwight Cook? Qué casualidad que inventara algo tan valioso a los pocos meses de morir Susan.

—A decir verdad, sí indagué en su teoría —dijo Laurie—. Y lo que descubrí fue que usted sabía tan poco de su novia que ignoraba por completo en qué proyecto estaba trabajando. Hasta su profesor ha confirmado que la investigación de Susan no tenía nada que ver con la idea que generó REACH.

—Los profesores no conocen realmente a sus alumnos. Dwight seguía a Susan como un perrito faldero. Cada vez que me pasaba por la residencia me lo encontraba merodeando por los alrededores. Me da igual que ahora sea millonario. Le digo que a ese tipo le faltaba un tornillo.

—Parece desesperado, Keith.

Meneó la cabeza.

—Compruébelo si no me cree. ¿Sabe? Cuando acepté participar en el programa me dijo que sería objetiva, que era, ante todo, periodista. Pero es evidente que Rosemary ha contaminado su mente con respecto a mí. Me retiro.

—Solo le estamos haciendo algunas preguntas —dijo Laurie—. Y, además, firmó un contrato.

—Demándeme.

Cuando Keith salió de la librería, Laurie sintió el tintineo de la campanita como el timbre que indicaba el final de un asalto que sabía que había perdido.

41

Keith podía notar el móvil temblándole en la mano. Hacía años que no se alteraba de ese modo. Cuando menos, no podía recordar haber hablado antes a Martin Collins con tanta firmeza.

—No puedo hacerlo. Tendrías que haber oído cómo criticaban a DD. No pude controlar mi ira. Tuve que irme para evitar hablar más de la cuenta.

—Quién mejor que yo, Keith, para saber qué se siente cuando gente que no puede entender nuestras buenas obras menosprecia nuestras creencias.

Keith debería haber imaginado que Martin no aceptaría su decisión, pero este no entendía su frustración. Había percibido el tono de burla de Laurie Moran cuando mencionó a los Defensores de Dios. Ella jamás podría entender hasta qué punto DD lo había salvado después de la muerte de Susan.

El servicio a los demás y la certeza, por parte de Martin, de la bondad de Dios habían evitado que Keith aliviara su sufrimiento con el alcohol y las mujeres. Y estaban las sesiones en grupo. Keith empezó a examinar la culpa que sentía por haber tratado mal a Susan en vida. Se dio cuenta de que todas sus traiciones eran pequeños actos de venganza. Por mucho que la amara, Susan le hacía sentirse pequeño. Recordaba que otros chicos del instituto hablaban de que los padres de su pareja lo trataban como a uno más de la familia. A su amigo Brian, la familia de su novia Becky hasta le hacía regalos por su cumpleaños y en Navidad.

Keith, en cambio, jamás había recibido la menor señal de aprobación —y no digamos de afecto— por parte de Rosemary o de Jack Dempsey. Jack trabajaba tanto que no habría sido capaz de señalar a Keith en una rueda de reconocimiento. ¿Y Rosemary? Lo trataba como a una mierda con sus constantes suspiros de decepción y sus comentarios mordaces sobre el sueño de Keith de ser una estrella de cine.

Susan siempre le decía que no hiciera caso, que su madre simplemente quería protegerla y habría reaccionado del mismo modo si saliera con un aristócrata con una beca Rhodes. Pero después del asesinato de Susan, Keith comprendió que las críticas habían hecho mella en su persona. Hacer daño a Susan —tener poder sobre ella— había sido su manera de evitar que ella le hiciera daño a él.

Ahora sentía que Rosemary Dempsey volvía a tener la sartén por el mango. Hizo un intento de explicárselo una vez más a Martin.

—La forma en que me habló esa productora de televisión ha reactivado mis viejas inseguridades. Y la manera en que hablaba de DD me hizo acordarme de que Susan la tachaba de fraude cuando Nicole ingresó en la iglesia.

—Espero que en ningún momento insinuaras que fue Nicole quien te introdujo en ella.

—Naturalmente que no.

—Recuerda: si te lo preguntan, te entregaron un folleto en el campus que despertó tu curiosidad. Con todos los folletos que me dediqué a repartir entonces, es del todo creíble. No digas nada que pueda relacionar a Nicole con DD.

—No voy a decir nada. No quiero participar en ese programa.

—Sabes que no es una buena idea. No siempre puedes pensar en ti, Keith. Nadie se halla en mejor posición que tú para predicar la obra de Dios.

—¿Cómo puedo predicar la obra de Dios estando en una

casa llena de gente que se burla de todo lo que nuestra iglesia defiende?

—¿Una casa?

—Sí. Han cogido una casa para la filmación. Y se alojan en ella. —Sacó la dirección del bolsillo y se la leyó.

—Escúchame bien: llamarás a la productora y confirmarás tu participación. Los Defensores de Dios es un grupo al servicio de Dios, y la participación de Nicole en ese programa constituye una amenaza directa para nuestro grupo. Tengo motivos para creer que Nicole no dirá nada sobre nosotros por el momento, pero puede que la productora esté indagando sobre su pasado.

—¿«Motivos para creer»?

—Cuento contigo para que me informes de las intervenciones de Nicole y desvíes la investigación de todo aquello que pueda conducir a DD. ¿Lo has entendido?

A veces Keith se preguntaba si no debería poner más en duda las órdenes de Martin. Pero, sin los Defensores de Dios, ¿qué sería de él?

42

Decidida a mantener el ritual familiar de los juegos de mesa después de la cena, Laurie reunió a su equipo en la sala de estar de la casa de Bel Air para jugar a Bananagrams, una especie de Scrabble rápido. Los momentos favoritos de Timmy eran los juegos de palabras relacionados con las bananas: «split» para empezar a jugar y «pelar» para sacar fichas nuevas. Grace había ganado tres partidas seguidas, y en cada ocasión le decía a Timmy que no era la persona más lista de la sala pero sí la más competitiva, «y eso es lo que importa a la larga».

Laurie podía ver que Timmy y Leo estaban de acuerdo.

Jugaban todos menos Jerry, que estaba sentado en una butaca junto a la chimenea, trabajando en el programa de la sesión cumbre de la semana siguiente.

—Descansa un poco —dijo Leo— o te quedarás bizco.

—No puedes descansar cuando convives con tu jefa.

Jerry levantó la vista de sus notas y guiñó un ojo a Timmy, que se echó a reír.

Laurie se dijo que si alguien debería estar trabajando esa noche era ella. Se había cargado la entrevista de ese día con Keith Ratner. El hombre era un arrogante, pero tenía razón. Rosemary estaba convencida de que Keith se hallaba implicado en la muerte de Susan, pero ¿esa sospecha se basaba en hechos reales o en la creencia de que Susan jamás habría ido a

Los Ángeles de no haber sido por su novio? Además, ¿habría dudado alguien de la coartada de Keith si hubiese venido de seis miembros de un club de lectura o de algún grupo reconocido y no de los Defensores de Dios?

Debería estar formando palabras con sus fichas, pero no podía dejar de oír la voz de Keith: «Me dijo que sería objetiva». Informar con objetividad implicaba comprobar las coartadas.

Se disculpó para hacer una llamada. Buscó el número de teléfono de la iglesia de los Defensores de Dios y le salió un contestador. «Soy Laurie Moran y llamo para hablar con el reverendo Collins.» Había leído que Martin Collins era el fundador y pastor de los Defensores de Dios. Aunque los testigos de la coartada de Keith que habían hablado con la policía eran miembros de la iglesia, imaginaba que Collins habría estado al corriente de la situación dado el tamaño relativamente pequeño de su iglesia en aquel entonces y la difusión mediática de la investigación. «Es sobre un miembro de la iglesia llamado Keith Ratner y una investigación policial llevada a cabo en 1994. Si pudiera devolverme la llamada, se lo agradecería.»

Cuando Laurie regresó a la improvisada sala de juegos, Jerry le hizo señas para que se acercara.

—¿Por qué no cierras de una vez el chiringuito? —protestó ella—. Estoy empezando a sentirme culpable.

—Eso quiere decir que no tienes ni idea de hasta qué hora suelo trabajar en Nueva York. Además, me divierte. Estaba leyendo viejos ejemplares del periódico de UCLA que me descargué en el ordenador. Pensé que valía la pena explorar las secuelas que dejó la muerte de Susan en el campus. ¿Tenían miedo los estudiantes? ¿Añadió la universidad medidas de seguridad? Esas cosas.

—Buena idea.

—Gracias. Y entonces vi esto.

Jerry giró el portátil para que Laurie pudiera ver la pantalla. El titular rezaba: PROFESOR DE INFORMÁTICA SE MARCHA

AL SECTOR PRIVADO, SU PRIMER EMPLEO CON UN ESTUDIANTE
DE UCLA.

El artículo se había publicado en septiembre de 1994, en la primera edición del año académico posterior a la muerte de Susan, y contaba que Richard Hathaway, un profesor de informática popular y prolífico, dejaba la universidad para ocupar un puesto prometedor en el sector privado centrado en la búsqueda por internet.

Según el artículo, una norma de la universidad que declaraba a esta propietaria del trabajo de investigación y desarrollo realizado por todo su personal docente pudo influir en la marcha de Hathaway. El autor del artículo daba a entender que la norma hacía difícil contratar y conservar a profesores en los campos más innovadores y lucrativos. También informaba de que el primer puesto del profesor Hathaway en el sector privado sería de asesor del estudiante de tercer año de UCLA Dwight Cook, quien entonces buscaba financiación para su tecnología de búsqueda en internet.

El pie de la foto del profesor Hathaway decía: «Trabajando para una empresa pionera de éxito, el profesor podría ganar en un día su sueldo de un año en UCLA».

Pero fue el último párrafo del artículo el que Jerry resaltó en la pantalla para Laurie:

El profesor Hathaway quizá sea conocido por los estudiantes ajenos al departamento de informática como el profesor «guaperas», apodo dado por esta publicación durante los últimos tres años. Aunque este premio es solo uno más de las muchas distinciones irónicas otorgadas por el consejo editorial del periódico, no todo el mundo lo encuentra gracioso. El año pasado, una estudiante presentó una queja a la universidad en la que repetía los rumores que corrían por el campus de que el profesor Hathaway había salido con alumnas, y afirmaba que favorecía académicamente hablando a las estudiantes más agraciadas basándose tan solo en su atractivo físico. La estudiante retiró la queja cuando se negó a dar nombres de alumnas que podrían haber tenido una relación con el popular profesor, y no hubo otras estudiantes dispuestas a confirmar sus acusaciones.

Jerry se volvió hacia Laurie para ver si había terminado de leer.

—Sabemos que Susan era una de sus estudiantes favoritas. Y que era muy atractiva.

Laurie volvió a examinar la fotografía que acompañaba al artículo. Hathaway tenía entonces unos treinta y ocho años. Cuando lo conoció en el despacho de Dwight Cook, advirtió que era un hombre guapo, pero tenía la cara más redonda y el pelo menos poblado que en la fotografía. Mientras observaba la versión joven de Hathaway, se percató de que sus rasgos se parecían a los de Keith Ratner: cabello moreno, pómulos marcados y una sonrisa matadora. Era fácil imaginar que una mujer pudiera sentirse atraída por los dos.

¿Susan y su profesor? Era una teoría que la policía ni siquiera había considerado.

—Hablaré con sus compañeras de cuarto, para ver si hay algún indicio que confirme que Susan y el profesor Hathaway tuvieron una aventura. De ser así, Dwight Cook desde luego lo ignoraba. La primera vez que hablé con él tuve la sensación de que había estado enamorado de Susan, y Keith, por su parte, dio a entender que Dwight estaba obsesionado con ella. Este jamás habría mantenido a Hathaway como su mano derecha en REACH si el profesor hubiera tenido una relación con Susan. Por otra parte, el artículo lo llama asesor. Sabemos que Hathaway fue una pieza fundamental de REACH desde el principio. Eso quiere decir que recibía acciones y mucho dinero. Sé que me dijiste que Hathaway confirmó que la idea de REACH era de Dwight y no de Susan, pero...

—¿Crees que Dwight Cook pudo asesinar a Susan?

—No lo sé, Jerry. Si he aprendido algo, es que muchas veces el asesino es el sospechoso menos probable.

Pensó en el asesinato de su marido. Como Greg era médico de urgencias, la policía pensó que quizá un paciente trastornado se había obsesionado con él. A nadie se le ocurrió que Greg pudiera haber sido atacado por un sociópata consumido por el odio contra el padre de Laurie, el inspector Leo Farley del Departamento de Policía de Nueva York.

Laurie evocó su conversación de esa mañana con Alex; Jerry, efectivamente, había progresado mucho desde sus días de becario. Ahora era prácticamente un colega para ella en el programa, y debía tratarlo como tal.

—Llamaré de nuevo a Rosemary para no contar solo con la palabra de Hathaway y Dwight sobre el trabajo de Susan en el laboratorio. Ella sabrá en qué proyecto estaba trabajando su hija.

Laurie había confiado en acortar la lista de sospechosos antes de la sesión cumbre, pero esta no hacía más que crecer.

43

Eran cerca de las doce de la noche cuando Dwight Cook introdujo la llave en la cerradura de su bungalow de Westwood. Hathaway y él habían tomado el avión privado de REACH a Los Ángeles, pero el vuelo se había retrasado debido a la niebla en San Francisco.

Hathaway se burlaba de él por mantener esa modesta casita, la cual Dwight había comprado al terminar su tercer año de universidad, una vez que REACH parecía una empresa lo bastante sólida para que le concedieran una pequeña hipoteca. De hecho, Hathaway se burlaba de él por volver siquiera a la universidad. Estaba tan seguro del potencial del REACH para hacer dinero que él mismo se había jubilado como profesor titular.

Pero a Hathaway siempre le había motivado más el dinero que a Dwight. Por absurdo que pareciera, a Dwight le gustaba la universidad; no las fiestas o pasearse por el campus, sino aprender. De modo que después de que REACH despegara, encontró la manera de terminar la carrera. Además, tenía a Hathaway para que supervisase la empresa.

En cuanto cerró la puerta tras de sí, abrió el portátil y entró en las cámaras de vigilancia de la casa de Bel Air. Le había resultado imposible revisar los vídeos mientras estaba con Hathaway.

Examinó a cámara rápida horas y horas de cinta. La casa

había estado vacía la mayor parte del día. El niño y su abuelo habían sido los primeros en volver, luego el niño había visto un poco de tele mientras el abuelo hacía algunas llamadas. Después llegaron Jerry y Grace, seguidos de Laurie y Alex Buckley. Al parecer, planeaban terminar la noche jugando a algo en la sala de estar.

Pulsó PAUSA. Jerry estaba solo en un rincón mientras los demás jugaban. Parecía que Laurie abandonaba el juego y hablaba con Jerry a solas. Rebobinó hasta el comienzo de la conversación y pulsó PLAY.

Para cuando vio a Laurie regresar a la mesa de juego, Dwight quería estampar su portátil contra la pared. Cuando decidió vigilar la actividad en la casa, pensó que le aportaría cierta sensación de control, pero esto era exasperante. Lo que él quería en realidad era estar en esa habitación con ellos. Si le hicieran las preguntas adecuadas, podría sacarlos de su error.

¿Susan y Hathaway? Sentía náuseas solo de pensarlo. Además, era absurdo. Susan estaba demasiado obnubilada por el abominable Keith Ratner para fijarse en otro hombre.

¿Y la idea de que era Susan quien había desarrollado REACH? La tecnología que había conducido a la creación de REACH no era idea de Susan. De hecho, ni siquiera era de Dwight. Tal como había señalado Hathaway, Dwight y él eran dos mitades de un todo. Por sí solo, Dwight probablemente jamás habría concebido una idea tan buena. Pero sin el talento programador de Dwight, Hathaway se habría estancado y otra persona le habría superado en habilidades antes de que REACH despegara.

Susan no tenía nada que ver con eso.

Él quería que su asesinato se resolviera, pero la gente de *Bajo sospecha* estaba siguiendo una pista equivocada, y Dwight no podía sacarlos de su error sin desvelar que estaba escuchando sus conversaciones. Se encontraba atado de pies y manos. No podía hacer nada salvo mirar, escuchar y confiar. Oh, Susan, pensó con tristeza.

Entró en la web We Dive SoCal. Esperaba que alguien le

aconsejara sobre lugares nuevos que explorar durante su estancia en Los Ángeles, pero por lo visto iba a tener que conformarse con sus inmersiones habituales: Farnsworth Bank, en el lado de barlovento de Catalina, y las plataformas petrolíferas frente a Long Beach.

Seguramente era bueno para él que conociese tan bien ambos lugares; había ido allí decenas de veces. Dwight se sentía mejor cuando seguía una rutina. En pie a las ocho. Café. Cinco kilómetros de footing. Cereales con fruta. Trabajo. Puede que cena con Hathaway. Leer. Dormir. Vuelta a empezar.

Desde que Nicole se había presentado en REACH con la noticia de que *Bajo sospecha* iba a tratar el caso de Susan, su rutina se había visto trastocada. Una vez que averiguara quién había matado a Susan, su vida podría volver a la normalidad.

Entretanto, tenía que aplazar su contacto con el agua. Solo tres días más para poder bucear.

44

Madison Meyer abrió la puerta que marcaba 2F.

—No puedo creer... que la residencia siga aquí. En aquel entonces era nueva, pero ahora, buf, qué anticuada se ve.

De ladrillo amarillo, el edificio constaba de tres plantas divididas en eficientes habitaciones con baño. Cada campus de Estados Unidos tenía residencias similares de la misma época. Estaban en la habitación triple que Susan, Nicole y Madison habían compartido en primero.

—Eh, tú, el de la gorra negra —Madison señaló a uno de los cámaras—, si estoy girada hacia este lado es por algo. Olvídate de mi perfil derecho; ya te he dicho que es mi lado malo.

—Su agente ya nos ha informado de todas su peticiones —dijo Grace en un tono cansino.

Laurie se dio cuenta de que Grace quería poner a Madison en su sitio al estilo neoyorquino. Jerry habría mostrado más paciencia, pero se había quedado en la casa de Bel Air para planificar la sesión cumbre.

—Lo que Grace quiere decir —intervino con delicadeza— es que cuidamos de cualquier detalle durante el montaje. Además, la mayor parte de su tiempo ante las cámaras será en la sesión cumbre.

—Y sí —añadió Grace—, tendremos peluquera y maquilladora. Y opciones vegetarianas en todas las comidas. Y la marca de agua que solicitó.

Alex Buckley posó una mano suave en el hombro de Grace.

—Y ahora creo que lo que Grace está intentando decir es que su agente hizo un excelente trabajo.

Grace y Madison rieron. A Laurie nunca dejaba de sorprenderle hasta qué punto la atención de un hombre guapo podía hacer que algunas mujeres se olvidaran de todo.

Temporalmente aplacada, Madison continuó su gira por la habitación. Laurie habría preferido que también estuviera Nicole, pero se había mostrado reacia a viajar a Los Ángeles antes de la sesión cumbre. Lo único bueno de su ausencia era que quizá consiguieran que Madison hablase abiertamente de cómo era Nicole en la época en que fueron compañeras de cuarto. Laurie estaba decidida a destapar aquello que Nicole les había ocultado.

Terminada la visita, Laurie preguntó a Madison por qué se había mudado con Susan y Nicole en segundo de carrera, después de que ellas ya hubieran sido asignadas como compañeras de cuarto en primero.

—Digamos que el primer año tuvieron más suerte en el sorteo que yo. La chica con la que compartía cuarto en primero era un mal bicho. Su familia la llamaba Taz, por el demonio de Tasmania. Cuando entraba en una habitación parecía que pasara un tornado. Era escandalosa y antipática, y me cogía mi ropa sin permiso. Una auténtica pesadilla. De modo que nunca íbamos a ser amigas como Susan y Nicole, que estaban todo el día pegadas. Cuando al año siguiente abrieron el sorteo, comuniqué a todo el mundo que buscaba compañera de cuarto. Susan me preguntó si quería compartir habitación con Nicole y con ella.

—¿Cómo conoció a Susan? —preguntó Laurie.

—En el departamento de arte dramático.

—He oído que eran rivales. Acabaron compitiendo por los mismos papeles debido a su parecido físico.

—Ya conoce el dicho. A veces se necesita un contrincante para sacar lo mejor de uno mismo.

—¿Se le hacía extraño convivir con su rival? Imagino, además, que para entonces ellas ya tenían su propia dinámica como compañeras de cuarto. ¿Alguna vez sintió que sobraba?

—Sin intención de parecer arrogante —dijo Madison mirando directamente a Alex—, nunca me he sentido rechazada; simplemente no estoy programada para eso. Pero si me está preguntando si a veces me sentía desplazada, la respuesta es sí. Pequeñas cosas, como meterse conmigo por ser demasiado coqueta. Todas tenemos una chica mala dentro, y Susan y Nicole también eran capaces de hacerme el vacío alguna que otra vez.

Laurie percibía resentimiento en las palabras cautas de Madison, pero las pequeñas riñas entre amigas no eran, por lo general, una razón para asesinar a alguien. Era el momento de abordar temas que habían surgido en otras entrevistas.

—¿Recuerda, por casualidad, en qué estaba trabajando Susan en el laboratorio de informática? —preguntó Laurie.

Madison respondió de inmediato.

—En un programa de reconocimiento de voz. Tuvo la idea porque su padre solía trabajar en casa los fines de semana y empleaba un dictáfono para grabar propuestas e informes pero tenía que esperar al lunes para que su secretaria los pasara a máquina.

Además de Dwight y del profesor Hathaway, también Nicole y Rosemary habían confirmado la naturaleza del trabajo de Susan. Estaba claro que Dwight Cook no le había robado la idea para fundar REACH, como había insinuado Keith Ratner.

Por otro lado, estaba el rumor de que el profesor Hathaway mantenía relaciones amorosas con algunas alumnas. La noche previa, Laurie había buscado más información sobre Hathaway en internet. Aunque inicialmente había dejado UCLA para buscar oportunidades en el sector privado, solo había trabajado para REACH, y de manera sumamente lucrativa. Laurie había encontrado revistas de negocios que insinuaban que

Hathaway era el verdadero cerebro de la operación, mientras que Dwight aportaba la imagen joven y estrafalaria que estaban buscando los inversores en los primeros años de la red. Pero no había encontrado nada más sobre alegaciones de devaneos en el campus.

—¿Qué puede decirnos de la relación de Susan con su novio? —preguntó Laurie.

—Ah, sí —dijo Madison en un tono despreocupado—, aquel tío. ¿Cómo se llamaba?

—Keith Ratner.

A Laurie le extrañó que no recordara el nombre de Keith, sobre todo porque ambos habían gozado de cierto éxito como actores.

—Eso. Eran novios desde el instituto. Se adoraban.

—¿En serio? —intervino Alex—. Porque nos han contado que Keith tenía ojos para otras chicas.

—Yo nunca lo noté.

—¿Cree que es posible que Susan estuviera viendo a otro hombre aparte de Keith? —preguntó Laurie.

Sobre ese asunto Madison se mostró más empática.

—En absoluto. Ella no era así. Además, tampoco le daba tanta importancia al hecho de salir con alguien. O sea, que Keith era su novio pero no su máxima prioridad. Los estudios, el trabajo y el teatro iban por delante. Digamos que Keith era su cuarta prioridad. Parecían un viejo matrimonio.

Laurie advirtió que Madison estaba otra vez mirando a Alex directamente a los ojos. Por qué no le soltaba de una vez por todas: «Conmigo nunca te aburrirías. Los hombres son mi prioridad». Su actitud era realmente descarada.

—¿Y qué me dice de Nicole? —preguntó Laurie.

—¿Qué quiere que le diga?

—Rosemary me ha contado que Nicole era muy amiga de Susan, pero a veces las madres no conocen todos los detalles de la vida de sus hijos cuando están en la universidad. Como bien ha dicho, todas llevamos una niña mala dentro. ¿Alguna vez eran malas la una con la otra?

—Qué curioso, no recuerdo que nadie preguntara sobre Nicole cuando Susan fue asesinada. Toda la atención estaba puesta en Frank y en mí. Le seré franca: Nicole no era santo de mi devoción, y creo que el sentimiento era mutuo. Pero si hubiese querido matar a alguien habría sido a mí, no a su querida Susan. Estoy bromeando. Nicole no mataría a nadie. Y yo tampoco. Y Frank Parker tampoco.

—Entonces ¿quién queda como sospechoso? —preguntó Alex.

—Siempre pensé que la clave para encontrar al asesino de Susan residía en averiguar cómo subió hasta Laurel Canyon. Su coche estaba en el campus. —Madison miró por la ventana y señaló un aparcamiento situado en la parte de atrás de la residencia—. Justo ahí detrás.

Alex hizo una pausa para seguirle la mirada, pero ya tenía la siguiente pregunta preparada.

—La gente cree...

—Que lo hizo Frank, que yo lo encubrí y que uno de nosotros, o los dos, devolvió después el coche al campus. Pero yo soy una de las dos personas que se hallan en la peculiar situación de saber que eso no fue así. El coche de Susan estaba dando problemas, por eso siempre me he preguntado si aceptó que alguien la llevara para evitar el riesgo de quedarse tirada.

Laurie no recordaba haber leído en los informes policiales nada sobre problemas con el coche.

—¿Tenía el coche estropeado?

—Era... ¿qué palabra utilizaba ella? Salía a menudo en los exámenes de ingreso para referirse a alguien temperamental. ¡Voluble! Le encantaba esa palabra.

Mientras repasaba las posibilidades, Laurie comprendió que ese pequeño detalle sobre el coche de Susan podía ser importante. La reconstrucción de los movimientos de Susan el día de su muerte se había realizado basada en el supuesto de que había ido en su coche desde el campus hasta la casa de Frank Parker para la audición. De acuerdo con ese supuesto, el asesino más probable era Frank o alguien con quien Susan podría haber estado antes de la prueba. Pero ¿y si se había subido al coche de otra persona cuando se dirigía a casa de Frank?

Como si le hubiera leído el pensamiento, Alex preguntó:

—¿Cree que Susan se subiría al coche de un desconocido?

Madison se encogió de hombros.

—No, a menos que llegara tarde y estuviese desesperada. Pero a veces no pensamos en los desconocidos como tales, ¿sabe? A lo mejor alguien a quien conocía de vista del campus se ofreció a llevarla y ella no se dio cuenta de que era un tarado hasta que ya era demasiado tarde.

O a lo mejor ese alguien, pensó Laurie, era el novio, Keith Ratner, como la madre de Susan siempre había creído.

Alex estaba dirigiendo la conversación hacia otro asunto.

—Ha mencionado que usted es una de las dos personas que saben con certeza dónde estuvieron Frank Parker y usted aquella noche. ¿Cómo ha llevado todos estos años que la gente pusiera en duda su palabra?

—Es horrible, como puede comprender, y frustrante, e irritante. No me parece tan complicado: un director aclamado por la crítica me llamó, me dijo que otra estudiante de UCLA le había dado plantón y me preguntó si estaba dispuesta a hacer una lectura esa misma noche. Yo sabía que la otra estudiante era Susan e imaginé que se había echado atrás en el último momento, así que me dije: no hay mal que por bien no venga. Subí al coche y fui a casa de Frank. Me quedé hasta cerca de las doce. Imagino que saben que la policía comprobó su registro de llamadas, ¿no? A eso de las nueve y media encargamos una pizza, lo cual también quedó confirmado. Aun así, gente que no me conoce prácticamente me llama embustera sin tener pruebas en las que basarse.

Era cierto que la investigación policial confirmaba lo de la pizza, pero el repartidor ignoraba si el hombre que la pagó estaba solo o acompañado. El registro de llamadas también confirmaba que Frank había hecho una llamada al teléfono de la habitación de Madison, pero, tal como ella había señalado, ellos dos eran los únicos que sabían qué se dijo en esa llamada y qué sucedió después.

—¿Qué hacía en casa un sábado por la noche? —inquirió Laurie.

Desde el principio había pensado que algo en el relato de Madison sobre aquella noche no encajaba. Tan solo una semana atrás, Madison los había tenido esperando en el porche mientras se retocaba el carmín de los labios. ¿Realmente se subiría al coche para ir una prueba sin arreglarse primero?

Pero ahora que se había hecho una mejor idea de cómo era Madison, Laurie comprendió qué era eso que no veía claro.

—Me ha parecido que usted tenía en aquel entonces una vida social ajetreada. Me cuesta imaginar que estuviera en su habitación cuando el teléfono sonó a las siete cuarenta y cinco un sábado por la noche.

—No me encontraba bien.

—Sin embargo, sí se encontró lo bastante bien para subirse al coche y acudir a una prueba. Y dudo mucho que se presentara en casa de Frank Parker en chándal y sin pintar.

Madison sonrió, una vez más directamente a Alex a pesar de que era Laurie quien hacía las preguntas.

—Claro que no. Y yo nunca me quedaba en mi habitación los viernes y los sábados por la noche. Ese sábado en particular tenía una fiesta en Sigma Alpha Epsilon, de modo que me había arreglado. Pero, como he dicho, empecé a encontrarme mal y al final decidí quedarme en casa. Así que cuando Frank me telefoneó ya estaba arreglada y lista para salir. Me subí al coche y conseguí un papel fantástico. Gané un Spirit. La gente todavía quiere creer que obtuve aquel papel porque le di una coartada a Frank, pero lo conseguí por mis propios méritos.

—Pero ese papel podría haber sido para Susan si no la hubieran matado.

—¿Y cree que eso no me amargó la experiencia? Susan y yo éramos rivales, pero también amigas. Todo el mundo parece olvidar eso. ¿Cuántas veces tengo que decirlo? Frank Parker me llamó a las siete cuarenta y cinco, fui directamente a su casa, estuve con él desde las ocho y media hasta las doce, pedimos una pizza hacia las nueve y media, y luego vine a casa. No tuve nada que ver con la muerte de Susan.

45

Laurie dejó que Grace condujera hasta Bel Air. Esta nunca tenía la oportunidad de conducir en Nueva York y estaba disfrutando de la experiencia, pese al horrible tráfico de Los Ángeles.

—¿Qué pensáis? —preguntó Laurie ya en la carretera.

Alex se había subido al asiento de atrás del todoterreno antes de que Laurie pudiera protestar.

Grace fue la primera en dar su opinión.

—No me la creo. ¿Que Susan y ella eran amigas? Tal vez, pero un segundo después estaba alardeando de que había ganado un Spirit y que lo había conseguido por sus propios méritos. Lo siento, pero me parece de una frialdad extrema.

Estaba agitando un dedo en el aire para dar énfasis a sus palabras, y Laurie notó que se le iba el coche.

—Grace, las dos manos en el volante, por favor.

—Lo siento, es que esa mujer me saca de mis casillas. ¿Y el rollo de las horas? Uau, parecía ensayado. Siete cuarenta y cinco, ocho y media, nueve y media, doce, como una muñeca de cuerda.

Laurie estaba de acuerdo con Grace. Madison había mantenido su coartada con Frank Parker, pero resultaba casi demasiado perfecta. Todos los detalles de lo que recordaba de aquella noche concordaban con la versión que le había dado a la policía veinte años antes. Los recuerdos reales no funcionaban así. Solían evolucionar con el tiempo, unos matices se difuminaban mientras que otros adquirían nitidez. Los detalles se confundían y cambiaban. Madison, sin embargo, había clavado cada frase, como si estuviese actuando.

—La única contradicción que le he pillado —señaló Laurie— es que al principio dijo que estaba en casa porque no se encontraba bien. Luego, cuando le pregunté cómo había conseguido marcharse a la prueba tan deprisa, contó que se disponía a ir una fiesta en una casa de estudiantes pero que luego sintió que no se encontraba bien, y que cuando Frank llamó todavía estaba arreglada. Me parece un poco enrevesado.

—¿Y una fiesta en una casa de estudiantes? —añadió Grace con escepticismo—. Por favor. No conocí a Madison Meyer hace veinte años, pero no me la imagino saliendo con los críos del campus. Algo no cuadra.

El zumbido del móvil interrumpió los pensamientos de Laurie. Le habían entrado dos mensajes de voz mientras su teléfono permanecía apagado durante la filmación.

«Hola, soy Tammy, de los Defensores de Dios. Anoche dejó un mensaje para el reverendo Collins sobre una antigua investigación policial. El reverendo lamenta que su agenda no le permita devolverle la llamada personalmente, pero me ha pedido que lo haga yo. Dice que la policía interrogó entonces a varios de nuestros miembros y que, si la memoria no le falla, estos corroboraron el paradero del individuo que usted mencionaba en su mensaje. No tiene nada más que añadir, pero le aconseja que se ponga en contacto con la policía si necesita más información.»

Laurie saltó al siguiente mensaje.

«Señorita Moran, soy Keith Ratner. Quería disculparme por mi comportamiento de ayer. Resulta frustrante, cuando menos, que la gente todavía dude de mí después de todos estos años. Pero me gustaría ayudar si el programa todavía me quiere. Llámeme cuando pueda.»

Pulsó el botón DEVOLVER LLAMADA y Keith respondió al instante.

—¿Ha escuchado mi mensaje? —preguntó.

—Sí, y creo que yo también le debo una disculpa. Ayer le hablé con más dureza de la que pretendía. Y quiero asegurarle que nuestro programa mantendrá la objetividad. De hecho, desde que nos vimos en la librería he estudiado su coartada de aquella noche, y también hemos estado examinando el resto de hipótesis con el mismo grado de exhaustividad. Por si le sirve de algo, pensé que le gustaría saber que la madre y las dos compañeras de cuarto de Susan dijeron que Susan estaba demasiado enamorada de usted para haber tenido un idilio con otro hombre.

No tenía sentido contarle que la respuesta de Rosemary a esa pregunta había sido: «Oh, me habría encantado que Susan hubiese dejado a ese mamarracho».

Keith confirmó la dirección de Bel Air para la sesión cumbre y se despidió justo cuando doblaban por el camino de entrada.

—¿El chico guapo se reincorpora? —preguntó Grace.

—Cuidado —le advirtió Alex—, estoy empezando a pensar que llamas guapo a todo el mundo, y eso me duele.

—Sí —dijo Laurie—, Keith Ratner, alias Chico Guapo Número Dos, ha vuelto. Pero estoy empezando a preguntarme si no tendrá razón cuando dice que Rosemary sospecha de él sin fundamento alguno. Su coartada es, como mínimo, tan buena como la de Frank. Tiene varias personas que respondieron por él y no solo una que además tenía mucho que ganar si ayudaba a un director aclamado por la crítica.

Alex se quitó el cinturón de seguridad cuando el todoterreno se detuvo.

—Creo que no puedes ignorar el hecho de que todas esas personas pertenecían a lo que muchos llaman una religión lavacerebros. Los Defensores de Dios no gozan de una reputación precisamente impecable.

Laurie agradeció la sensación del sol en la cara al bajar del vehículo. Tal vez pudiera acostumbrarse a California. En el vecindario reinaba un silencio absoluto salvo por un cortacésped lejano y la voz de Grace.

—Y ya habéis oído lo que Madison dijo sobre el imprevisible coche de Susan —estaba diciendo Grace—. Si a Susan le preocupaba que la dejara tirada camino de la audición, ¿a quién habría pedido que la acompañara? A su novio, evidentemente. Su agente se encontraba en la carretera, camino de Arizona. Por tanto, llamó a Keith. Yo insisto en que discutieron cuando se dirigían a casa de Frank Parker, ella se bajó del coche y la cosa se descontroló.

Laurie volvía a tener la sensación de que nadaba en aguas pantanosas. El objetivo de las entrevistas preliminares era arrojar luz sobre el caso para que Alex pudiera entrar a matar en la sesión cumbre. Sin embargo, solo faltaban dos días para el rodaje y seguía igual que la primera vez que vio el caso del Asesinato de Cenicienta en la red: no había encontrado ningún indicio que señalara al culpable. Brett Young nunca volvería a confiarle un programa de semejante presupuesto. Peor aún, existía la posibilidad de que este episodio fracasara en lo único que a ella le interesaba de verdad: desvelar nuevas pistas sobre lo ocurrido.

Estaba tan distraída que giró la llave sin comprobar primero si la puerta estaba abierta, por lo que no pudieron entrar en un primer momento. Giró la llave en la otra dirección y empujó la puerta. Esta cedió unos centímetros antes de que Laurie notara que había algo bloqueando el paso.

—¿Hola? —llamó. Seguramente Jerry había trasladado algún mueble al recibidor durante la puesta en escena—. ¿Jerry? ¡No podemos entrar! ¿Hola?

—Déjame probar.

Grace saltó delante de Laurie, se agachó y, colocando las palmas en la puerta, empujó con todo el peso de su cuerpo, como un jugador de fútbol americano empellando un placaje. Gruñendo por el esfuerzo, consiguió abrir la puerta lo suficiente para entrar de lado.

—¡No! —gritó.

Laurie vio por el hueco de la puerta que su ayudante caía de rodillas en el suelo del recibidor.

—¿Grace?

Alex fue a agarrarla del brazo pero ya era tarde. Laurie entró y vio a Grace inclinada sobre el obstáculo que había estado bloqueando la puerta. Era Jerry. Tenía el rostro prácticamente irreconocible debido a las heridas. Trazos rojos en el suelo señalaban cómo se había arrastrado desde la sala de estar hasta el vestíbulo; el móvil descansaba en su mano derecha. Laurie sintió que se quedaba sin aire y se apoyó en la puerta. Notó algo húmedo y pegajoso en la madera.

Oía el puño de Alex golpeando la puerta pero no podía moverse.

Jerry había estado allí solo. Había intentado llamar para pedir ayuda, había tratado de salir a la calle, pero, pese a todo ese esfuerzo, siguió completamente solo. Y estaba cubierto de sangre.

46

Talia Parker llamó con los nudillos a la puerta del cuarto de estar de su marido. Llevaba tres horas ahí, teóricamente viendo avances de las películas cada vez más numerosas que competían por las nominaciones de la Academia. Al no recibir respuesta abrió la puerta con sigilo.

Ahí estaba, recostado en el sofá Eames con los tobillos cruzados y las manos unidas justo debajo del mando a distancia que descansaba sobre su pecho fornido. En el televisor de pantalla ancha aparecía una cotizada actriz congelada en mitad de una frase. En la estancia solo se oía un ronquido quedo y regular.

Talia cogió el mando con cuidado, apagó el televisor y tapó a su marido con una manta fina. Dormía mejor cuando estaba abrigado.

De regreso a su habitación, revisó el vestuario que había elegido para la reunión de la mañana siguiente con la gente de la tele: una camisa de vestir, pantalón gris y americana azul para él; un vestido de tubo blanco y zapatos de salón sencillos para ella. Informal, pero correcto y respetable. Frank tenía fama de director exigente y meticuloso, pero ella sabía que era una persona recta. Un hombre bueno y afectuoso. Para ella, el estilo conservador encajaba más con su personalidad.

El día que oyó a Frank confirmar su participación en ese programa, enseguida le preocupó que surgieran problemas.

Y ahora que la filmación estaba cerca, los hechos le daban la razón. Frank llevaba unos días nervioso y distraído. No era propio de él. Estaba acostumbrada a tener un marido decidido y seguro de sí mismo.

Frank se había acostado tarde y se había pasado la noche farfullando en sueños. Y no sobre negociaciones con productoras o guionistas, como hacía a veces. Talia había escuchado las palabras «policía» y «Madison» en más de una ocasión.

Finalmente, esa misma mañana había reunido el valor para preguntarle el motivo. Él insistió en que no recordaba el sueño que había provocado las misteriosas palabras, pero en la relación de ambos ella era la actriz, no él.

Llevaban casados diez años en una ciudad donde el botox duraba más que la mayoría de las relaciones, pero ellos siempre habían luchado por aquello que era mejor para el otro. Y a veces eso implicaba que Frank hiciera cosas con las que ella no estaba inicialmente de acuerdo. Fue él, después de todo, quien se cargó la primera y única oferta de Talia para protagonizar un largometraje. Le dijo que el director era «un desaprensivo, incluso para los cánones de Hollywood». Ella estuvo muy tentada de marcharse. Le acusó de no querer compartir la fama con ella. Pero cuando la película se estrenó, obtuvo la clasificación de Restringida por una desnudez explícita que la actriz principal insistió en que no contaba con su autorización. Frank tuvo la consideración de no recordarle que se lo había advertido, pero Talia había aprendido una valiosa lección sobre el principio de reciprocidad en un matrimonio.

Desde que se conocieron —Talia tenía un pequeño papel en la séptima película de Frank—, él había cuidado mucho de ella, incluso cuando eso implicaba disgustarla.

Ahora había llegado el momento de devolverle el favor.

47

Laurie detestaba los hospitales, y no por las razones habituales: el caos, los olores, la constatación, allí donde miraras, de la fragilidad humana y del paso del tiempo. No soportaba los hospitales porque le recordaban a Greg. No podía permanecer bajo los fluorescentes, rodeada del olor a desinfectante, sin imaginarse a Greg avanzando por el pasillo con la ropa de color verde de quirófano y un estetoscopio colgando alrededor del cuello.

El médico que entró en la sala de espera de la sección de urgencias del hospital Cedars-Sinai no se parecía en nada a Greg. Era una mujer, probablemente no mucho mayor que Laurie, rubia y con el pelo recogido en una coleta.

—¿Jerry Klein?

El salto que pegó Grace despertó a Timmy, cuya cabeza descansaba en el regazo de Laurie. El niño se frotó los ojos.

—¿Está bien?

Laurie había llamado a su padre en cuanto la ambulancia se llevó a Jerry. Leo interrumpió de inmediato la visita al rancho La Brea Tar Pits y dejó a Timmy en el hospital para que pudiera estar con su madre mientras él intentaba obtener de la policía más información sobre la agresión que había sufrido Jerry.

Laurie estrechó a Timmy contra su pecho y le acarició la cabeza. No quería que oyera más malas noticias.

Alex apareció junto a la médico con dos tazas de café recién hecho para Laurie y Grace. Laurie estaba profundamente impresionada por la serenidad de Grace. Pese a lo preocupada que estaba por su amigo Jerry, había ayudado a tranquilizar a Timmy e incluso se le había ocurrido llamar a Dwight Cook para informarle del intento de robo en su casa.

—Yo me ocupo de Timmy —se ofreció Alex leyéndole el pensamiento.

La médico se presentó una vez que Timmy ya no podía oírles.

—Soy la doctora Shreve. Su amigo está estable, pero sufrió una agresión muy violenta, golpes múltiples con un instrumento contundente. Las heridas en la cabeza son las más graves. La hemorragia también ha afectado a su respiración, por lo que se halla en un estado semicomatoso. Ya está mostrando indicios de mejora, y desde el punto de vista neurológico parece normal o casi normal, pero no lo sabremos con certeza hasta que recupere el conocimiento.

Grace contuvo un sollozo.

—¿Podemos verle? —preguntó.

—Claro —dijo la doctora con una sonrisa comprensiva—, pero no esperen demasiado, ¿de acuerdo? Es probable que no pueda oírles y, por supuesto, no les responderá.

Pese a la advertencia de la médico, Laurie dio un grito ahogado al ver a Jerry tumbado en la cama. Tenía la cabeza envuelta en vendajes y parecía el doble de grande. Bajo la mascarilla de oxígeno, su rostro se veía hinchado como un globo y estaba empezando a amoratarse. Llevaba un gotero insertado en el brazo izquierdo. En la habitación solo se oía el zumbido y el pitido rítmico de una máquina instalada junto a la cama.

Grace asió la mano de Laurie, posó la otra en el hombro de Jerry y empezó a rezar. Acababan de decir «amén» cuando entró Leo.

—No quería interrumpir, pero dije mis oraciones en el pasillo.

Laurie se abrazó a él.

—¿Timmy está bien?

—Sí. Está con Alex en la sala de espera. Es un chico fuerte.

Con el asesinato de su padre y la pesadilla al final del rodaje de «La Gala de Graduación», Timmy había visto más violencia de la que debería vivir nadie, y aún menos un niño.

—¿Ha dicho algo la policía?

—Vengo de la casa. Tienen la manzana rodeada. El detective a cargo del caso, un tipo llamado Sean Reilly, parece un buen policía. Están buscando testigos, pero dudo que encuentren alguno, la verdad. En ese barrio las parcelas son tan grandes que no puedes ver ni a tu vecino de al lado.

—No lo entiendo —dijo Grace sorbiendo por la nariz—. ¿Cómo puede desear alguien hacer daño a Jerry?

—Tengo una teoría —dijo Leo—. La casa está patas arriba: cajones abiertos, maletas volcadas. Laurie, tú tenías el portátil contigo, pero el resto del equipo informático ha desaparecido.

—¿Un robo? —preguntó Laurie.

—Puede, aunque dejaron todo lo demás. Ni siquiera cogieron unos altavoces carísimos que habrían sido fáciles de transportar. Y a menos que te llevaras las carpetas del caso contigo, creo que también han desaparecido.

Laurie negó con la cabeza. Habían guardado las carpetas en dos archivadores de cartón. La última vez que los había visto estaban en la sala de estar.

—Entonces ¿lo que ha ocurrido está relacionado con el programa?

Leo asintió.

—Sí.

—La sesión cumbre. Les dimos a todos la dirección del lugar de rodaje. —Laurie estaba pensando en voz alta—. A alguien le preocupaba lo que pudiéramos saber y se llevaron las carpetas y los ordenadores para averiguar qué estaban diciendo los demás.

—O querían asustarte para que detengas la producción del programa.

Laurie sabía que a veces su padre podía ser sobreprotector, ver un peligro a la vuelta de cualquier esquina. Pero nadie entraría a robar en una casa tan lujosa y se marcharía con solo documentos y unos pocos portátiles a menos que estuviera interesado en el programa *Bajo sospecha*.

—Papá, cuando la vecina de Rosemary fue asesinada, pensaste que su muerte podía tener relación con el programa.

—Y sigo pensándolo.

—¿Podrías hablar con la policía de allí? ¿Asegurarte de que ambos departamentos sepan que existe una posible conexión entre la muerte de Lydia y la agresión a Jerry?

—Desde luego.

Laurie se inclinó sobre Jerry, sorteando con cuidado los tubos y los cables, y lo besó en la mejilla. Había dedicado tanto tiempo a decirle a su padre que no se preocupara por ella mientras trabajaba en el programa que no se había parado a pensar que su producción podría estar poniendo en peligro a otras personas.

Tenía que averiguar quién le había hecho eso a Jerry.

48

A las nueve, Leo apagó la luz del dormitorio de Timmy. El muchacho se había llevado un libro de Harry Potter a la cama, pero, tal como esperaba Leo, después de su largo y extenuante día se había quedado dormido en la primera página.

Salió del cuarto y dejó la puerta entornada por si su nieto se despertaba sobresaltado durante la noche.

La brutal agresión sufrida por el colega de Laurie había servido, cuando menos, para que su hija aceptara de una vez por todas que alguien podría estar acosando a personas relacionadas con su programa. Después de todo, la principal razón de que Leo hubiera ido a California había sido el asesinato de la vecina de Rosemary Dempsey.

No le hacía gracia, sin embargo, la decisión de Laurie de quedarse en la casa de Bel Air. El detective Reilly les había permitido entrar después de que la unidad especializada terminara de examinar la escena del delito, pero la pregunta que importaba era si allí estarían a salvo.

—Es evidente que ese tipo iba detrás de algo —le había dicho Reilly a Laurie—: su ordenador y la información recogida para el programa. Según usted, se llevó todo lo relacionado con la producción. Por tanto, presumiblemente consiguió lo que quería y no volverá.

Leo no compartía el razonamiento de Reilly, pero formaban un grupo grande y la policía planeaba pasar por delante de la casa cada veinte minutos. Además, pensó, en el peor de los casos tendré mi pistola a mano.

La policía aún no había encontrado testigos en el barrio. Algunas casas disponían de cámaras de vigilancia, pero los detectives no habían examinado todavía las cintas. Con mucha suerte, encontrarían imágenes de coches o personas entrando y saliendo de esa calle.

Una vez en su habitación, cerró la puerta y buscó un número de teléfono marcado recientemente en su móvil. Era el del detective O'Brien del departamento del sheriff del condado de Alameda.

—Detective, soy Leo Farley. Hace unos días hablamos sobre la investigación del asesinato de Lydia Levitt.

—Lo recuerdo muy bien. De hecho, ayer estuve charlando con uno de mis amigos del Departamento de Policía de Nueva York. Se llama J. J. Rogan.

—Esto sí que es un viaje al pasado. Fui su teniente cuando ingresó en la brigada de detectives.

—Eso me contó. Me dijo que es usted, según sus palabras exactas, «buena gente».

Teniendo en cuenta lo que se disponía a pedirle, Leo agradecía la recomendación.

—Usted mencionó que tenía algunas grabaciones de la carretera que entra y sale de Castle Crossings.

—Así es, pero se trata de una avenida ancha. Por ella pasan infinidad de coches que podrían estar dirigiéndose a cualquier parte. No tenemos una idea clara de quién entró exactamente en la urbanización. Tengo a un agente captando fotogramas de las matrículas de los coches y buscando el nombre de sus conductores, pero son muchos. He dado prioridad a la hipótesis del robo y he recurrido a mis fuentes, pero, si fue un robo fallido, la persona que lo perpetró no se lo comentó a nadie de la zona.

Leo explicó a O'Brien la agresión sufrida por Jerry y su teoría de que esta y el asesinato de Lydia Levitt guardaban relación con el programa *Bajo sospecha*.

—Consideraremos esa hipótesis —le aseguró O'Brien—. Estamos investigando todas las pistas posibles.

—¿La urbanización no tiene cámaras justo en la entrada? —preguntó Leo.

—Sería lo lógico, pero en esos barrios no se producen delitos importantes. Los muros tienen un efecto disuasorio y los vigilantes de la verja disponen de todo un montaje, pero también dejan pasar a muchas personas si estas tienen pinta de pertenecer al lugar.

Leo esperaba que O'Brien hubiera avanzado más en su investigación desde la última vez que hablaron, pero sabía lo lentas que podían ir las cosas cuando no se tenían sospechosos claros.

—Por tanto, lo que me está diciendo es que examinar las grabaciones de esa avenida sería como buscar una aguja en un pajar.

—Exacto.

—¿Aceptaría utilizar la ayuda de un policía retirado de Nueva York para examinar la lista de conductores?

—¿Si aceptaría? Le devolvería el favor con whisky a la primera oportunidad.

—Trato hecho.

Después de una apresurada charla sobre digitalización, tamaños de archivo y compresión de datos que Leo no acabó de entender del todo, el detective O'Brien calculó que podría enviárselo todo por correo electrónico al día siguiente por la mañana.

—Lo más seguro es que tenga que pedir a mi nieto que me ayude a abrirlos —dijo antes de colgar.

Repasar imágenes de coches en una calle transitada era, efectivamente, lo mismo que buscar una aguja en un pajar, pero si Leo conseguía encontrar la misma aguja en dos pajares distintos, cada uno en un extremo de California, significaría que había dado con una pista.

49

A siete kilómetros de allí, en Westwood, Dwight Cook caminaba de un lado a otro frente a los pies de su cama.

Le asaltó el recuerdo, largo tiempo olvidado, de su padre gritándole cuando él debía de estar en 2.º de la ESO. «Deja de caminar de un lado a otro, me estás volviendo loco. Mira que eres raro. Maggie, dile a tu hijo lo mucho que irrita a la gente cuando hace esas cosas.»

Su madre agarró a su padre por el brazo y susurró: «Deja de gritar, David. Ya sabes que los ruidos fuertes lo alteran. Dwight camina de un lado a otro cuando está alterado. Y no le llames raro».

Dwight había aprendido en el instituto a controlar su caminar obsesivo sentándose encima de las manos. Descubrió que si permanecía quieto y concentrado en la sensación del peso de su cuerpo sobre el dorso de las manos, no irritaba a la gente como cuando caminaba de un lado a otro. Pero en ese momento estaba solo en su bungalow y no tenía que preocuparse de si molestaba o no. Además, había intentado con todas sus fuerzas permanecer sentado sobre las manos, pero la aceleración de su mente —la alteración— era imparable.

Se detuvo un instante frente a la cama para pulsar una vez más en su portátil REBOBINAR y, seguidamente, REPRODUCIR.

Dwight había estado observando a cámara rápida las imágenes de la casa vacía cuando ese hombre apareció de repente en la pantalla abriendo la puerta de la calle con la cara cubierta por un pasamontañas. Veintitrés minutos. Ese era el tiempo que Jerry había estado ausente antes de regresar a la casa con una bolsa de In-N-Out Burguer. Si se hubiese tomado su comida rápida en la cocina, puede que el hombre del pasamontañas se hubiese largado a hurtadillas.

Pero Jerry no se había llevado su comida a la cocina. Entró directamente en la sala, donde el hombre del pasamontañas estaba revolviendo los papeles que Jerry había dejado desperdigados sobre la mesa de centro.

Dwight siguió caminando de un lado a otro, cerrando los ojos cada vez que un golpe hacía impacto en su objetivo. El arma era la placa de cristal grabado que Dwight había recibido de UCLA cuando donó sus primeros cien mil dólares después de licenciarse.

Dwight observó cómo la agresión terminaba y el hombre enmascarado se daba la vuelta y huía de la sala con dos archivadores de cartón en los brazos.

Tenía que tomar una decisión.

Si no entregaba ese vídeo, la gente que estaba investigando el ataque no lo tendría como prueba. Si lo entregaba, desvelaría que había estado controlando las actividades del equipo de *Bajo sospecha*. Podría significar su ruina profesional, por no mencionar la posibilidad de que lo acusaran de un delito. Peor aún, ya no podría acceder al equipo de producción y sería excluido del programa.

Era un análisis de coste-beneficio, una cuestión de estadística. ¿Qué tenía más probabilidades de resultar útil: el vídeo de la agresión o que siguiera vigilando la casa de Bel Air?

Pulsó REBOBINAR y se detuvo en la imagen en la que se veía el hombre enmascarado con más claridad. Escudriñó de nuevo la insignia que aparecía en el lado izquierdo de su polo blanco. Pese a la habilidad de Dwight para manipular imágenes en el ordenador y buscar información en internet, la calidad del vídeo no era lo bastante buena para poder distinguir el logotipo. El agresor era un hombre delgado, musculoso e indudablemente fuerte, pero era imposible identificarlo.

El vídeo no servía de nada. No obstante, si seguía vigilando la producción del programa, todavía tendría posibilidades de averiguar quién había matado a Susan.

Cerró el portátil y detuvo su caminar obsesivo. Finalmente había tomado una decisión. Ahora debía asegurarse de que el riesgo que estaba dispuesto a correr diera sus frutos.

50

Laurie se disponía finalmente a acostarse cuando vislumbró luz bajo la puerta de la habitación de su padre. Llamó con suavidad antes de abrirla.

Leo estaba bajo el edredón leyendo un ejemplar de *Sports Illustrated*.

—Lo siento, he visto luz.

Él dejó la revista y le hizo señas para que se acercara.

—¿Estás bien, pequeña?

Si a Laurie le quedaba alguna duda de que había envejecido una década en un día, la pregunta de su padre terminó de confirmarlo. Se dejó caer horizontalmente a los pies de la enorme cama y descansó la cabeza sobre las espinillas abrigadas de Leo. En ese momento no se le ocurría un lugar más cómodo que ese.

—Antes odiaba que me llamaras así, y de repente un día se convirtió en música para mis oídos.

—A veces, los padres saben mejor lo que les conviene a los hijos.

—No siempre. ¿Recuerdas cuando intentaste endosarme a Petey Vandermon?

—Yo no lo expresaría de ese modo, pero debo reconocer que mi intento de buscarte novio fue lo que Timmy llamaría una «chapuza».

—Petey era un desastre —continuó Laurie riendo—. Me

convenciste para que fuera con él a aquel estúpido carnaval de Long Island. Le entró el pánico en un laberinto de espejos y se largó pegando gritos. Me dejó allí dentro veinte minutos, dando bandazos y buscando la salida.

Leo rió al recordarlo.

—Entraste en la sala de estar hecha una fiera, jurando que no volverías a dirigirme la palabra si intentaba hacer otra vez de Cupido. Y por la noche recibí otro sermón de tu madre antes de poder dormirme.

—Reconozco que tus intenciones eran buenas.

—Si no recuerdo mal, Petey debía distraerte de ese Scott no sé qué.

—Señor Futuro Presidente. Apuntaba a congresista. Iba al instituto con cartera.

—No me gustaba. Tenía un lado... bribón.

—Creo que nunca te lo he contado, pero se hizo abogado y lo condenaron por malversación de fondos.

Su padre abrió la revista con entusiasmo.

—¿Lo ves? Papá sabe lo que te conviene.

—A veces pienso que nadie lo sabe mejor que tú. Mira cómo conocí a Greg.

La palabra «conocer» era una exageración si se tenía en cuenta que ella había estado inconsciente. A Laurie la había atropellado un taxi en Park Avenue y Greg era el médico de urgencias que se hallaba de servicio. En aquel entonces los padres de Laurie —y finalmente la propia Laurie— agradecieron su trato tranquilizador, y ella acabó prometiéndose con él tres meses después. Un año más tarde, la madre de Laurie murió y Greg estuvo a su lado en todo momento.

Su padre se incorporó y le acarició el pelo.

—Solo evocas los viejos tiempos cuando algo te inquieta. Sé que estás preocupada por Jerry, pero se pondrá bien.

Laurie respiró bien hondo. Ya había llorado suficiente por hoy.

—Para colmo acabo de hablar por teléfono con Brett. Para mí que ese hombre es un vampiro y no duerme por las noches.

Fui yo la que tuve que suplicarle que cubriéramos el caso del Asesinato de Cenicienta, y ahora que alguien va detrás del programa, se niega en redondo a suspenderlo. En parte me alegra no tener que tomar yo la decisión, pero se niega incluso a retrasar el rodaje. Me soltó el rollo de que Jerry querría que siguiéramos adelante, pero sé que para él no es más que un tema de dinero.

—Me estaba preguntado si la cuestión del dinero tenía algo que ver con tu decisión de seguir en esta casa. Si es así, voy a estrangular a ese hombre.

—Solo serán unos días más, papá, y ya estamos alertados. Además, el detective Reilly dijo que la policía mantendría la casa vigilada.

—Haz lo que juzgues conveniente, Laurie. Sabes que siempre te protegeré.

—Gracias, papá. Al menos la agresión que sufrió Jerry me ha convencido de que la persona que mató a Susan es uno de nuestros participantes, y eso hace que ahora sea aún más importante para mí seguir adelante con esto.

—Llamé a la policía del condado de Alameda. Van a enviarme fotografías de los coches que estuvieron cerca de la casa de Rosemary en torno a la hora en que asesinaron a su vecina. Las examinaré. Puede que nos proporcione alguna pista.

—No pareces muy optimista.

Leo se encogió de hombros, señal de lo poco que confiaba en ello. Laurie se levantó y le dio un abrazo.

—Será mejor que me acueste. Mañana hemos quedado con Frank Parker.

—¿Mañana? Veo que no bromeabas cuando dijiste que Brett se niega a retrasar el rodaje.

—Hemos dejado la entrevista con el célebre director para lo último. Luego vendrá la sesión cumbre y después podremos volver a Nueva York.

—Sabes que no puedes establecer un plazo así como así, Laurie. No confíes demasiado en resolver este caso. Lo único que deseo en estos momentos es que nadie corra peligro. Y no te atrevas, ni por un segundo, a culparte por lo que le ha sucedido a Jerry.

—Claro que me culpo. No puedo evitarlo.

—Si alguien tiene la culpa, soy yo. Cuando fuisteis a ver a Madison, Jerry y yo nos dimos cuenta de que no teníamos llaves suficientes. Él me dio el último juego que quedaba pensando que no pasaría nada por no echar la llave en el caso de que necesitara salir unos minutos...

—Papá...

—Lo que quiero decir es que puedes volverte loca preguntándote si las cosas habrían sido diferentes si *a,* o *b,* o *x, y* y *z.*

No hacía falta que continuara. ¿Cuántas veces se habían preguntado ambos si habrían podido hacer algo para salvar a Greg? Laurie vio que Leo apagaba la luz cuando cerró la puerta, pero sabía que tanto a su padre como a ella les costaría conciliar el sueño.

51

Laurie no esperaba levantarse al día siguiente en buena forma, pero en ese momento tenía la sensación de que seguía medio dormida. Se había pasado la noche despertándose cada veinte minutos y visualizando a Jerry cuando el equipo de urgencias lo subía a la camilla.

Alex también tenía pinta de haber pasado mala noche. La maquilladora estaba retocándole los ojos en el asiento trasero de la furgoneta estacionada delante de la antigua casa de Frank Parker. Alex había comentado acertadamente a Laurie: «Parece que haya estado de juerga».

Ese día estarían solo ellos dos y el equipo de cámaras de *Bajo sospecha*. Jerry, obviamente, seguía en el hospital, en lo que los médicos llamaban a modo de eufemismo «estado semicomatoso». Grace se había quedado en casa para entretener a Timmy mientras Leo inspeccionaba el material de las cámaras de vigilancia que le había enviado el departamento del sheriff del condado de Alameda. Si conseguían de algún modo relacionar el asesinato de Lydia Levitt con el robo perpetrado en la casa de Bel Air, tal vez averiguaran quién había agredido a Jerry. Laurie estaba casi segura de que esa persona era la misma que había asesinado a Susan.

Su objetivo más inmediato era determinar dónde había estado realmente Frank Parker la noche que asesinaron a Susan. Madison y él se habían mantenido fieles a sus versiones, pero la mención, por parte de Madison, de que el coche de Susan no funcionaba demasiado bien añadía un nuevo ingrediente a la mezcla.

Laurie observó al cámara retroceder sobre un carro para filmar a Alex y a Frank caminando el uno junto al otro. Se hallaban en una curva de la carretera de Laurel Canyon Park, cerca de Mulholland Drive, en el punto exacto donde había sido encontrado el cuerpo de Susan. Para Laurie era un momento doloroso. No podía evitar pensar en el parque donde habían asesinado a Greg. Cuando notó que los ojos se le humedecían, se obligó a alzar la vista al cielo y concentrarse en las ramas de un enorme sicómoro que descollaba por encima de sus cabezas.

Recuperada la calma, observó al cámara filmar a Alex y a Frank saliendo del parque en dirección a la antigua casa del director. En principio, el paseo tenía como fin obtener imágenes del icónico escenario para el programa, pero Laurie y Alex tenían otro objetivo en mente: determinar la distancia entre el cuerpo de Susan y la casa de Parker. Había menos de ochocientos metros.

Siguiendo el plan, Alex y Frank cruzaron la verja de la casa y pasaron a un patio interior donde, con el permiso del propietario actual, se habían colocado dos sillas. Una vez instalados, Alex echó un vistazo desenfadado a su reloj.

—Nuestro paseo desde la escena del crimen solo ha durado diez minutos, y no diría que caminábamos deprisa precisamente.

Frank esbozó una sonrisa cálida. En el breve rato que había pasado con el director, Alex ya había conseguido forjar una camaradería que se apreciaba en las cámaras.

—Aunque le cueste creerlo, Alex, podría haberle dicho los minutos sin mirar el reloj. Llevo dentro de mí un reloj que nunca se detiene y puedo clavar la hora, con un margen de error de entre uno y tres minutos, en cualquier momento del día. Es una habilidad inútil, pero tengo la impresión de que no ha sacado el tema del tiempo por esa razón.

—Susan Dempsey vivía en el campus de UCLA, el cual se halla a más de doce kilómetros del lugar donde fue asesinada. Su casa, sin embargo, está a solo diez minutos a pie de ese mismo lugar, o puede que cinco para alguien que hubiese salido de la casa huyendo despavorido. Y Susan había quedado en acudir a su casa la noche que la mataron. Es comprensible que la gente sospeche de usted.

—Desde luego que lo es. Si en aquel entonces hubiese creído que la policía no tenía motivos para interrogarme, habría contratado a un equipo de abogados y me habría negado a colaborar en la investigación. Pero no fue eso lo que hice, ¿cierto? Pregunte a cualquiera de los detectives involucrados en el caso. Le confirmarán que cooperé en todo lo que pude. Porque no tenía motivos para no hacerlo. Obviamente, me quedé conmocionado cuando la policía me comunicó que habían encontrado el cuerpo de Susan, y el lugar donde lo habían encontrado. Les relaté minuciosamente lo que hice aquella noche. Confirmaron mi relato, y la cosa tendría que haber terminado ahí.

—Pero no fue así. En lugar de eso, su nombre quedó para siempre vinculado al caso del Asesinato de Cenicienta.

—Mire, me sería mucho más fácil poder tomarme una poción mágica de la verdad para que así la gente me creyera de una vez, pero lo entiendo. Una mujer joven y brillante perdió la vida, y la familia, por desgracia, no ha conseguido pasar página, por lo que nunca he esperado que la gente me compadeciera. La víctima aquí es Susan, no yo.

—Bien, hagamos un repaso de lo que le contó a la policía.

—Susan debía presentarse en mi casa a las siete y media y no lo hizo. Estoy convencido de que su agente le había advertido de que yo no toleraba retrasos de la gente que trabajaba o podía llegar a trabajar para mí. Si el tiempo es dinero, en ningún ámbito es tan cierto como en el negocio del cine. Cuando vi que a los quince minutos seguía sin aparecer, telefoneé a Madison, mi segunda opción, para preguntarle si estaba interesada. Debió de ponerse en camino enseguida, porque llegó a las ocho y media. Se marchó poco antes de las doce. De hecho, recuerdo incluso que le dije: «No puedo creer que sea casi medianoche».

Su versión coincidía con la de Madison minuto a minuto.

—Y encargaron una pizza —apuntó Alex.

—Sí, la pizza. Mi pedido fue registrado a las nueve y veintisiete y entregado a las nueve cincuenta y ocho. Puede verlo en los informes. ¿Sabe que Tottino's todavía tiene una copia del recibo de la pizza enmarcado en la pared? Al menos tuvieron el buen juicio de borrar mi dirección.

—¿Y qué aspecto tenía Madison cuando llegó? —preguntó Alex.

Laurie y él habían planeado esa pregunta dada la insistencia de Madison de que la noche del asesinato de Susan no se encontraba bien.

—¿Que qué aspecto tenía? Estaba fantástica. Ese papel requería una auténtica belleza, y ella lo era.

Laurie sonrió para sí, pero le impresionó que Alex lograra mantener el semblante impertérrito.

—El médico forense calculó que la muerte de Susan se produjo entre las siete y las once de la noche. Debía presentarse aquí a las siete y media. Madison y usted declararon que ella llegó a las ocho y media. Siempre se ha dado por sentado que era imposible que usted pudiera matar a Susan, llamar a Madison, devolver el coche de Susan al campus y regresar a casa antes de que Madison llegara.

—La verdad es que todavía no he encontrado la manera de sortear el tráfico de Los Ángeles a esa velocidad supersónica.

—Nuestras pesquisas, no obstante, han desvelado un nuevo aspecto que podría alterar esa cronología —dijo Alex—. Hemos averiguado que Susan tenía problemas con su coche, por lo que existe la posibilidad de que alguien la acompañara a la audición. Eso quiere decir que usted pudo tener un encuentro violento con ella a su llegada y estar en casa para cuando vino Madison.

—Si yo fuera a una productora de cine y presentase una historia en la que un inculpado queda con una chica a las siete y media, luego llama a su residencia a las siete cuarenta y cinco y a continuación, por la razón que sea, la persigue por un parque y la mata antes de las ocho y media, me echarían de la sala a carcajadas. Alex, usted es uno de los mejores abogados criminalistas del país. ¿Realmente le parece verosímil?

Laurie vio que Frank sonreía a la pantalla. Sabía lo bien que quedaría eso en la tele. El director era un gallito, pero tenía razón. A menos que consiguieran reventarle la coartada, Frank estaba libre de toda sospecha. Y por el momento, todas las pruebas respaldaban su coartada: los registros de llamadas, las declaraciones de Madison, el recibo de la pizza.

Pero Laurie todavía tenía la sensación de que esas pruebas eran demasiado perfectas. Algo se le escapaba.

52

Talia aguardaba en el margen del jardín, con el vestido de tubo de color blanco elegido con tanto esmero, preguntándose por qué se había tomado esa molestia. Cuando conoció a Frank, esta era la casa por la que él pedía a su chófer que pasara después de haber bebido unas copas de más, deseoso de rememorar sus relativamente humildes días de juventud. Ahora debía de valer dos millones de dólares, pero al lado de sus casas actuales —cinco en total— semejaba una choza.

¿Cómo se le pudo pasar por la cabeza que los productores de *Bajo sospecha* le pedirían su opinión? Ella no formaba parte de la historia. Cuando la prensa escribía sobre Frank, algún que otro artículo mencionaba que el entonces soltero empedernido llevaba ahora diez años casado. Pero nunca se molestaban en nombrar a su esposa, ni en mencionar que era la primera de su promoción en la Universidad de Indiana y una pianista y cantante de gran talento, y que había tenido una semiprometedora carrera como actriz antes de enamorarse de Frank.

Aunque no había llegado lejos en su carrera, sabía lo suficiente sobre la industria del espectáculo para reconocer que en ese momento su marido no estaba apuntándose ningún tanto frente a las cámaras mientras respondía a las preguntas de Alex Buckley. Vale, se había apuntado un tanto —puede que dos— al señalar que la teoría de Alex era absurda: ¿cómo pudo decidir matar a Susan, llevar a cabo su plan y regresar a tiempo de abrirle la puerta a Madison en menos de una hora? Pero hablaba demasiado como esos tipos culpables de las películas malas que comentaban burlonamente: «Es una pena que no tenga pruebas».

Resumiendo, Frank había señalado la falta de pruebas relativas a su culpabilidad pero no había ofrecido una teoría alternativa sobre su inocencia. Había contado su versión de los hechos pero no había ayudado a la versión del programa.

Talia observó al equipo de la productora meter las cámaras en la abarrotada furgoneta. Era evidente que no se trataba de un programa con un presupuesto elevado. ¿Por qué, por qué se había prestado Frank a participar? Le habría resultado tan fácil alegar que estaba hasta arriba de trabajo.

Cargado el material, el equipo estaba listo para partir. Alex Buckley y la productora del programa, Laurie, estaban una vez más agradeciendo a Frank su participación. Pronto se dirigirían a sus vehículos.

Talia estaba a punto de perder su oportunidad. ¿Cómo podía acercarse a ellos sin que Frank la viera?

Justo cuando Alex y Laurie bajaban por el camino en dirección al Land Cruiser negro estacionado en la calle, el ayudante de Frank, Clarence, bajó del camión de producción con una mano sobre el micrófono de su móvil.

—Frank, tengo al teléfono a Mitchell Langley de *Variety*. Lleva todo el día intentando hablar contigo. Le he comentado que los rumores de que Bradley ha abandonado el proyecto son falsos, pero quiere que se lo digas tú mismo.

Talia oyó a Frank despedirse por última vez antes de entrar con Clarence en el camión. Dio alcance a Laurie y a Alex al final del camino.

—Mi marido está siendo excesivamente prudente.

Cuando se volvieron hacia la voz, fue como si vieran a Talia por primera vez. A sus cuarenta y dos años, Talia sabía que todavía era una mujer hermosa, con sus pómulos altos, sus ojos verdes de gata y su ondulada melena rubia hasta los hombros.

—Lo siento, señora Parker —dijo Laurie con cautela—, no hemos tenido oportunidad de hablar. ¿Tiene algo que añadir al testimonio de su marido de aquella noche?

—No directamente. Entonces aún no conocía a Frank. Pero estoy harta de esa nube de sospecha que flota sobre él. Sé que el cuerpo de Susan fue hallado a un tiro de piedra de esta casa y que la asesinaron cuando supuestamente estaba aquí, a solas con mi marido. Pero, a pesar de eso, Frank nunca ha entendido realmente por qué su coartada no ha despejado las sospechas contra él. Mi marido puede ser un poco ingenuo en algunas cosas. Mientras no aparezca alguien con una hipótesis mejor, siempre se sospechará de él. Pero les aseguro que se equivocan al relacionar esa muerte con la película.

—Entiendo su frustración...

Talia cortó a Laurie antes de que pudiera acobardarse.

—Susan Dempsey tuvo una fuerte pelea con su compañera de cuarto tan solo unas horas antes de que fuese asesinada.

—¿Con Madison?

—No, con la otra chica, Nicole. Al menos, eso afirma Madison. ¿Recuerdan que cuando Frank no obtuvo respuesta de Susan cuando la llamó al móvil, la telefoneó a la habitación de la residencia? Pues cuando Madison contestó, le dijo que Susan había tenido una pelea tremenda aquella tarde con su compañera de cuarto y que quizá por esa razón se estaba retrasando.

—Es la primera vez que nos comentan ese hecho —dijo Alex—. ¿Está segura?

—Yo no estuve allí, pero sé a ciencia cierta que eso fue lo que Madison le contó a Frank. La discusión fue tan violenta que incluso Nicole le arrojó algo a Susan. Luego Susan llamó demente a Nicole y dijo que haría que la expulsaran de la residencia, puede que incluso de la universidad, si no cambiaba de actitud. Cuando la policía centró su investigación en Frank, este contrató a un detective privado para que indagara. Por lo visto, Nicole dejó repentinamente la universidad después de la muerte de Susan, y no solo por un semestre o un año. Se marchó de Los Ángeles para siempre y empezó de cero en otro lugar. Se distanció de todo el mundo y al principio utilizó incluso un nombre falso. Cuando se casó se cambió el apellido. Busquen ahí: es como si Nicole Hunter hubiera muerto con Susan.

—¿Por qué su marido no lo ha mencionado nunca? —preguntó Laurie.

—Sus abogados le aconsejaron que no lo hiciera —explicó Talia con patente frustración—. Planeaban utilizar a Nicole como la sospechosa alternativa en el caso de que Frank fuera acusado formalmente.

Talia vio que Laurie pedía su opinión a Alex con la mirada.

—Probablemente yo le habría aconsejado lo mismo —dijo—. Mejor decir lo menos posible y soltárselo luego a la acusación durante el juicio.

—Pero nunca hubo un juicio —señaló Talia—. Y sin embargo, veinte años más tarde aquí estamos. Hay otras formas de castigo aparte de las acusaciones formales. Quizá ahora que saben la verdad, puedan hacer la pregunta que la policía nunca formuló: ¿qué pasó entre Susan y esa otra compañera de cuarto?

Laurie se puso el cinturón de seguridad mientras Alex encendía el motor del todoterreno.

—Nos ha sobrado tiempo —dijo—. No son ni las doce y ya hemos terminado con Frank Parker.

Alex se volvió hacia ella con una sonrisa.

—Eso quiere decir que no tenemos prisa por volver. Tu padre está en casa con Grace y Timmy, por lo que sabemos que están a salvo. Te propongo algo. Vayamos con el coche costa arriba durante una hora y busquemos un lugar para comer frente al mar. No sé tú, pero yo tengo la cabeza hecha un lío. Cada vez que hablamos con un testigo, aparece un sospechoso nuevo.

Laurie abrió la boca con la intención de decirle que debían volver a casa, pero Alex tenía razón. Les iría bien hablar tranquilamente de lo que habían oído contar a los sospechosos potenciales esos últimos días.

Y un rato a solas con él sería un agradable aliciente extra.

53

Al día siguiente, Laurie estaba arrodillada en el recibidor abotonando la cazadora tejana de Timmy.

—Mamá, ¿seguro que Alex y tú no podéis acompañarnos al zoo?

Laurie pensó que Timmy había empezado a llamarle mamá en lugar de mami. Estaba creciendo muy deprisa.

—Lo siento, cariño, pero ya lo hemos hablado. Alex y yo tenemos que trabajar como si estuviéramos en Nueva York, pero con la gran ventaja de estar en California. Nos veremos esta noche. Papá —llamó—, ¿te falta mucho?

Cerró el último botón de la cazadora y consultó la hora. Faltaba poco para el comienzo de la sesión cumbre y los participantes de ese día debían de estar al caer. En primer lugar filmarían al grupo social de Susan: Keith Ratner, Nicole Melling y Madison Meyer. También vendría Rosemary, porque deseaba estar presente. Al día siguiente hablarían con los del laboratorio de informática: Dwight Cook y el profesor Richard Hathaway.

Laurie oyó unos pasos apresurados en la escalera.

—Lo siento, lo siento —se disculpó su padre—, ya estoy aquí. Acabo de recibir de la policía de Alameda el correo que estaba esperando: una lista de las matrículas de los coches que pasaron cerca de la urbanización de Rosemary el día que mataron a su vecina.

—Papá —susurró Laurie en una actitud protectora hacia su hijo.

—No te preocupes por Timmy, es duro como una piedra. ¿A que sí? —Leo alborotó los cabellos ondulados de su nieto.

—Como una piedra de criptonita —respondió este.

—Cuando salgamos del zoo, tal vez me pase por la comisaría de este barrio para echar un vistazo a algunos antecedentes penales. ¿Qué te parecería eso, Timmy?

—Guay. ¿Y podremos ir a ver a Jerry? Quiero comprar un animal de trapo en el zoo y llevárselo para que le haga compañía hasta que se despierte.

Cuando acordaron traer a Timmy a California para vivir una aventura, no era esto lo que Laurie había tenido en mente.

—Pasadlo bien, chicos —dijo—. Y papá, trata de ser discreto con ciertos temas.

Alex y Grace salieron de la cocina justo a tiempo para despedirlos. Un segundo después de que el coche de alquiler partiera, un Porsche rojo descapotable subió por el camino de entrada para ocupar su lugar. Keith Ratner había llegado. Estaban recibiéndolo en la puerta cuando un Escalade negro asomó por el camino con Rosemary, Madison, Nicole y el marido de esta, Gavin.

Laurie se acercó a Grace para preguntarle al oído:

—¿Por qué se aloja Madison en el hotel con los demás? Su casa está a solo veinte minutos de aquí.

—Lo sé, pero el agente de la chica insistió.

Mientras Keith, Nicole y Madison intercambiaban abrazos corteses y exclamaciones del tipo «¡Cuánto tiempo!» y «Estás igual», Laurie invitó a Rosemary y a Gavin a entrar en la casa para que se instalaran en calidad de observadores.

—El servicio de catering trae toneladas de comida a lo largo del día, así que no duden en servirse lo que les apetezca. Está todo dispuesto en la cocina. Gavin, no esperaba que viniera.

—Es lo menos que puedo hacer dado lo nerviosa que ha estado Nicole estos últimos días. Probablemente usted esté acostumbrada a hablar ante las cámaras, pero yo nunca había visto a mi mujer así.

Después de la bomba que Talia había dejado caer sobre la pelea que habían mantenido Nicole y Susan horas antes del asesinato, Laurie no pudo por menos que preguntarse si el nerviosismo de Nicole se debía únicamente a las cámaras.

Como Jerry seguía en el hospital, Grace estaba haciendo las veces de ayudante de producción, acompañando a Keith, a Nicole y a Madison al dormitorio que habían destinado a peluquería y maquillaje. Una vez listos para aparecer ante las cámaras, tendrían una conversación en grupo con Alex en la sala de estar.

—¿Listo para rodar? —preguntó Laurie a Alex.

La excursión del día anterior a la costa había sido muy productiva. Habían repasado el plan hasta la saciedad, pero en ese instante Laurie se descubrió deseando que sus sospechas sobre Nicole fueran erróneas.

54

De acuerdo con lo planeado, sentaron a Keith en un extremo del sofá, a Madison en medio y a Nicole en el otro extremo, junto a la butaca de Alex.

—He pensado que podríamos empezar pidiendo a cada uno de ustedes que explique dónde estaba la noche del asesinato —comenzó Alex—. Keith, ¿le gustaría ser el primero?

Keith contó que estaba en una librería con varias personas que habían dado fe de su paradero y añadió, de motu proprio, que se trataba de una reunión de los Defensores de Dios.

—La gente tendrá su opinión sobre los Defensores de Dios, pero yo siempre he hablado abiertamente de mi relación con DD. En aquel entonces todavía estaba recabando datos sobre la misión de la iglesia, pero, cuando Susan murió, me volqué por completo en ella. Descubrí que era más feliz cuando servía a la gente a través de la iglesia. Me volví menos egoísta. En fin, el caso es que estuve allí toda la noche.

Alex asintió, satisfecho por el momento.

—¿Y dónde estaba usted, Madison?

—Sospecho que muchos telespectadores ya conocen mi versión, porque probablemente soy famosa, sobre todo, por ser la coartada de Frank Parker de aquella noche.

A Laurie le sorprendió la rapidez con que Madison había cambiado su actitud ante las cámaras. Lejos quedaba la diva que ansiaba volver a ser una celebridad. Empleando un tono serio y moderado propio de una presentadora de telediario, repitió su memorizada versión.

—Y de acuerdo con Frank Parker —señaló Alex—, llegó para la prueba con un aspecto fantástico.

—Eso espero. Pero si conseguí el papel, fue sin duda gracias a la prueba.

Alex asintió de nuevo. Por ahora, todo bien.

Llegó el turno a la participante que más interesaba a Laurie: Nicole.

—¿Aquella noche? La verdad es que nunca pienso en dónde estaba. Cuando recuerdo aquel siete de mayo, solo pienso en que fue la noche que Susan murió.

—Lo entiendo, pero si asesinan a una buena amiga, a una compañera de cuarto, por fuerza uno ha de preguntarse: ¿y si hubiera estado allí? ¿Y si hubiera podido evitarlo?

Nicole estaba asintiendo con la cabeza.

—Desde luego.

Así operaba Alex en sus interrogatorios. Ofrecía al testigo afirmaciones con las que era fácil estar de acuerdo y luego utilizaba esas mismas afirmaciones para conducirlo hacia donde él quería.

—Por lo tanto —continuó Alex—, debe de recordar dónde estaba.

—Sí —dijo quedamente Nicole—. Si le soy franca, aquella noche me produce vergüenza y tristeza. Fui a O'Malley's, un bar, y acabé bebiendo más de la cuenta. —Sin esperar a que Alex se lo preguntara, añadió—: Estaba muy nerviosa por un examen de biología.

Apenas había transcurrido un minuto y Nicole ya parecía estar a la defensiva.

—¿Tal vez estaba muy disgustada por su discusión con Susan para concentrarse en sus estudios? —preguntó Alex en un tono duro.

La piel de Nicole empalideció tres tonos bajo el maquillaje.

—¿Perdone?

—Nuestra investigación ha desvelado que aquella tarde,

poco antes de que Susan fuera asesinada, ambas tuvieron una fuerte discusión.

—Susan era mi mejor amiga. A veces teníamos nuestras riñas, pero yo no las llamaría fuertes discusiones.

—¿Eso cree? Porque según nuestra fuente, la pelea fue tan acalorada que usted le lanzó algo a Susan. Luego ella la amenazó con echarla del cuarto si no cambiaba de actitud.

Nicole estaba tartamudeando e intentando arrancarse el micrófono que llevaba enganchado en el ojal de su blusa de seda. A su lado, Madison trató de reprimir una sonrisa. Estaba mordiendo el anzuelo.

—Madison —dijo Alex cambiando de objetivo—, parece que disfruta usted viendo a Nicole entre la espada y la pared.

—Yo no lo llamaría disfrutar, pero sí, después de estar todos estos años bajo sospecha, como usted lo llama, me parece irónico que la agradable compañera de cuarto, tal como siempre se la consideró, se dedicara, de hecho, a arrojar cosas a Susan.

—Hay quien podría argumentar que es irónico —señaló Alex— que fuera usted la que oyó la pelea. Por tanto, Madison, mi pregunta para usted es la siguiente: ¿por qué nunca se lo contó a la policía?

—No hay una razón. Yo estaba en el pasillo y las oí gritar. No quería meterme. Cuando la puerta se abrió, me escabullí en el cuarto de baño para huir de todo ese escándalo. Susan salió primero, luego lo hizo Nicole. Eran la seis de la tarde aproximadamente. Cuando tuve la certeza de que el drama había finalizado, entré en la habitación. Luego Frank llamó y el resto ya lo conocen.

—Dice que lamenta estar bajo sospecha, pero desvelar que Susan y Nicole tuvieron una fuerte discusión quizá habría ayudado a desviar la atención de usted. Aun así, nunca mencionó esa pelea. —El tono de Alex era de asombro.

El silencio se apoderó de la sala. Laurie se descubrió inclinada hacia delante esperando las siguientes palabras. Confió en que los telespectadores hicieran lo mismo.

Como Madison no contestaba, Alex siguió presionándola.

—¿Qué me dice de esta teoría, Madison? Dirigir la atención hacia Nicole como posible sospechosa habría significado desviarla de Frank. Y, por tanto, la coartada que usted le ofrecía no habría sido tan valiosa.

—La razón de que nunca dijera nada es que jamás pensé, ni por un segundo, que Nicole pudiera matar a Susan.

—Y le era útil que Frank Parker la necesitara, ¿no es cierto, Madison?

55

Laurie podía notar la tensión en la sala. Momentos como ese eran la razón de que invitaran a varios sospechosos a salir al mismo tiempo ante las cámaras. Cada uno de ellos actuaba como un dispositivo de control sobre los demás; resultaba más arriesgado colar una mentira que podría ser desmentida fácilmente por otro.

Alex siguió presionando a Madison.

—Hay quien se pregunta por qué Frank llamó a otra actriz, quien casualmente era la compañera de cuarto de Susan, para hacer una prueba tan solo quince minutos después de la hora a la que debía llegar Susan. Dígame la verdad: cuando Frank telefoneó a su habitación aquella noche, la llamada no era para usted. ¿No es cierto que Frank llamó para saber dónde se había metido Susan?

—Vale —cedió Madison—, Frank no me pidió que fuera a la audición. Cuando supe que Susan no se había presentado, vi una oportunidad. Susan me había dicho dónde vivía Frank, de modo que fui hasta allí en coche. En aquel momento no tenía ni idea de que Susan estaba en peligro. Cuando Frank me dijo que no se había presentado, supuse que estaba llorando en el hombro de Keith por la discusión con Nicole.

—Y al igual que aprovechó la oportunidad de hacer la prueba, cuando se supo que Susan había sido asesinada aprovechó la oportunidad de convertirse en la coartada de Frank.

—Era la coartada de Frank. Estaba en su casa.

—Pero no llegó a las ocho y media. Él llamó a las siete cuarenta y cinco preguntando por su compañera de cuarto, y hasta su casa hay por lo menos media hora de camino. Tendría que ser tremendamente maquinadora para que su primera reacción fuera robarle el papel a Susan.

—Yo no le robé...

—Pero tuvo que pasar un tiempo antes de que viera la oportunidad, como usted la ha llamado hace un instante. Y para llegar a casa de Frank Parker con un aspecto fantástico, según sus propias palabras. Imagino que dedicó un rato a peinarse y a maquillarse.

—No. De hecho, ya estaba arreglada.

—Entiendo. En la entrevista preliminar nos contó que estaba enferma cuando sonó el teléfono. Después se desdijo y declaró que se había vestido para una fiesta en Sigma Alpha Epsilon y que luego decidió no ir porque no se encontraba bien.

—Eso fue lo que ocurrió.

—¿Una fiesta en una casa de estudiantes? ¿En serio? Nicole, Keith, ustedes conocían a Madison en la universidad. ¿Era la clase de chica aficionada a las fiestas en casas de estudiantes?

Ambos negaron con la cabeza.

—En absoluto —recalcó Nicole—. Las odiaba.

—Por Dios —espetó Madison—, ¿puede dejarse ya de tanto detalle? Está bien, si realmente necesita saber qué hacía en casa aquella noche, lista para coger el portante, digamos que estaba esperando la visita de un caballero.

—¿Un novio? —preguntó Alex.

—Nada tan serio, pero alguien que yo creía que estaba interesado en mí. Le había enviado una seductora nota en la que le decía que quizá le valiera la pena recogerme en la residencia a las siete y media. Me arreglé confiando en que mordiese el anzuelo. Al parecer no estaba interesado, porque ahí estaba yo cuando Frank llamó a las siete cuarenta y cinco. En aquel momento no era algo que me apeteciera airear, pero en realidad no fue para tanto. En su lugar obtuve un papel determinante en mi carrera. Lo que importa es que estaba en casa, que el teléfono sonó y que los registros de llamadas así lo confirman. Vi mi oportunidad, me personé en casa de Frank, le supliqué que me hiciera una prueba y me dejé la piel en mi actuación. Estuve allí desde las ocho y media hasta las doce, como ya he dicho.

—Sin embargo, Frank y usted, siempre han mantenido que él la invitó a hacer la prueba. ¿Por qué esa mentira?

—Mentirijilla, más bien.

—Puede, pero ¿por qué maquillar la verdad? —insistió Alex.

—Porque sonaba mejor, ¿vale? Susan no volvió a casa esa noche. Pensé que seguía enfadada con Nicole y que había decidido no volver a la residencia aquel día. A la mañana siguiente llamó Rosemary presa del pánico. Dijo que habían encontrado un cuerpo en Laurel Canyon Park y que la policía pensaba que se trataba de Susan. Esperaba que le dijéramos que era un error, que Susan estaba sana y salva en su habitación.

—Pero no fue así —dijo Alex—. Usted había estado en casa de Frank. Seguro que sabía lo cerca que se hallaba del parque. Debió de sospechar de él.

Madison estaba ahora llorando y meneando la cabeza. Ya no actuaba.

—No, en absoluto. Yo había estado en casa de Frank, como ya he dicho, y sabía que él había llamado a nuestra habitación a las siete cuarenta y cinco. Por tanto, estaba segura de que no había sido él. Pero también sabía que yo era la única persona que podía demostrarlo.

—¿Y? —preguntó Alex.

—Fui a casa de Frank. Le dije que no se preocupara, que yo sabía que no estaba implicado y que lo respaldaría ante la policía.

—Pero le puso una condición, ¿no es cierto? Le amenazó. Le dijo que solo apoyaría su coartada si le daba el papel protagonista en *La bella tierra*.

Tras una larga pausa, Madison solo alcanzó a decir:

—Me gané ese papel.

Si hubiesen estado en la sala del tribunal, Alex habría regresado a su asiento de la mesa del abogado. Su trabajo con Madison había terminado. Era tan maquinadora que, incluso después de saber que Susan había muerto, su primera prioridad había sido convertirse en estrella.

Pero no estaban en la sala del tribunal, y Madison no era el único testigo. Alex hizo una pausa y miró de nuevo a Nicole.

—Nicole, entenderá ahora que la discusión que tuvieron aquel día podría ser clave para resolver el asesinato de Susan. Ella salió de la residencia a las seis en punto con la intención de llegar a esa audición, pero su coche le estaba dando problemas. No tenemos ni idea de dónde estuvo entre ese instante y su muerte. ¿Por qué discutieron?

—Ahora recuerdo que tuvimos una pequeña riña y yo me fui a O'Malley's y empecé a beber. Era un bar de universitarios, y pillé una buena curda. Estoy segura de que puede encontrar a personas que aún lo recuerdan. En cuanto a por qué discutimos, no tengo ni idea. Por alguna tontería, supongo.

—Keith, está usted muy callado. ¿No le contó Susan que se había peleado con una de sus mejores amigas?

Keith se encogió de hombros, como si fuera la primera vez que oía que existía tensión entre las dos amigas. A Laurie le extrañó su aparente indiferencia.

Alex hizo un último intento.

—Ahora que ha quedado clara la importancia de ese detalle, quiero preguntarles algo. Por primera vez se ha desvelado que Susan salió enfadada de la habitación. Probablemente no fue a casa de Frank Parker para la prueba en su coche porque este le estaba dando problemas. Eso significa que pudo encontrarse a alguien a quien la policía nunca interrogó. ¿Dónde deberíamos buscar? ¿Adónde pudo ir?

Madison parecía genuinamente perpleja, pero Laurie observó que Nicole y Keith cruzaban una mirada cauta.

Laurie siempre había creído, desde el día en que la conoció, que Nicole se mostraba deliberadamente vaga sobre las razones por las que dejó UCLA. Todavía no habían resuelto el caso, pero una cosa estaba clara: la marcha de Nicole de Los Ángeles tenía que ver con su pelea con Susan, y Keith la estaba encubriendo.

56

Leo Farley se recostó en el sofá para descansar los ojos. El detective O'Brien, encargado de la investigación, le había enviado una lista de las matrículas extraídas de las grabaciones de las cámaras instaladas cerca de Castle Crossings, la urbanización donde Lydia Levitt había sido asesinada. Ese día, después de llevar a Timmy al zoo, Leo había pasado por el Departamento de Policía de Los Ángeles para imprimir las fotos de los permisos de conducir de casi todos los dueños de esos vehículos junto con sus antecedentes penales.

Impaciente por examinar el material, se había levantado de la mesa antes de que los demás hubieran terminado de cenar. La casa era lujosa, pero en esos momentos echaba de menos los tablones de anuncios y el mobiliario de formica de las comisarías. Los documentos y las fotos estaban desperdigados a su alrededor, formando pilas sobre los cojines, la mesa de centro y la mullida moqueta.

Dos horas más tarde había finalizado el segundo escrutinio de cada hoja de papel. Había esperado dar con alguna pista obvia: un nombre vinculado al caso de Susan Dempsey, algo que relacionara el asesinato perpetrado en el jardín de Rosemary con el de su hija ocurrido veinte años antes. Estaba convencido de que la decisión de Laurie de dedicar el programa al caso de Cenicienta había conducido a la agresión tanto de la vecina de Rosemary como de Jerry.

Pero seguía sin obtener resultados.

Timmy salió de la cocina dando saltos.

—¡Abuelo! ¿Has encontrado algo?

—Vigila —advirtió Leo cuando su nieto derribó una pila de hojas—. Sé que todo esto parece un caos, pero en el fondo existe un orden.

—Perdona, abuelo. —Timmy se sentó a su lado y procedió a ordenar la pila que había volcado—. ¿Qué es?

—Son fotografías de conductores que pasaron junto a Castle Crossings el día que me interesa y que han tenido una dirección previa en Los Ángeles.

—¿Y te interesa ese día en concreto porque fue el día que mataron a la vecina de la señora Dempsey?

Leo se volvió hacia la cocina, donde podía oír a los demás terminando de cenar. A Laurie no le gustaba que hablara tan abiertamente con Timmy de crímenes, pero el muchacho había presenciado el asesinato de su padre y había vivido años bajo la amenaza de que el asesino fuera también por él. En opinión de Leo, el chico estaba destinado a sentir una curiosidad natural por los crímenes.

—Efectivamente. Y si la persona que hizo daño a Lydia tiene algo que ver con el caso de tu madre...

Timmy terminó por él:

—Puede que viviera en Los Ángeles cuando Susan estaba en la universidad.

El muchacho estaba hojeando las fotos de los permisos de conducir que supuestamente estaba ordenando.

—Exacto —dijo Leo—. Timmy, de mayor podrás dedicarte a lo que quieras, pero posees más talento para ser un buen policía que yo.

De repente, su nieto dejó de toquetear las fotos y extrajo una de la pila.

—¡Lo conozco!

—Timmy, este no es momento para jugar a policías. Tengo que seguir trabajando.

—Hablo en serio. Lo vi en el restaurante de San Francisco, el de las albóndigas gigantescas y las fotos de gente famosa en las paredes.

—¿En Mama Torini's?

—Sí. Este hombre estaba allí, sentado en la barra, justo delante de nuestra mesa. Cada vez que lo miraba, se daba enseguida la vuelta.

Leo cogió la fotografía. Según el permiso de conducir, se llamaba Steve Roman. Dos años atrás el Departamento de Vehículos había cambiado su dirección a una de San Francisco. Antes de eso había residido largo tiempo en Los Ángeles.

—¿Me estás diciendo que viste a este hombre cuando estábamos en San Francisco?

—Sí. Era muy musculoso y tenía la piel muy blanca. Y la cabeza afeitada. No calva como cuando se cae el pelo, sino afeitada, como cuando tú dices que llevas una barba de dos días, abuelo. Me acuerdo de que pensé que era raro que se afeitara la cabeza cuando otros hombres se quejan siempre de que se les cae el pelo. Y el camarero tenía el pelo largo pero sujeto en una coleta, por lo que, en cierta manera, también él escondía su pelo.

—Timmy, ¿estás seguro?

Leo, no obstante, se daba cuenta de que lo estaba. Aunque reconocía la capacidad de su nieto para hacer frente a las dificultades, la amenaza de Ojos Azules lo había entrenado para observar constantemente a los hombres que tenía cerca.

Leo creía que Timmy había visto realmente a Steve Roman. Aun así, quería tener algún dato más para poder relacionar a ese hombre con el caso.

—Hazme un favor, muchacho. Tráeme mi iPad de la cocina.

Instantes después, Timmy estaba de vuelta con la tableta.

—¿Vamos a jugar a algo?

—Todavía no.

Leo abrió el navegador, tecleó «Steve Roman» y pulsó INTRO. Encontró entradas para un agente inmobiliario de Boston, un inversor de Nueva York y el autor de un libro sobre selvas tropicales. Pasó a la siguiente página de resultados.

Timmy tocó la pantalla con el dedo índice.

—Haz clic aquí, abuelo. ¿No estaban hoy hablando de eso mamá y Alex?

Leo enseguida comprendió, por el nombre de la web, que había encontrado al Steve Roman correcto. Finalmente tenía la conexión que estaba buscando entre el asesinato de Lydia Levitt y *Bajo sospecha*.

—¡Laurie! —gritó—. ¡Tienes que ver esto!

57

—Estaba delicioso, Alex.

Laurie todavía notaba el aroma del vino tinto con los champiñones guisados mientras cubría de agua jabonosa la cacerola de hierro fundido.

—Trasladaré el cumplido a Ramón. Él me enseñó todo lo que sé sobre el *coq au vin*.

Había sido idea de Alex despedir temprano a la empresa de catering para poder disfrutar de una comida casera en esa cocina de gourmet.

—Una cena de cinco estrellas —aseguró Laurie—, y por la mañana aparecerán los duendes para llevarse los platos sucios. Podría acostumbrarme.

Acababa de dejar el último plato en el fregadero cuando oyó la voz de su padre desde la sala.

—¡Laurie! —¿Era su imaginación o parecía alterado?—. ¡Tienes que ver esto!

Cerró el grifo y corrió hasta la sala. Su padre y su hijo estaban en el sofá.

—Tenemos algo, Laurie. De hecho, ha sido Timmy quien ha descubierto la conexión.

—Papá, te dije que no quería que lo expusieras a todo esto.

Timmy se había levantado y estaba tendiéndole la fotocopia de un permiso de conducir.

—Reconocí a este hombre enseguida, mami. Se llama Steve Roman. Su coche fue fotografiado justo delante de la urbanización de la señora Dempsey el día que asesinaron en su jardín a Lydia Levitt. —Laurie no podía creer que estuviera escuchando a su hijo de nueve años hablar de ese modo sobre un homicidio—. Y también lo vi sentado cerca de nosotros en el restaurante de San Francisco, Mamá...

Miró a su abuelo para que le ayudara con el nombre.

—Mama Torini's —terminó Leo por él—. Timmy lo estuvo observando lo suficiente para poder reconocerlo ahora en esta foto. Se llama Steve Roman. Vive en San Francisco, pero hasta hace dos años residía en Los Ángeles. Y mira esto.

Le tendió el iPad. Una parte de Laurie no quería mirar. No quería creer que Timmy había estado sentado al lado de alguien implicado en el asesinato de Lydia Levitt. No quería creer que la muerte de la mujer estaba relacionada con su decisión de reinvestigar el Asesinato de Cenicienta.

Vio el nombre de «Steve Roman» varias veces en la pantalla. La web pertenecía a los Defensores de Dios. Alguien llamado Steve Roman era un colaborador asiduo del foro de la comunidad.

Laurie apartó unos papeles del sofá para poder sentarse y procesar la información.

¿Un miembro de la iglesia de Keith Ratner había estado vigilándolos en San Francisco y había sido visto en las proximidades del lugar donde habían asesinado a la vecina de Rosemary Dempsey? No podía tratarse de una coincidencia.

Rememoró el final del rodaje de ese día. Cuando Alex presionó a Nicole para que hablara de su pelea con Susan, tuvo la sensación de que Keith Ratner sabía más de lo que parecía. ¿Tenía la pelea algo que ver con DD?

Se levantó del sofá y llevó a su hijo a la cocina.

—Grace, ¿te importa quedarte un momento con Timmy? Tengo algunas preguntas más para Nicole.

58

Cuando Laurie llamó a la puerta de la habitación del hotel de Nicole, Alex estaba a su lado. Leo y él habían insistido en que no fuera sola. Finalmente acordaron que Leo se quedaría en casa con Timmy y Grace mientras Alex acompañaba a Laurie al hotel.

Les abrió Gavin, el marido de Nicole.

—Hola, Laurie. Son más de las nueve. ¿La esperábamos?

—Tenemos que hablar con Nicole.

—Confío en que sea importante. Mi esposa ya está acostada.

Se apartó para dejarlos pasar. A Laurie le sorprendió ver una zona de estar espaciosa con un comedor aparte. Al parecer Gavin había empleado su propio dinero para aportar mayor comodidad a la habitación estándar que ofrecía el programa.

—No está en peligro, ¿verdad? —preguntó Gavin—. Desde que Rosemary le habló de este programa está muy nerviosa.

Laurie oyó a Alex carraspear intencionadamente. Le estaba recordando que debía reprimir su tendencia a intentar tranquilizar a los testigos.

—A decir verdad, su esposa podría estar expuesta a un gran peligro.

—Eso es imposible —espetó Gavin—. Nicole, tienes que salir.

Nicole emergió de la habitación en bata y pijama.

—Lo siento, me estaba preparando para acostarme.

Pero no parecía sentirlo demasiado.

—Dicen que estás en peligro.

—Dije que podría estarlo —le corrigió Laurie—. ¿Conoce a este hombre?

Tendió a Nicole una copia de la foto del permiso de conducir de Steve Roman al tiempo que observaba detenidamente su rostro, en busca de una reacción.

Nicole permaneció impasible.

—No.

—Se llama Steve Roman. Creemos que es el hombre que mató a Lydia Levitt, la vecina de Rosemary.

—¿Por qué debería conocer a un ladrón?

—Creemos que Lydia interrumpió a este hombre cuando husmeaba en el jardín de Rosemary, pero no se trata de un ladrón. Estaba buscando información sobre la gente que participa en *Bajo sospecha*. De hecho, pocos días después de la muerte de Lydia nos estuvo siguiendo a mi familia y a mí en San Francisco. Es probable que también la siguiera a usted. Y puede que sea, asimismo, la persona que atacó a Jerry, mi ayudante.

—Me temo que no llego a entender lo que pretende decirme —dijo Nicole.

—Steve Roman es miembro desde hace tiempo de los Defensores de Dios.

Laurie había planeado explicarle la conexión de DD con Keith Ratner, así como su teoría de que este pudo enviar a uno de sus amigos de la iglesia, Steve Roman, para que saboteara el programa y detuviese la producción. Pero la expresión de Nicole, cuando se mencionó a los Defensores de Dios, le dejó claro que ya sabía algo de ellos.

—Durante el rodaje de hoy dijo que no recordaba el motivo de su discusión con Susan. Y el día que la conocí se mostró vaga sobre las razones que la llevaron a abandonar Los Ángeles. Tienen que ver con esa iglesia, ¿verdad?

—No... no sé de qué me habla.

Alex le tendió la carpeta que habían preparado antes de salir. Laurie extrajo la primera fotografía, un retrato de veinte por veinticinco de una Susan de diecinueve años sonriendo a la cámara. Luego sacó una foto de Lydia Levitt.

—Estas dos mujeres están muertas. La historia personal que usted desea mantener oculta es importante para mí —dijo Laurie—. Están haciendo daño a mucha gente. Mi amigo Jerry está en el hospital. Y todo ello tiene relación con los Defensores de Dios.

Gavin posó un brazo protector sobre los hombros de su esposa.

—Nicole, si sabes algo...

—No era mi intención ocultarte nada, Gavin. Solo intentaba protegerme. Protegernos. —Nicole le tomó la mano y clavó la mirada en Laurie—. Se lo contaré. Pero solo con el propósito de ayudar. Nada de cámaras.

Laurie asintió. A esas alturas la verdad importaba más que el programa.

59

Dwight saltó desde el muelle hasta la popa de su yate de trece metros, idóneo para travesías cortas. En cuanto empezó a mecerse con el balanceo de la embarcación sintió que la calma invadía su cuerpo. El suave azote de las olas contra la fibra de vidrio semejaba una nana. Cuando llegara su compañero de inmersión, irían a Shaw's Cove para hacer submarinismo en la oscuridad. Nada le gustaba tanto como la soledad del buceo nocturno.

Pero no sería capaz de disfrutar plenamente de la inmersión si no terminaba primero un trabajo que tenía pendiente. Bajó a la cabina y sacó el portátil del maletín, lo abrió y cliqueó en el vídeo de vigilancia de la casa de Bel Air. Habían transcurrido dos días desde que tomara la decisión de no ir a la policía con el vídeo de la horrible agresión a Jerry. Confiaba en que su vigilancia constante de la casa le diera algunas respuestas sobre la muerte de Susan, y puede que sobre el asaltante de Jerry.

Pasó el vídeo a cámara rápida reduciendo la velocidad únicamente cuando algo le interesaba. Finalizada la cinta, regresó a la escena que más le fascinaba: la entrevista conjunta a Madison Meyer, Nicole Hunter y Keith Ratner.

Alex Buckley había pillado a Madison en un par de contradicciones, pero no eran importantes. Seguía respondiendo por Frank Parker. La gran revelación era que Susan había discutido con Nicole y esa noche se había marchado de la residencia echando chispas.

Dwight sabía lo ilusionada que estaba Susan con esa prueba. No se la habría perdido voluntariamente.

Pasó de nuevo el vídeo y reprodujo varias veces la última pregunta de Alex Buckley: «¿Adónde pudo ir?».

Cerró los ojos y visualizó a Susan la noche en que se dio cuenta de que la quería de verdad. Habían trabajado en el laboratorio hasta muy tarde: faltaba apenas una hora para que despuntara el día. Decidieron conducir hasta el Observatorio Griffith, el mejor lugar, según decían, para ver el amanecer. Sentados en la hierba, rodeados de oscuridad, ella llenaba el silencio hablando de lo mezquinas que podían ser las chicas unas con otras, de que en el departamento de arte dramático había un montón de actrices con el mismo talento que ella pero con el doble de ambición, de que para muchas chicas los novios estaban antes que las amigas, de que se pasaba el día instando a Keith a confiar en sí mismo. También le dijo que solo había un lugar donde podía dejar que dominara otro lado de su personalidad.

«¿Adónde pudo ir?»

Dwight creía saberlo.

A fin de refrescar la memoria, buscó en su ordenador un calendario online de 1994. Para cuando llegó el 7 de mayo, hacía semanas que Hathaway había descubierto a Dwight pirateando el sistema informático de la universidad. Dwight se acordaba de la fecha porque estaba contando los días que faltaban para el fin del trimestre. Quería ir a La Jolla para otra inmersión.

Durante todo este tiempo había reprimido la conexión entre la fecha de la muerte de Susan y otro acontecimiento que le había cambiado la vida.

Cerró nuevamente los ojos y evocó el nerviosismo de Susan por la prueba con Frank Parker. Siempre decía que antes de una representación le gustaba estar tranquila y concentrada para intentar meterse en su personaje. Si una pelea con

Nicole la había obligado a marcharse de su habitación a las seis, le quedaban cuarenta y cinco minutos como mínimo para tratar de calmarse. De haber necesitado otro lugar donde sentirse tranquila y segura, Dwight sabía exactamente adónde habría ido. Y sabía exactamente qué habría oído al llegar allí.

Notaba la piel caliente. Se levantó y empezó a caminar de un lado a otro por la cabina del barco. Estaba teniendo problemas para controlar la respiración. Ahora era él quien necesitaba un lugar donde sentirse seguro; necesitaba sumergirse en el agua.

Pero también quería sacar a la luz sus pensamientos. Su plan había funcionado: finalmente creía saber quién había matado a Susan.

Buscó el número de Laurie en el móvil y pulsó INTRO. «Ha llamado a Laurie Moran...»

—Llámeme lo antes posible —dijo tras el pitido—. Necesito hablar con usted.

Estaba tan concentrado dejando el mensaje que no oyó unos pasos en el muelle.

60

Gavin acompañó a su esposa hasta el sofá y le tomó la mano.

—Estoy aquí contigo —susurró—, y siempre estaré, pase lo que pase. Si tienes miedo de alguien, yo te protegeré.

Nicole habló deprisa y con la mirada fija en algún punto lejano.

—La discusión con Susan fue por los Defensores de Dios. Hacía meses que yo era miembro de su iglesia y Susan lo desaprobaba. Decía que eran unos ladrones, que utilizaban la religión para sacar dinero a la gente. Decía que me habían lavado el cerebro, y el hecho de que... yo tuviera una relación con Martin Collins no ayudaba. A mí, Martin me parecía una persona ejemplar y sumamente generosa. Creía que estaba enamorada de él, pero en aquel entonces yo era una chica joven fácil de impresionar.

El zumbido del móvil de Laurie detuvo el relato. Rebuscó en el bolso y miró la pantalla. Era Dwight Cook. No quería interrumpir a Nicole, de modo que pulsó el botón de desvío de llamadas.

—Si hacía meses que pertenecía a esa iglesia —dijo Laurie—, ¿por qué discutieron sobre ella ese día?

—La discusión tenía que ver con Keith, el novio de Susan. Me lo había llevado a una fiesta de miembros nuevos. Susan estaba furiosa, dijo que mi intención era convertirlo. La pelea fue tan terrible como la describió Alex, o incluso peor. Me sentía atacada, y le arrojé un libro. No puedo creer que eso currieta la última vez que nos vimos.

Nicole hundió la cabeza en las manos.

—Supongo que es consciente de que hay quien podría no creerla. Si Susan la amenazó con hacer que la echaran de la residencia...

—Jamás lo habría hecho. Fue una discusión horrible, sí, pero creo, sinceramente, que se enfureció conmigo debido a un cúmulo de cosas: la prueba y la ausencia de su agente, que estaba en Arizona porque su madre había sufrido un infarto. Estaba agobiada, revolviendo sus cajones como una loca en busca de su collar de la suerte. Entré y arremetió contra mí por llevar a Keith a una reunión de DD, pero creo que aquello solo era la gota que colmaba el vaso. Seguro que nos habríamos reconciliado. Y, en cualquier caso, yo jamás habría hecho daño a Susan.

Algo en el relato de Nicole sobre la discusión no acababa de cuadrar a Laurie.

—Dijo que acabó en O'Malley's bebiendo más de la cuenta. Si realmente no fue una pelea tan fuerte para poner fin a su amistad, ¿por qué estaba tan disgustada?

—Cuando Susan se marchó, fui caminando hasta casa de Martin para que me reconfortara. Tenía el don de quitarle dramatismo a las cosas. —Se volvió hacia Gavin y susurró: «Siento mucho no habértelo contado, perdóname», antes de proseguir—. Cuando llegué, había luz y su coche estaba en la entrada. Llamé con los nudillos pero Martin no contestó, de modo que entré pensando que no me había oído. Cuando abrí la puerta de su habitación...

Se le quebró la voz y empezó a temblar. Gavin la estrechó entre sus brazos y le dijo que todo iría bien.

—Esos secretos te están torturando, Nicole.

—Cuando entré en la habitación, Martin estaba con una niña. Dios, no tendría más de diez años. Estaban... en la cama. Salí corriendo de la casa, pero Martin me dio alcance y me dijo que, si contaba una sola palabra de lo que había visto, me mataría. Y no solo a mí, también a la niña. Me amenazó con matar a toda la gente que quería, a mis padres, a mis amigos. Dijo que aunque transcurrieran cuarenta años daría conmigo y mataría a mis hijos y a mis nietos. Yo sabía que hablaba en serio. Creo que Martin me habría matado allí mismo si aquella niña no hubiera estado mirando.

—¿Y nunca se lo contó a nadie? —preguntó Laurie.

Nicole meneó la cabeza y, bajando la mirada, sollozó con el rostro hundido en sus manos.

—No imagina el sentimiento de culpa que he arrastrado todos estos años. Cada vez que lo veo en la tele me entran náuseas y me pregunto de cuántas más niñas habrá abusado. Gavin, he estado a punto de contártelo muchas veces, pero me daba vergüenza. Y temía por nosotros. Además, no tenía ni idea de quién era esa niña, y tampoco pruebas. Martin es un hombre poderoso. Habría hecho que otros miembros de su iglesia declararan que yo estaba loca, como mínimo. Y no dudé ni un segundo de que era muy capaz de cumplir sus amenazas. Por eso siempre he sido reacia a tener hijos, Gavin. No quería vivir cada segundo con el pánico de que Martin pudiera hacerles daño.

Laurie conocía ese miedo: saber que alguien pretendía hacerle daño a tu hijo.

—¿Cree que Martin tuvo algo que ver con la muerte de Susan? —preguntó.

—Estoy segura de que es capaz de matar —dijo Nicole—, pero no tenía motivos para asesinar a Susan, y aquella noche lo vi en su casa con mis propios ojos.

—Pero si Martin descubrió que usted iba a participar en nuestro programa, probablemente le inquiete que acabe hablando demasiado sobre el pasado.

Nicole se enjugó una lágrima.

—Sí, esa es su manera de funcionar. Es una persona cerrada y terriblemente paranoica. Por eso he llevado una vida tan discreta todos estos años. La idea de que yo aparezca en la tele hablando de mis días en UCLA debe de tenerlo aterrado. El hombre de la foto probablemente sea uno de sus esbirros, enviado para cargarse el programa.

A Laurie le estaba costando procesar esa nueva información. Estaba convencida de que si encontraban a la persona que había atacado a Lydia y a Jerry, encontrarían también al asesino de Susan. Y sentía que todavía había algo en la descripción de Nicole de su discusión con Susan aquella tarde que no acababa de encajar.

Alex había dejado que Nicole respondiera a las preguntas de Laurie. Entonces, dijo:

—Hablemos de Keith Ratner. Sabemos que sigue participando activamente en su iglesia. Él sabía quiénes eran los otros participantes del programa. Seguramente le contó a Martin que Nicole había aceptado intervenir. Puede que entonces Martin pidiera a Steve Roman que la vigilara, lo cual pudo llevarle hasta la urbanización de Rosemary. Rosemary y usted se ven de vez en cuando, ¿no es cierto?

—¡Claro! —exclamó Nicole—. Rosemary vino a mi casa el día antes de que mataran a Lydia. Puede que ese hombre la siguiera después.

—La mejor manera de averiguar más cosas acerca de Martin sería volver a entrevistar a Keith Ratner —dijo Laurie.

Las entrevistas de Dwight Cook y Richard Hathaway estaban programadas para la mañana siguiente, pero serían breves. Laurie sacó el móvil del bolso. Ignoró el aviso de la llamada de Dwight, y escribió un mensaje de texto a Keith que leyó en voz alta a medida que tecleaba con los pulgares: «Gracias por su ayuda de hoy. Siento mucho decirle esto, pero debido a un fallo técnico hemos perdido parte de la filmación. ¿Cree que podría venir para rodar de nuevo la parte sobre su coartada de la librería mañana por la mañana? Le prometo que no nos llevará mucho tiempo. Laurie».

Pulsó INTRO y soltó un suspiro de alivio cuando Keith le respondió al instante: «Ningún problema. Solo dígame a qué hora».

«Genial, gracias. Asegúrese de llevar la misma camisa.»

—Añade un emoticono sonriente por si las moscas —le aconsejó Alex leyendo por encima de su hombro.

—Ya es nuestro —dijo ella.

—Deberíamos pedirle a Leo que informe a la policía de Los Ángeles de lo que sabemos —señaló Alex—. Nicole, podemos mantener en secreto lo que nos ha contado, al menos por el momento. Si a la policía le parece bien, pueden escuchar la entrevista de Keith haciéndose pasar por cámaras.

—Tal vez Rosemary haya estado en lo cierto desde el principio con respecto a Keith —comentó Laurie—. A lo mejor Keith ha enviado a uno de sus colegas de la iglesia para que se cargue la producción del programa.

—Ustedes son los expertos —dijo Nicole—. Pero si algo de esto tiene relación con los Defensores de Dios, yo no me preocuparía por Keith Ratner. El hombre verdaderamente peligroso es Martin Collins. Si ese Steve Roman trabaja para él, será la clase de persona dispuesta a hacer lo sea por Collins. Créanme, sé de lo que hablo.

Camino del coche, Laurie repasó la descripción que había hecho Nicole de Susan, buscando frenéticamente su collar de la suerte, estresada por la prueba, arremetiendo contra ella por llevar a Keith a su iglesia de fanáticos. Había algo en esa escena que no acababa de cuadrarle.

Otro aviso del buzón de voz de su móvil la distrajo. Era de Dwight. «Llámeme lo antes posible. Necesito hablar con usted.» Tendría que esperar a mañana. Debían encontrar en el Departamento de Policía de Los Ángeles a un detective dispuesto a ayudarles a acorralar a Keith Ratner.

61

Al día siguiente Laurie estaba en el camino de entrada de la casa de Bel Air esperando la llegada de un coche. Consultó la hora: las 9.58. Había quedado con Dwight Cook y Richard Hathaway a las diez, por lo que había pedido a Keith Ratner que viniera a las once y media. Imaginaba que sería menos probable que sospechara de este nuevo encuentro si había otros testigos en la casa.

Se asomó un momento a la sala de estar. El detective Sean Reilly, del Departamento de Policía de Los Ángeles, no desentonaba con los cámaras, vestido con tejano azul, gorra de béisbol y una camiseta negra de *Bajo sospecha* que Laurie le había proporcionado. Era el detective que investigaba la agresión a Jerry. Era joven, de treinta y pocos años, y las únicas líneas en su rostro eran las que aparecían siempre que un policía se tomaba en serio su trabajo.

Tras una larga conversación por teléfono a altas horas de la noche para explicarle la conexión entre Lydia Levitt, Steve Roman, los Defensores de Dios, *Bajo sospecha* y Jerry, Reilly había accedido finalmente a estar en el rodaje para escuchar lo que Keith Ratner tuviera que decir sobre la implicación de su iglesia en todo aquello.

Nicole Melling ya estaba en la casa. Laurie confiaba en que, llegado el momento, todas las piezas del plan encajaran.

Un Lexus SUV blanco se detuvo en la entrada a las 10.02.

Conducía Hathaway. Para sorpresa de Laurie, no había nadie más en el coche.

—Pensaba que Dwight y usted vendrían juntos —dijo cuando él abrió la portezuela.

—Yo vivo en Toluca Lake. —Hathaway debió de reparar en la cara de desconcierto de Laurie, porque añadió—: Está en Burbank. Un lugar fantástico, con lago privado y uno de los mejores clubs de golf del estado. Dwight aún conserva su choza de Westwood de sus tiempos de estudiante. Nadie es tan buen amigo para desviarse de su camino en hora punta en Los Ángeles.

—No le robaremos mucho tiempo, solo quiero que hable del interés de Susan por la informática. Su padre era un conocido abogado especializado en temas de propiedad intelectual y su hija y él compartían su entusiasmo por el mundo de la tecnología. Usted puede hablar de esa parte de Susan que los demás testigos desconocen.

Dwight seguía sin aparecer cuando la maquilladora terminó de empolvar a Hathaway. Eran las 10.20. Laurie oyó a Hathaway dejar otro mensaje de voz a Dwight: «Muchacho, Laurie y yo te estamos llamando. Espero que ya estés en camino».

—No lo entiendo —dijo Hathaway guardándose el teléfono en el bolsillo de la cazadora—. Suele ser una persona puntual.

Laurie se reprendió por no haber buscado un momento, la noche anterior, para devolverle la llamada. Ahora temía que Dwight la hubiera llamado para cancelar la cita.

—Puede que la víspera del rodaje la idea de las cámaras lo asustara —señaló.

Hathaway se encogió de hombros.

—Tal vez, pero estaba deseando colaborar.

Laurie había previsto despedir a Dwight y a Hathaway poco después de que llegara Keith. De lo contrario, este podría impacientarse y largarse.

Decidió seguir adelante únicamente con Hathaway. Era un

hombre telegénico. Tenía distinción, había obtenido su plaza de profesor numerario a los treinta y pocos y seguidamente había ayudado a un protegido a crear una empresa pionera. Si conseguía echarle el lazo a Dwight más tarde, Alex podría entrevistarlo por separado. Lo más importante ahora era no fastidiar sus planes para Keith Ratner.

Como era de esperar, Richard Hathaway salía muy favorecido ante las cámaras.

—En UCLA tenía muchos estudiantes con talento —le dijo a Alex—, pero Susan estaba entre los mejores. Cuando murió, se habló mucho de su prometedora carrera como actriz, pero yo siempre he creído que habría podido triunfar en el mundo de la tecnología. Podría haber sido otro Dwight Cook. Qué tragedia.

Arrugó su atractiva frente, pensativo. Con su voz resonando con la autoridad propia de un hombre que ha sido profesor, y siguiendo un razonamiento meticuloso, siguió hablando de Susan y respondió a las preguntas de Alex sobre la noche del asesinato.

—Recuerdo lo conmocionado que me quedé aquel domingo, cuando oí que habían encontrado su cuerpo. Dwight tenía entonces diecinueve años y el cerebro de un genio, pero era un adolescente en lo que a relaciones se refiere. Era imposible no darse cuenta de lo que sentía por Susan. Cuando estaban juntos en el laboratorio, los ojos le brillaban y estaba siempre sonriendo. Tras recibir la espantosa noticia, vino a mi casa y lloró en mis brazos.

—¿Sabe dónde estaba Dwight la noche que murió Susan? —preguntó Alex con calma.

—Conmigo. Estaba escribiendo un código para su proyecto y yo sabía que quería hablarme de ello. Aquella noche no tenía ningún plan, así que le llamé y le pregunté si quería tomarse una hamburguesa.

—¿Qué hora era? —preguntó Alex.

—Le llamé en torno a las siete. Después me reuní con él en Hamburguer Haven.

—Una cosa más. No estaría haciendo bien mi trabajo si no mencionara el hecho de que usted era muy popular entre las estudiantes y tenía fama de donjuán.

Hathaway rió.

—Ah, sí. El profesor guaperas, según el periódico del campus. Solo rumores, se lo aseguro. Estoy convencido de que es algo inevitable cuando eres un profesor joven y soltero.

—Entonces, si alguien sugiriese que usted tenía un interés extraprofesional por Susan...

—Estaría del todo equivocado. Por no hablar de que Susan estaba enamoradísima de su novio. Me rompía el corazón ver a Dwight suspirar por ella.

Hathaway había estado perfecto y había proporcionado el toque personal que Laurie había estado buscando. Dwight Cook era la cara de REACH, pero Hathaway quedaba cien veces mejor ante las cámaras.

Acababa de gritar «¡Corten!» cuando oyó el motor de un coche deportivo, seguido del cierre de una portezuela. Keith Ratner había llegado. Podía enviar a Hathaway a casa. Mejor sincronización imposible.

62

Laurie instaló a Keith en el mismo lugar del sofá que el día anterior. Llevaba puesta la misma camisa, como ella le había indicado.

—Le pido disculpas una vez más —dijo—. Hemos perdido la toma en la que nos cuenta dónde estuvo la noche del asesinato de Susan. Le ruego que vuelva a contarlo mientras le filmamos en primer plano, así parecerá que tiene a Madison y a Nicole al lado.

—De acuerdo.

Tras comprobar que el detective Reilly estaba entre los cámaras, Laure hizo señas para que comenzaran a filmar.

Alex arrancó con la misma pregunta que el día anterior.

—He pensado que podríamos empezar pidiendo a cada uno de ustedes que explique dónde estaba la noche del asesinato. Keith, ¿le gustaría ser el primero?

Keith repitió la misma historia que había contado en multitud de ocasiones a lo largo de los años: estaba en una librería con miembros de DD.

—Hablando de los Defensores de Dios —dijo Alex—, ¿conoce a este hombre?

Colocó una fotografía de Steve Roman sobre la mesa de centro, delante de Keith.

Keith miró desconcertado a Alex y luego a Laurie. Cogió la foto y la estudió detenidamente.

—No lo he visto en mi vida.

—Es un miembro de su iglesia, y creemos que está decidido a detener la producción de este programa, empleando la violencia si es necesario.

Keith agarró el micrófono que llevaba prendido del cuello de la camisa. Habían imaginado que intentaría marcharse cuando se diera cuenta de que estaban desviándose del guión, pero al menos lo tenían allí. Y el Departamento de Policía de Los Ángeles también estaba presente. Tenían que conseguir que Keith dijera algo que diese al detective Reilly un motivo de peso para detenerlo.

—Keith, esto es importante —dijo Laurie—. Hay cosas sobre su iglesia que ignora.

De repente, Keith desvió la mirada de Laurie. Esta se dio la vuelta y vio a Nicole saliendo de la cocina. A esta le daba pánico que Martin intentara vengarse, pero la noche anterior Laurie, Leo y Gavin la habían convencido de que estuviera presente en la casa escuchando la entrevista en la estancia contigua, por si en algún momento decidía enfrentarse personalmente a Keith.

—Les he hablado de mi pelea con Susan —le dijo Nicole—. Saben que yo te presenté a Martin y a los Defensores de Dios. Sabes que dejé la iglesia, y también Los Ángeles, pero nunca te conté por qué.

—Te fuiste por el asesinato de Susan. Era tu mejor amiga.

Cuando Nicole tomó asiento en el sofá, al lado de Keith, Laurie reparó en que el detective Reilly daba un paso al frente. Estaba escuchando con atención.

—No fue por eso. Keith, el reverendo Collins no es el hombre que crees.

63

Keith Ratner no podía dar crédito a las palabras que estaban saliendo de los labios de Nicole.

Primero había dicho que había tenido una relación secreta con Martin. ¿Y ahora decía que Martin abusó de una niña?

—Nicole, tus acusaciones son descabelladas. Ahora entiendo por qué a Martin le preocupaba tanto que participaras en este programa.

—Lo vi con mis propios ojos, Keith. Y si hubieras oído las amenazas que lanzó contra mí, no pensarías que es un buen hombre. Alguna parte de ti debe de intuir la verdad. Mira su estilo de vida. El dinero que recauda no lo destina a buenas obras, sino a llenarse los bolsillos. Y piensa en las familias a las que elige ayudar, siempre con niñas, siempre con padres vulnerables. Yo misma no caí en la cuenta de ese patrón hasta aquella noche, pero no podía demostrarlo. Quién sabe de cuántas niñas más habrá abusado. Tú puedes ayudar. Estás en su círculo interno.

Keith se tapó la cara con las manos. Esto era una locura.

—Hace veinte años que no nos vemos, Nicole. ¿Por qué debería creerte?

—Hazte la siguiente pregunta: ¿qué pensaba Martin de que participaras en este programa? ¿Quería que hablaras de DD?

—De hecho, sí. Yo no quería. Fue él quien me empujó a aceptar.

Pero, en cuanto terminó la frase, a Keith le asaltó la duda. Recordó la primera vez que había mencionado el programa *Bajo sospecha* a Martin. Keith no quería participar. Detestaba la idea de que su nombre volviera a ser arrastrado por el barro. Era Martin quien lo había conducido hasta allí. Quería saber qué tramaba Nicole. Sus palabras exactas fueron: «Deja que yo me ocupe de mis propios enemigos».

Pero ¿abuso infantil? ¿Había dedicado Keith su vida adulta a una iglesia encabezada por un hombre capaz de algo tan monstruoso? Era inconcebible.

Se aclaró la garganta, como si eso pudiera aclararle los pensamientos.

—¿Qué quieren de mí?

Un cámara tocado con una gorra de béisbol avanzó hasta él con una placa en la mano. ¿Cuándo iban a terminar las sorpresas?

—Señor Ratner, soy el detective Sean Reilly, del Departamento de Policía de Los Ángeles. Le hablaré sin rodeos. Cuento con el recuerdo de la señora Melling, de cuando tenía veinte años, de una escena no confirmada. No tengo el nombre de la niña a la que vio con su reverendo. Así pues, carezco de las pruebas necesarias para procesarle. No obstante, estará de acuerdo en que una persona de bien no puede ignorar algo así. Ha preguntado qué queremos de usted. De acuerdo con la ley de California, la policía puede escuchar una conversación telefónica con el consentimiento de una de las partes.

—Me está pidiendo que traicione a Martin.

—No tiene que traicionar a nadie. Solo dígale dos cosas. —Reilly las recalcó con el pulgar y el índice—. Que la policía le hizo preguntas sobre Steve Roman, y que mencionó la posibilidad de abuso infantil dentro de la iglesia. Si es inocente, lo sabremos. Pero ¿y si no lo es?

Keith pensó en todas las horas que había pasado con Martin repartiendo comida a familias necesitadas. Sin la iglesia, Keith habría seguido siendo el muchacho inseguro y superficial que había sido de joven. Luego pensó en todas las niñas que había visto en las familias a las que Martin ayudaba. Hacía veinte años que no veía a Nicole, pero tenía razón en cuanto al tipo de familia que Martin prefería. Y no podía imaginársela mintiendo sobre algo tan espantoso.

—Está bien, hagámoslo.

Rezó en silencio para que todo fuera un malentendido.

Mientras el detective Reilly preparaba a Keith para su conversación telefónica con Martin Collins, Laurie acompañó a Nicole hasta la puerta y le dio un abrazo antes de dejarla al cuidado de Gavin, su marido. Dos semanas atrás, cuando Laurie la conoció en la cocina de gourmet, le había parecido una mujer fría y distante que seguía intentando ocultar secretos de hacía veinte años. En ese momento Nicole no podía dejar de llorar, y Laurie se preguntó si algún día recuperaría el control de sus emociones.

Se obligó, con todo, a centrarse en los hechos innegables. Veinte años atrás, Nicole ya poseía la madurez suficiente para iniciar una relación con Martin, un hombre adulto. Había ignorado las advertencias de Susan sobre él y su supuesta iglesia. Tras descubrir a Martin infligiendo quizá el peor daño imaginable que se le puede hacer a alguien, cedió a sus amenazas, huyó y dejó a la niña sola.

Laurie podía empatizar con Nicole, pero no simpatizar.

64

A Laurie le sorprendía lo fácil que era para el detective Reilly grabar la llamada de Keith a Martin Collins: un simple cable que conectaba el móvil de Keith con la entrada de micrófono de un portátil. Tras una larga negociación, Reilly aceptó dejar que Leo y Laurie escucharan la llamada, pero sin cámaras ni grabaciones. Si la llamada salía como esperaban, Laurie podría encontrar otra manera de informar sobre los hechos en el programa. En esos momentos solo quería oír lo que Martin Collins tenía que decir.

Con la ayuda de un separador de audio, Leo, Laurie y el detective Reilly conectaron sus respectivos auriculares. Laurie alzó el pulgar cuando Keith pulsó el botón de llamada. Aunque no era un hombre digno de confianza, ese día estaba haciendo lo correcto.

—Hola, Martin, soy Keith —dijo cuando Martin descolgó—. ¿Tienes un minuto? He recibido una visita muy extraña de la policía.

—¿La policía?

—Sí. Me preguntaron por un tal Steve Roman. Calvo, musculoso, de unos cuarenta años. Dijeron que pertenecía a los Defensores de Dios. Les dije que no lo conocía. ¿Te suena de algo ese nombre?

—Sí —respondió con naturalidad Martin.

Laurie se volvió hacia su padre con una ceja enarcada. Acababan de relacionar al jefe de DD con un hombre visto en las proximidades del lugar donde habían asesinado a Lydia Levitt, un hombre que había estado controlando los movimientos del equipo del programa justo unos días antes de que Jerry fuera agredido. ¿Realmente iba a ser tan fácil?

A través de sus auriculares, Laurie escuchó mientras Martin continuaba.

—Te dije que quería saber lo que Nicole estaba contando a esa gente de la tele. Le pedí a Steve que me echara una mano. Es útil para esas cosas.

—¿Útil? La policía cree que mató a una mujer en San Francisco mientras espiaba a una participante del programa. Y hace tres días alguien entró en la casa donde se rueda el programa, robó un montón de material y casi se cargó a un miembro del equipo de producción.

Hubo una larga pausa al otro lado de la línea.

—Steve era una persona violenta en otros tiempos, pero de eso hace mucho. No sé nada de una mujer en San Francisco, pero sí me contó lo del desafortunado incidente en la casa de Bel Air.

Laurie cerró un puño con gesto triunfal. Sí, habían identificado al agresor de Jerry.

—¿«Un desafortunado incidente»?

—Se pasó de la raya. Dijo que encontró la puerta abierta. Entró. Luego alguien llegó a la casa y se lo encontró. Steve me contó que le entró el pánico, pero no fui consciente de la gravedad de lo ocurrido hasta que leí lo de la agresión en los periódicos. He estado ayudándole hasta ahora, pero quizá haya llegado el momento de llamar a la policía para evitar que haga daño a más personas.

De acuerdo con lo que Keith les había explicado, los Defensores de Dios alentaban a todos sus miembros a abrirse plenamente a su iglesia, pero no se respetaba el secreto confesional. Era la iglesia la que decidía cuándo era necesario revelar la información para «predicar la bondad de Dios». Daba la impresión de que Martin estaba preparándose para utilizar lo que sabía de Steve Roman a fin de distanciarse de los crímenes del hombre, describiéndolo como un lobo solitario que perdía fácilmente el control.

—Martin, eso no es todo. La policía también me preguntó si... me da asco hasta decirlo. Me preguntó si alguna vez te había visto comportarte de forma inadecuada con niños.

Se hizo el silencio.

—Martin, ¿estás ahí? —preguntó Keith.

—Sí. Seguro que eso ha salido de Nicole. Está loca. Se inventó esa historia cuando estaba en la universidad. Por eso quería tenerla vigilada durante la producción de ese programa de televisión. Obviamente, es falso, de modo que no se lo menciones a nadie. Ahora será mejor que localice a Steve. Está claro que se ha convertido en un problema.

En cuanto Martin hubo colgado, la cocina prorrumpió en una cacofonía en la que todos hablaban al mismo tiempo, comentando hasta la última palabra de la conversación. El detective Reilly formó una T con las manos para hacerlos callar.

—Buen trabajo, Keith. Ya tenemos lo que necesitamos para obtener una orden de arresto contra Steve Roman. Me encargaré de acorralar a Martin Collins para que nos cuente todo lo que Roman le explicó sobre la agresión a Jerry.

—Un momento —dijo Laurie—, ¿no piensa arrestar a Collins?

—No tengo pruebas suficientes. Pedir a alguien que vigile una situación no va contra la ley. Si así fuera, no existirían los detectives privados.

—Pero Steve Roman no es detective privado. Está haciendo daño a gente. Probablemente fue él quien mató a Lydia.

—Y por eso vamos a detenerle. Pero mientras no podamos demostrar que Martin Collins pidió a Steve Roman que cometiera esos crímenes, es inocente.

Laurie empezó a protestar, pero Leo la interrumpió.

—Tiene razón, Laurie. Pero hemos empezado con buen pie, ¿verdad, Reilly?

—Ya lo creo. —Reilly frunció el entrecejo—. Cuando le echemos el guante a ese Steve Roman, puede que tenga una historia diferente que contar. Suele ocurrir. Obtendremos los registros de sus llamadas y echaremos un vistazo a su apartamento, lo de siempre. Solicitaré la orden de arresto de inmediato. De hecho, podemos hacerlo ahora mismo por teléfono. Confíe en mí; llegaremos al fondo de este asunto.

Laurie trató de no desinflarse. Después de todo, probablemente habían resuelto el asesinato de Lydia y la agresión a Jerry. Pero seguían sin saber qué relación tenía aquello con el asesinato de Susan.

Reilly acababa de guardar su equipo de grabación cuando Grace irrumpió en la cocina.

—¡Poned la tele! —gritó agarrando el mando a distancia de la encimera.

Laurie le puso una mano tranquilizadora en el brazo.

—Espera un minuto, Grace. Voy a acompañar al detective Reilly a la puerta.

—Esto no puede esperar. —Toqueteó los botones y empezó a cambiar canales hasta dar con el que buscaba—. ¡Mira!

En la pantalla aparecía la imagen, tomada desde un helicóptero, de un mar azul y cristalino. La voz de un presentador hablaba de un «genio de treinta y nueve años» y de la «revolución de internet». No fue hasta que Laurie leyó el texto al pie de la pantalla que entendió lo que estaba viendo: «El cuerpo sin vida del fundador y director ejecutivo de REACH, Dwight Cook, rescatado de un accidente de submarinismo, dicen las fuentes».

No, Dwight no. Por favor, que no se trate de Dwight, pensó Laurie.

65

Laurie se negaba a creer que Dwight estuviera muerto. Tres horas después de que el detective Reilly se marchase, aún necesitaba que le dijeran que se trataba de un malentendido. Cuando Dwight la llamó la noche anterior, Laurie había estado tan concentrada en seguir la pista de Steve Roman y su conexión con DD que no había encontrado un momento para devolverle la llamada. Ahora, ese hombre amable —ese niño grande y dulce— había muerto, y no le cabía duda de que su muerte estaba relacionada con la investigación del asesinato de Susan que ella estaba llevando a cabo. Y se preguntaba si podría haberla evitado.

Timmy estaba en el piso de arriba, entretenido con los videojuegos, pero los adultos se encontraban apiñados en la sala viendo la cobertura del suceso en la tele. Entre la llamada de Keith a Martin Collins y la muerte de Dwight, tenían los nervios a flor de piel. La policía de Los Ángeles había obtenido una orden de arresto contra Steve Roman, pero este seguía suelto. ¿Estaba todavía en Los Ángeles, volviendo a San Francisco o huyendo hacia la frontera con México? ¿Podría regresar para agredir de nuevo a algún miembro del equipo?

Cuando sonó el timbre de la puerta, Grace soltó un grito y se llevó una mano al pecho.

—Dios, parezco una niña viendo una película de terror.

Leo fue hasta la puerta, pistola en mano, y acercó el ojo a la mirilla.

—Es el detective Reilly —anunció.

Laurie pudo sentir el alivio colectivo.

—Lamento molestarles —dijo el detective entrando en la sala con un portátil en la mano—. En primer lugar, me temo que tengo malas noticias. El cuerpo ha sido identificado como el de Dwight Cook. Les ahorraré los detalles sobre su estado, pero no hay duda de que es él.

Laurie parpadeó para ahuyentar las lágrimas que empezaban a formarse en sus ojos.

Alex se inclinó hacia ella y susurró:

—¿Estás bien? Podemos hacer una pausa.

Ella negó con la cabeza.

—No, estoy bien. Por favor, detective Reilly, continúe.

—No era consciente de ello la otra vez que estuve aquí, pero al parecer esta casa pertenece a Dwight Cook.

—Así es —dijo Laurie—. Nos la dejó para echarnos una mano.

—¿Echarles una mano? Hum. Uno de mis colegas detectives ha estado revisando los ordenadores del señor Cook como parte de la investigación. Al parecer, el reverendo Collins no era el único que estaba vigilando su programa. Cook tenía hasta el último centímetro de esta casa conectado a cámaras de vigilancia.

—¿Está diciendo que nos espiaba? —preguntó Grace—. No me gusta hablar mal de los muertos, pero hay que ser un degenerado para hacer algo así.

—No en las duchas ni nada de eso —aclaró Reilly—. Pero casi todo lo que ha sucedido en esta casa desde que llegaron está grabado.

—En esta casa no suele haber nadie —dijo Laurie—. Tratándose de una propiedad tan lujosa, es lógico que Dwight tuviera un sistema de seguridad de última generación.

—No se trata solo de una cuestión de seguridad —explicó Reilly—. Dada la manera en que están ordenados los archivos, sabemos cuándo Dwight los visionaba y qué secciones en concreto. Al parecer, anoche estuvo viéndolos hasta las nueve y veintitrés.

Laurie buscó el mensaje de voz en su móvil.

—Me llamó unos minutos después. Dijo que necesitaba hablar conmigo lo antes posible.

—¿Y...?

—Estábamos intentando descubrir la conexión de Steve Roman con nuestro caso. No tenía tiempo de llamarle. De haberlo sabido...

Cuando Reilly puso los ojos en blanco, visiblemente afectado por ese punto muerto, a Laurie se le cayó el alma a los pies.

—Bien. —Reilly abrió el portátil sobre la mesa de centro y se puso a teclear—. Dwight visionó un par de vídeos repetidas veces.

Giró la pantalla para que todos pudieran verla.

—En uno de los vídeos aparece la paliza a su amigo —explicó. Laurie sintió náuseas al ver la brutal agresión. Reilly detuvo la cinta justo cuando el atacante enmascarado se levantaba del cuerpo ensangrentado de Jerry—. ¿Ven la insignia en su camisa? Tenemos a un informático intentando mejorar la imagen, pero al menos la constitución física coincide con la de Steve Roman.

—O sea que Dwight debió de llamarme porque tenía al asaltante de Jerry grabado en vídeo —dedujo Laurie.

Reilly meneó la cabeza al tiempo que pasaba el vídeo a cámara rápida.

—Lo dudo. Dwight vio la paliza por primera vez hace tres noches, y la ha visionado en multitud de ocasiones desde entonces. La habría llamado antes. Pero vean esto. —Redujo la velocidad de la cinta—. Es el segmento que visionó Dwight justo antes de llamarla.

Laurie reconoció al instante la escena del día anterior: Keith, Madison y Nicole, juntos en el sofá de la sala, hablando del día en que Susan fue asesinada. Reilly reprodujo la entrevista hasta el final y detuvo el vídeo.

—Parece ser que vio el final varias veces. ¿Existe alguna razón para que estuviera interesado en esa escena en concreto?

—Lo ignoro —dijo Laurie—. Dwight no era amigo de ellos, solo de Susan. Hay algo que debo preguntarle, detective Reilly. Si tiene a sus colegas revisando los ordenadores de Dwight, ¿está seguro de que su muerte fue un accidente?

—No. Da la impresión de que la escena se retocó para que pareciera un accidente. Se han encontrado rastros de lejía por todo el interior del barco y, según el primer examen del médico forense, los niveles de nitrógeno en los tejidos de Dwight no son los que cabría esperar en alguien que hubiera hecho submarinismo esa noche. La hipótesis actual es que ya estaba inconsciente cuando su cuerpo cayó al agua.

—¿Podría tratarse de otro asesinato a manos de Steve Roman? —Laurie estaba pensando en voz alta, preguntándose si Roman tenía razones para desear la muerte de Dwight—. La otra posibilidad es que Dwight supiera algo acerca de uno de los sospechosos.

—Esa es nuestra teoría —dijo Reilly—, sobre todo si lo dedujo mientras estaba viendo el final de este vídeo. Pensé que quizá sabrían por qué esa parte es tan importante.

Laurie negó con la cabeza. ¿Qué se nos está escapando?, pensó.

El sonido del móvil la sacó de su ensimismamiento. Le entraron ganas de estrellarlo contra la pared, hasta que vio que era Rosemary Dempsey.

—Hola, Rosemary. ¿Puedo llamarla más...?

—¿Está viendo las noticias? Dicen que Dwight Cook ha muerto. Y ahora hay una orden de arresto contra un hombre llamado Steve Roman que por lo visto tiene algo que ver con el ataque que sufrió Jerry. ¿Estamos en peligro? ¿Qué demonios está pasando?

66

Steve Roman estaba meciéndose, descamisado, sobre la cama del motel.

Su nombre aparecía en todos los informativos. La policía estaría controlando el movimiento de sus tarjetas de crédito para intentar localizarlo. Nada más escuchar su nombre en la radio del coche había hecho una gran compra en efectivo en las calles de South Central Los Ángeles y, acto seguido, había dado con un motel de mala muerte dispuesto a aceptar dinero en efectivo por una habitación, sin necesidad de mostrar un documento de identidad. Contó los billetes que le quedaban en la cartera. Veintitrés pavos. No podía ir muy lejos con eso.

Se oía un anuncio de coches usados desde el televisor de la cómoda. Cambió de canal en busca de más noticias sobre su orden de arresto. Se detuvo en seco al reparar en un rostro conocido. Era Martin Collins, rodeado de periodistas en el jardín delantero de su casa.

«Me he enterado de que el Departamento de Policía de Los Ángeles está buscando a un hombre llamado Steve Roman. Algunos de vosotros ya habéis averiguado, a través de internet, que es un miembro de los Defensores de Dios. Yo fundé esta iglesia hace un cuarto de siglo. Desde entonces, los Defensores de Dios han pasado de unas pocas personas deseosas de asistir a los oprimidos a miles de creyentes que se sacrifican cada día para ayudar a sus semejantes. Conozco a Steve

Roman, y creía realmente que se había reformado a través del poder sanador de la bondad de Dios. Pero he hablado con la policía, y, por desgracia, parece ser que un individuo trastornado consiguió colarse en nuestro rebaño. Eso, sin embargo, no debería servir para desacreditar a nuestro grupo en su conjunto. Nuestra iglesia está haciendo todo lo posible por atrapar a ese criminal.»

«Reverendo Collins —intervino un periodista—, tenemos fuentes que afirman que la orden de arresto contra Steve Roman está relacionada con la agresión sufrida esta semana por un productor del programa *Bajo sospecha*. La productora está en la ciudad cubriendo el Asesinato de Cenicienta. ¿Qué relación existe entre su iglesia y el asesinato no resuelto de Susan Dempsey?»

Martin se llevó las manos a los labios, como si fuera la primera vez que consideraba esa pregunta.

«No me corresponde a mí especular sobre las motivaciones de una mente enferma. No obstante, creemos que esa persona, sin duda trastornada, estaba intentando de forma insensata proteger a Keith Ratner, otro miembro de DD que ha estado injustamente bajo sospecha todos estos años por la muerte de su novia. Esto es todo lo que puedo decirles por el momento, amigos.» Se despidió cordialmente con la mano y regresó al interior de su mansión.

Steve se puso una camiseta de color blanco para protegerse del aparato de aire acondicionado que vibraba bajo la ventana. ¿Un individuo trastornado? ¿Un criminal? ¿Un enfermo? ¿Un insensato?

Steve siempre había hecho lo que Martin le había pedido. Y ahora este le traicionaba aludiendo a los peores estereotipos de su iglesia, en su propio beneficio.

Apretó los puños. Notó que viejos impulsos trepaban por su sangre, igual que le había pasado cuando aquella vecina lo encontró en el jardín de Rosemary Dempsey, cuando el ayudante de producción lo había sorprendido en la casa de Bel Air. Necesitaba un saco de boxeo. Necesitaba correr.

Salió de la habitación del motel, tras comprobar primero que nadie lo estaba observando. Atravesó el aparcamiento hasta su pickup y abrió la guantera.

Cogió su recién adquirida pistola de nueve milímetros. Era pequeña para sus manos, pero le había salido barata. Se la metió en la parte de atrás de la cinturilla.

Las últimas semanas había cometido algunos errores, pero únicamente porque Martin Collins lo había tratado como el chico de los recados. Ahora sentía que él tenía el control. Ahora mandaba él.

67

El primer impulso de Laurie tras la llamada de pánico de Rosemary fue acudir a su hotel. Esta mujer, a la que había convencido para que le confiara el caso de su hija, se había enterado de la muerte de Dwight Cook y de la orden de arresto dictada contra el agresor de Jerry por la tele. Laurie le debía una explicación en persona.

Alex insistió en acompañarla y Leo se quedó en casa con Timmy y Grace.

—Te agradezco que hayas venido conmigo, Alex —dijo Laurie cuando entraron en el vestíbulo del hotel—, pero creo que debería hablar con Rosemary a solas.

—De acuerdo. Yo hablaré con el personal de seguridad del hotel para que estén atentos por si aparece Steve Roman.

Laurie se detuvo frente a la puerta de la habitación de Rosemary y oyó el sonido sordo de un televisor. Respiró hondo y llamó con los nudillos. Rosemary abrió al instante.

—Laurie, gracias por venir. Tengo mucho miedo. No entiendo qué está pasando. Ayer fue toda esa escena en la casa con los amigos de Susan. No puedo creer que Nicole no me hablase de esa pelea en todos estos años. ¿Y ahora Dwight Cook está muerto? ¿Y la policía cree que el hombre que agredió a Jerry, y que todavía anda suelto, está relacionado con los Defensores de Dios? Me pregunto si no habré tenido razón todo este tiempo: puede que Keith Ratner esté detrás de todo, del asesinato de Susan, de la agresión a Jerry, de la muerte de Dwight.

En la pantalla del televisor, detrás de Rosemary, Laurie vio a Martin Collins en una conferencia de prensa improvisada frente a su casa.

—Un momento —dijo—. ¿Puede subir el volumen?

«No me corresponde a mí especular sobre las motivaciones de una mente enferma —estaba diciendo—. No obstante, creemos que esa persona, sin duda trastornada, estaba intentando de forma insensata proteger a Keith Ratner, otro miembro de DD que ha estado injustamente bajo sospecha todos estos años por la muerte de su novia. Esto es todo lo que puedo decirles por el momento, amigos.»

Martin Collins era un hombre atractivo y carismático. Conseguía embaucar a miles de personas cada año para que le entregaran su dinero ganado con esfuerzo. Ahora estaba utilizando esas mismas habilidades para engatusar a los telespectadores.

Bajó el volumen y condujo a una Rosemary pálida como un fantasma hasta el sillón orejero de la zona de estar. Laurie se sentó en el sofá, frente a ella.

—Ojalá tuviera todas las respuestas —dijo—, pero no sabemos mucho más que usted, y a cada rato surge una nueva información. Lo que cuentan de Dwight Cook es cierto, si bien la policía sospecha que se trata de un acto criminal. Creemos que ese Steve Roman está intentando boicotear la producción del programa, pero ¿en nombre de quién? No estamos seguros.

—¿Es Susan el motivo? ¿Es ese el hombre que mató a mi hija?

Laurie le tomó la mano.

—Sinceramente, no lo sabemos. Pero la policía de Los Ángeles lo está investigando. Esta noche registrarán el apartamento que Steve Roman tiene en San Francisco, y poseen una orden de arresto de máxima prioridad en todo el estado. Alex está abajo hablando con el personal de seguridad. Queremos cerciorarnos de que el hotel vele por su seguridad las veinticuatro horas del día, Rosemary. Todos respiraremos aliviados, y con suerte descubriremos más cosas, una vez que Roman sea detenido.

Cuando se dirigía al ascensor, Laurie consultó su móvil. Tenía un mensaje de texto de Alex: «Todo arreglado con seguridad. Te espero en el vestíbulo».

A punto estuvo de no reparar en el rostro familiar del hombre que estaba saliendo de la habitación situada al final del pasillo: Richard Hathaway.

Instintivamente, se dio la vuelta y siguió mirando el móvil hasta que oyó el timbre del ascensor. ¿Qué estaba haciendo Hathaway allí? Había rechazado el ofrecimiento de la productora de una habitación de hotel.

Laurie caminó sigilosamente hasta el final del pasillo y apretó la oreja contra la puerta de la habitación de la que había salido Hathaway. Dentro se oía música. Antes de que pudiera pensar en lo que estaba haciendo, se descubrió llamando a la puerta.

Cuando esta se abrió, Madison Meyer apareció envuelta en un albornoz blanco.

68

Madison se ciñó el cinturón.

—Hola, Laurie. ¿Qué hace aquí?

—Vine a ver a Rosemary —contestó señalando el pasillo—. Esto... ¿es posible que haya visto a Richard Hathaway salir de su habitación?

Entonces Madison sonrió de oreja a oreja y soltó una risita infantil.

—Vale. Supongo que no hay nada de malo en reconocerlo ahora que los dos somos adultos.

—¿Hathaway y usted?

—Sí. No todo este tiempo, claro. Pero digamos que esos rumores sobre el joven y atractivo profesor de informática eran ciertos. Me enteré de que Hathaway estaba en la ciudad para participar en el programa y pensé que debía saludarle, ver qué aspecto tenía mi antiguo amor después de todos estos años. Yo soy la primera sorprendida, pero... la pasión entre nosotros se ha reavivado.

Laurie no supo qué contestar. Estaban ocurriendo demasiadas cosas relacionadas con el caso para ponerse a charlar con Madison sobre la vida amorosa de esta. Madison quería saber si la búsqueda de Steve Roman afectaría al plan de rodaje.

—Para que pueda decírselo a mi agente —añadió.

Laurie reprimió el impulso de poner los ojos en blanco.

—Pronto sabremos más cosas, Madison. Felicidades por su idilio con Hathaway.

Mientras pulsaba el botón del ascensor, se dio cuenta de que el hecho de haber descubierto a Hathaway en la habitación de Madison la ponía nerviosa. El suceso en sí no tenía nada de sorprendente. Después de todo, Hathaway poseía fama de mujeriego, Madison era una coqueta empedernida y ambos eran sumamente atractivos.

Aun así, algo se le escapaba. Había tenido esa misma sensación la noche anterior, cuando había hablado con Nicole sobre su pelea con Susan. Tal vez este caso le hacía poner en duda cada conversación que mantenía.

Cuando entró en el ascensor reparó en el ojo de la cámara de seguridad instalada en el ángulo superior izquierdo. La vigilancia es ubicua en el mundo moderno, pensó, y la recorrió un escalofrío al recordar que Dwight había estado vigilándolos en secreto esos últimos días.

En secreto. Las cámaras. A diferencia de las cámaras de seguridad de ese hotel, el equipo de Dwight estaba oculto tras las paredes.

Al salir del ascensor, buscó el teléfono del detective Reilly y pulsó INTRO. Vamos, pensó. Conteste, por favor.

—Reilly.

—Detective, soy Laurie Moran. Tengo algo para...

—Señorita Moran, ya le dije que estamos investigando todas las posibilidades, y eso lleva su tiempo. Si no me cree, pregúnteselo a su padre.

—Dwight Cook tenía cámaras de vigilancia en la casa de Bel Air.

—Lo sé. Fui yo quien se lo dijo, ¿recuerda?

—Pero estaban ocultas tras las paredes, y Dwight nos ofreció la casa la semana pasada. No pudo reconstruir esas paredes en solo una semana. Tiene que ser su modus operandi habitual.

—El barco —dijo el detective siguiendo su razonamiento.

—Exacto. Compruebe si hay cámaras ocultas en el barco.

Si la muerte de Dwight no fue un accidente, si realmente lo asesinaron, puede que esté todo grabado.

—Llamaré al equipo que está trabajando en el barco para que lo compruebe. Buen trabajo, Laurie. Gracias.

Acababa de colgar cuando le sonó el móvil. Era Alex.

—¿Dónde estás? —preguntó Laurie—. Estoy en el vestíbulo pero no te veo. No imaginas a quién he visto con Madison...

Alex la interrumpió.

—Tengo el coche en la puerta. ¿Estás lista para oír una buena noticia?

—¿Después de estos últimos dos días? Ya lo creo.

—Jerry ha recuperado el conocimiento. Quiere que vayan a verlo.

69

Steve Roman estaba sentado al volante de su pickup frente al comedor social. Sabía que Martin Collins estaría dentro. Cada semana tenía a fotógrafos allí para asegurarse de que lo filmaban alimentando a los necesitados. Steve también sabía que los millones de dólares que Martin había recaudado para ese comedor social superaban con creces lo que DD se gastaba realmente en dar de comer a los sin techo.

A lo largo de los años había visto la manera en que crecían los excesos de Martin. Al principio ofrecía explicaciones sobre sus gastos en apariencia pequeños: una buena comida era el máximo de los placeres, un traje a medida mejoraría su presencia ante los donantes, y así sucesivamente. Con el tiempo, no obstante, los caprichos se volvieron más caros y frecuentes —la mansión, los viajes a Europa, las casas de vacaciones— y Martin dejó de inventarse excusas para justificarlos.

Pero Steve siempre había creído que el impacto de Martin en el mundo —y la manera en que lo guiaba a él personalmente— hacían de Collins un auténtico líder. Por eso se había mostrado siempre dispuesto a hacer todo lo que la iglesia le pedía.

Notó que sus manos estrujaban el volante al recordar las palabras que Martin había dirigido a los medios ese día. Había descrito a Steve como un «individuo trastornado» que había «conseguido colarse» en los Defensores de Dios. Había asegurado a la prensa que DD haría cuanto estuviera en sus manos para «atrapar a ese criminal».

Steve sabía que lo había echado todo a perder. Había golpeado al hombre que lo descubrió robando en la casa de *Bajo sospecha* con más fuerza y más veces de lo necesario. Y lo de la vecina de Oakland... aquello se le había ido realmente de las manos.

Pero si Steve era un criminal enfermo, trastornado, ¿no debería Martin Collins asumir parte de la responsabilidad de su conducta? Martin, después de todo, conocía la lucha de Steve con su temperamento. Sin embargo, ¿a quién había recurrido cuando necesitó a alguien que averiguara qué estaba diciendo Nicole Melling sobre él en *Bajo sospecha*? Exacto, a Steve. En opinión de este, sus actos —buenos o malos— estaban determinados tanto por Martin como por él.

Sintió la presencia reconfortante de la pistola de nueve milímetros en la cinturilla del pantalón mientras veía a Martin salir del comedor social. Dada su firme creencia en lo que denominaba «el poder fortalecedor de la rutina», Steve sabía que la siguiente parada de Martin sería su casa. También sabía que Martin dedicaría unos minutos a estrechar manos y posar para los fotógrafos antes de subirse al coche.

Eso le daría a Steve tiempo de sobras.

Arrancó el motor y puso rumbo a las colinas. Aparcó a una manzana de distancia por precaución, a pesar de que la pickup azul que ahora conducía era robada. Echó a andar por la acera vigilando que no hubiera policías o guardias de seguridad dando vueltas por el barrio. En caso necesario, podría escabullirse en algún jardín y hacerse pasar por el jardinero. Sabía lo fácil que resultaba esconderse a plena luz del día; solo tenía que aparentar que era de la zona. Pero el barrio estaba tranquilo. No necesitaba camuflarse.

En apenas unos segundos consiguió colarse a través de la puerta de la calle empleando las herramientas que tantas veces había utilizado obedeciendo órdenes de Martin. Se había pasado todos esos años buscando el consejo de este último sobre lo que estaba bien y lo que estaba mal. Pero Martin había vuelto todo ese mundo patas arriba.

Había llegado el momento de que ambos fueran juzgados por la única voz que contaba.

Se acomodó en el sofá de la sala y dejó la pistola sobre la mesa de centro. No recordaba haberse sentido nunca tan a sus anchas en casa de Martin.

Cuando oyó el zumbido mecánico de la puerta del garaje, se levantó y cogió el arma. El espectáculo estaba a punto de comenzar.

Quince minutos después, una reportera llamada Jenny Hugues estaba corriendo por Hollywood Hills y admirando las casas que encontraba a su paso. La suya era muy diferente: un almacén remodelado en el centro de Los Ángeles. La mayoría de los días, no obstante, las carreras de Jenny servían también para ver cómo vivía la otra mitad. Tenía un serio problema de envidia inmobiliaria.

Aprovechó la siguiente cuesta para hacer un sprint. Cuando llegó a la cima le costaba respirar y su pulso había alcanzado su capacidad máxima. Fue bajando el ritmo hasta una marcha lenta mientras sentía la explosión de endorfinas con cada inhalación profunda. Por algo tenía un ritmo cardíaco en reposo de cincuenta y cinco latidos.

Se descubrió reduciendo un poco más el paso al aproximarse a la siguiente casa de la manzana, una construcción moderna completamente blanca y llena de ventanales. Su interés por esa casa en particular no se limitaba a la propiedad en sí; su residente, el reverendo Martin Collins, fundador de la megaiglesia de los Defensores de Dios, también despertaba su curiosidad. Antes de que Jenny saliera a correr, la redacción bullía con la noticia de que un miembro de esa iglesia había cometido una serie de crímenes.

Jenny había visto la improvisada conferencia de prensa del reverendo. Según Collins, el hombre que buscaba la policía de Los Ángeles era un criminal solitario que se había vuelto loco. Algunos en la redacción creían, no obstante, que el arresto de ese hombre podía constituir una oportunidad para que la policía asomara la nariz tras la fachada cuidadosamente confeccionada de esa iglesia. Hacía años que corría el rumor de que la iglesia y sus obras caritativas eran una tapadera para ocultar chanchullos financieros. ¿Qué diría ese Steve Roman sobre DD ahora que Collins lo había arrojado bajo las ruedas del autobús ante las cámaras de televisión?

Jenny notó que su pulso caía por debajo del nivel cardíaco. Hora de reemprender la carrera.

Mientras tomaba carrerilla echó un último vistazo a la casa de Collins. Del mismo modo que su sueño de poseer una mansión era una fantasía lejana, también lo era un mundo donde le confiaran un reportaje de primera plana sobre la corrupción en una megaiglesia. Jenny era periodista titulada, pero hasta la fecha sus escritos se limitaban a historias de interés humano, artículos sobre «personalidades» y otros temas poco relevantes. Si Collins tuviera un perro aficionado al monopatín, esa sería la clase de encargo que le haría su jefe.

Dos detonaciones seguidas interrumpieron sus pensamientos. Se arrojó instintivamente a la mediana de hierba y buscó cobijo detrás de una ranchera estacionada junto al bordillo. ¿Habían sido disparos?

De nuevo el silencio. El zumbido lejano de un cortacésped le recordó que no estaba en el este de Los Ángeles. Procedió a incorporarse, riéndose de su desbocada imaginación, cuando oyó otra detonación.

Esta vez ya no le cabía duda: eran disparos. Y a menos que sus oídos estuviesen jugándole una mala pasada, parecían provenir de la casa de Martin Collins.

Marcó el 911 en el móvil, pero enseguida borró los números para llamar primero a su jefe. Finalmente tenía la primicia de un suceso importante.

70

Madison Meyer se sentó a la mesa de uno de sus restaurantes italianos favoritos, Scarpetta, tirando del filo de su falda supermini.

—¿Me ha echado de menos, profesor? —preguntó con coquetería.

Había ido al baño para retocarse el carmín. Los hombres solían fijar la mirada en sus labios cuando estos lucían una capa rojo cereza.

Richard Hathaway le sonrió desde el otro lado de la mesa.

—Mucho. Y te has perdido la bandeja de los postres. El camarero llevaba un minuto inmerso en elaboradas descripciones cuando finalmente le hice reparar en tu ausencia. Tal vez exista una correlación inversa entre el sentido común básico y la capacidad para hablar y hablar de una bandeja de comida. Pero le pedí que volviera a pasarse a tu regreso.

—Me encanta que utilices términos como «correlación inversa» en una conversación corriente.

Cuando le llegó la carta de *Bajo Sospecha*, Madison abrigó la vaga esperanza de reconectar con Keith Ratner. Habían congeniado tanto en otros tiempos: ambos eran actores, de carácter resuelto y algo taimados. A lo mejor conseguía finalmente que Keith se enamorara de ella tanto como Madison la había querido en el pasado.

Pero en ese momento su interés por Keith se había desvanecido por completo. Siempre había creído que su relación con DD era una estratagema, como si la imagen de bienhechor, de beato, fuera a mitigar el estigma de que él pudo matar a su novia. Pero no, por lo visto había cambiado de verdad. Así que adiós muy buenas.

Luego resultó que Keith no era la única vieja llama en esa pequeña reunión de UCLA. El paso del tiempo se había portado bien con Richard Hathaway. De hecho, el hombre había mejorado con la edad. Claro que los millones de dólares que había ganado sin duda ayudaban. Poseía la clase de fortuna que hacía que las estrellas de cine se sintieran pobres a su lado. Además, era inteligente. Con razón todas las estudiantes se habían sentido tan atraídas por él en la universidad.

Madison intentaba no hacerse ilusiones, pero no podía evitarlo. Hathaway planeaba regresar a Silicon Valley en un par de días. Ella solo tenía que dejar entrever que estaba disponible para irse con él en el caso de que deseara compañía.

—Quería comentarte —dijo desenfadadamente— que mi agente quiere que me presente a una prueba para una obra de teatro en San Francisco. Es una producción pequeña, pero hay estrellas de cine interesadas en el papel protagonista, por lo que recibirá mucha atención.

No existía tal obra de teatro, obviamente, pero siempre podría decir que la financiación falló.

—Parece una buena oportunidad. —Hathaway paseó la mirada por el restaurante—. Estoy empezando a sospechar que el camarero no volverá. Los postres tenían una pinta fantástica.

—Estaré en San Francisco la semana que viene —continuó Madison—. Si quieres que nos veamos, ya sabes.

—Claro. Dime en qué hotel estarás y buscaré un restaurante cerca.

En fin, mejor una cena que nada. Madison podría costearse dos noches en un hotel si así conseguía echarle el lazo a un hombre como ese.

—Hablando de hoteles, casi lo olvido: Laurie Moran te

vio salir hoy de mi habitación. Me temo que se ha descubierto el pastel.

—Somos mayores de edad.

—Lo sé, pero me sentí como una niña mala. —Madison bebió otro sorbo del vino tinto que Hathaway había pedido sin mirar siquiera la carta. Sabía a caro—. En fin, no imaginas la que se ha armado con la producción de su programa. ¿Sabías que hay una orden de arresto contra ese tipo de la iglesia de Keith? Y he oído contar a un miembro del equipo de rodaje que Dwight tenía esa casa de Bel Air llena de cámaras de vigilancia. ¿No es espeluznante?

—¿Cámaras de vigilancia?

—Ajá, y no cámaras de vigilancia corrientes. Tenía cámaras y micrófonos escondidos en todas las habitaciones. Sé que Dwight era tu amigo, pero me parece un poco enfermizo. Entonces recordé que en la universidad miraba a Susan de un modo extraño, como embobado. ¿Tú sabías que espiaba a la gente? A lo mejor era una forma de tener el control. ¡Ah, ya está aquí!

El camarero había vuelto y todo el surtido, tal como había prometido Richard, tenía una pinta deliciosa. Ella nunca comía postre; el azúcar le suponía unos cuantos kilos de más, la cámara los multiplicaba por diez. Pero quizá se permitiera un bocado de ese impresionante pastel de chocolate.

El camarero iba por la mitad de su presentación cuando, de pronto, Richard dejó trescientos dólares sobre la mesa.

—Lo siento mucho, pero me noto el estómago raro.

—¿Está bien, señor? —preguntó el camarero—. Puedo pedir asistencia médica si es grave.

—No. —Hathaway se estaba levantando—. Pero debo irme. ¿Puede pedirle un taxi a la señorita? —Estaba plantando billetes de cincuenta en la palma del camarero—. Lo siento muchísimo, Maddie. Te llamaré mañana. Y si no te parece demasiado atrevido por mi parte, me gustaría que te alojaras en mi casa cuando vayas a tu audición. Está un poco lejos de San Francisco, pero te pondré un chófer.

Le lanzó un beso y se marchó.

El camarero miró a Madison con expresión de disculpa.

—Entonces ¿le pido un taxi?

—Sí, pero primero tomaré el pastel de chocolate. Y una copa de su mejor champán.

—Muy bien, señora.

Veinte años atrás Richard le había dado plantón una noche y había terminado ganando un Spirit. Esta noche Richard se había marchado antes de finalizar la cena pero la había invitado a su casa. La había llamado Maddie.

Antes de que él se diera cuenta, lo tendría comiendo de su mano. Madison Meyer Hathaway. Sonaba bien.

71

El ambiente en la habitación de Jerry era tan alegre y festivo como aterradora y deprimente había sido la última visita. Todavía estaba débil y llevaba la cabeza vendada, pero le habían retirado la mascarilla de oxígeno. Las contusiones tenían un fuerte tono morado que, no obstante, estaba empezando a atenuarse.

Procedentes del hotel, Laurie y Alex habían llegado al aparcamiento del hospital justo después de Leo, Grace y Timmy. Apenas llevaban unos minutos en la habitación y la enfermera ya se había asomado dos veces para recordarles que no debían sobreexcitar al «paciente».

Jerry se llevó el dedo índice a los labios.

—Bajad la voz —pidió medio grogui— o la enfermera Ratched me dejará sin mi martini de buenas noches. —Su mirada se posó en un osito panda de peluche que descansaba en una bandeja—. ¿Timmy?

Laurie asintió.

—Lo sabía. Una auxiliar me dijo que lo había traído «un niño adorable».

—Está fuera.

Laurie envió un mensaje de texto con un OK a Grace, que aguardaba en el pasillo.

—¿Temías que la momia aporreada asustara a un niño de nueve años? —le preguntó él.

La voz de Jerry aún sonaba débil pero estaba recuperándose con rapidez.

—Tal vez —reconoció ella.

El móvil de Leo sonó. Lo silenció y tomó asiento en una silla del rincón.

—Yo siempre le digo que ese muchacho probablemente sea más fuerte que su madre.

—Y yo siempre te digo que solo tiene nueve años.

—Hablando del papa de Roma —dijo Jerry cuando Grace y Timmy entraron. Jerry alcanzó a levantar su puño cableado y Timmy lo golpeó con una sonrisa—. Tengo más gente aquí que la que acude a algunas de mis fiestas.

—Seguro —dijo Grace inclinándose para abrazarlo—. Yo he estado en tus fiestas, cielo. Necesitarías una pista de baile más grande.

—Presiento que aún tardaré un tiempo en volver a bailar. —El tono de Jerry se volvió serio—. No puedo creer que haya estado tres días inconsciente.

—¿Cuánto recuerdas de lo que ocurrió? —preguntó Alex.

—Salí de casa para comprarme algo de comer. Cuando volví, había un hombre con un pasamontañas en la sala. Por un momento pensé que su presencia tenía una explicación, porque en su camisa se veía el logo de «Keepsafe». Luego me dije: ¿qué hace un empleado de una empresa de seguridad con un pasamontañas? Recuerdo que intenté huir, y después solo recuerdo oscuridad. Pero ¿sabéis qué es lo peor de todo esto? Que ahora ya conocéis mi vergonzoso secreto: compro grasienta comida rápida cuando nadie me ve.

Laurie se alegró de comprobar que Jerry no había perdido el sentido del humor.

El móvil de Leo vibró. Miró la pantalla y salió de la habitación para contestar la llamada mientras Jerry seguía hablando.

Laurie y Alex todavía estaban poniendo a Jerry al día de lo que habían averiguado sobre Steve Roman y Martin Collins, a través de Nicole, cuando Leo regresó y preguntó a Grace si podía llevarse a Timmy a la cafetería del hospital y comprarle yogur helado.

Laurie se inquietó. Si su padre no quería que Timmy oyera lo que se disponía a decir, significaba que eran malas noticias.

—¿No decías que era duro como una piedra? —protestó Timmy—. ¿Por qué no puedo escuchar?

—Porque lo dice tu abuelo —contestó Grace sin rodeos.

—Vaya, eso mismo iba a decirte —señaló Laurie a su hijo.

—Y tienen mi apoyo —añadió Alex.

—Los pacientes también pueden votar —repuso Jerry.

—No es justo —suspiró Timmy.

Empujado por una Grace resuelta, salió de la habitación arrastrando los pies.

—¿Qué ocurre, papá? —preguntó Laurie cuando su hijo ya no podía oírles.

—La llamada era del detective Reilly. Se ha producido un tiroteo en casa de Martin Collins. Steve Roman está muerto. Se pegó un tiro. Dejó una nota en la que confesaba la agresión a Jerry y el asesinato de Lydia Levitt. Tal como sospechábamos, estaba espiando a Nicole, por orden de Collins, para intentar averiguar qué estaba contando.

—¿Collins estaba allí? —preguntó Laurie.

—Tiene dos heridas de bala. La intención de Steve Roman era matarle, pero los médicos creen que sobrevivirá. La policía encontró una colección de cintas de vídeo en la habitación de Collins. Por lo visto, la niña que Nicole vio con él hace veinte años no fue su única víctima. Puede que Collins sobreviva, pero se pudrirá en la cárcel. Y hablando de vídeos, Laurie, Reilly me pidió que te diera las gracias por el consejo sobre el barco de Dwight Cook. Al parecer, también está lleno de cámaras de vigilancia, como la casa. Una vez más, *Bajo sospecha* está consiguiendo que se haga una justicia muy merecida.

—Entonces ¿ha aparecido en las grabaciones qué ocurrió la noche en que murió Dwight?

—Todavía no. Está todo digitalizado, por lo que tienen a un informático intentando descubrir dónde se cargaron los archivos de los vídeos. Si no te importa llevártelos a todos a casa en el todoterreno, yo cogeré el coche de alquiler para ir a ver a Reilly. Quiero estar completamente seguro de que no existen razones para temer que otro pirado de esa iglesia siga los pasos de Steve Roman.

Laurie le dijo que había sitio para todos en el coche. Leo se despidió de ella con un abrazo, susurrándole al oído:

—Estoy orgulloso de ti, pequeña.

Cuando Laurie se dio la vuelta, Jerry tenía los ojos cerrados. Hora de irse ellos también. Le dio un beso suave en la frente antes de salir con Alex al pasillo.

Laurie no abrió la boca mientras bajaban en ascensor hasta el vestíbulo del hospital. Estaba feliz de que hubieran cogido a Collins, un farsante y, lo que es peor, un pedófilo. Pero cuando todo esto comenzó, ella le había prometido a Rosemary que iba a hacer lo posible por encontrar al asesino de Susan.

No podía ni imaginar lo que debía de ser perder a un hijo. Veinte años después, Rosemary todavía se iba a la cama asaltada por imágenes de su hija corriendo por el parque con un pie descalzo, imaginándose cómo le arrancaban el collar del cuello mientras luchaba violentamente por su vida.

Cayó en la cuenta con el ding que sonó cuando las puertas del ascensor se abrieron.

—El collar —dijo en alto.

72

—¿Qué pasa con el collar? —preguntó Alex al salir del ascensor.

—Todavía no lo sé.

—Vamos, Laurie, te conozco. Sé cuando estás elaborando una teoría. Es esa clase de corazonada que Leo llama tu instinto de policía. ¿Estás hablando del collar de Susan? ¿El que encontraron junto a su cuerpo?

—Concédeme un par de minutos para acabar de encajarla. —Apenas era capaz de seguir los diferentes hilos de pensamiento que empezaban a entretejerse en su mente. No quería perder la concentración tratando de explicarlo todo antes de tiempo—. ¿Puedes ir a buscar a Grace y a Timmy a la cafetería? Yo recogeré el coche del aparcamiento y os esperaré en la puerta.

—A la orden, capitana —dijo Alex—. Pero pienso sacarte esa corazonada en cuanto salgamos a la carretera. Ya conoces mis dotes de interrogador —añadió con una sonrisa.

Camino del aparcamiento, Laurie buscó en su móvil el número de Nicole y la llamó. Conteniendo la respiración, rezó para que contestara.

Lo hizo.

—Laurie, ¿se ha enterado? Han disparado a Martin Collins.

—Lo sé, pero necesito hablar con usted de otra cosa. —Laurie fue al grano—. Dijo que Susan estaba buscando su collar de la suerte mientras discutían sobre Keith y la iglesia. ¿Lo encontró?

Hubo una pausa al otro lado de la línea.

—La verdad es que, después de tantos años, no lo recuerdo. Pasaron tantas cosas ese día.

—Piense, Nicole. Es importante.

—Susan iba de un lado a otro abriendo cajones, levantando las sábanas y mirando detrás de los cojines del sofá. Exacto: ella estaba hurgando en el sofá cuando yo me enfadé y le arrojé un libro. Después de eso se marchó furiosa. Por tanto, estoy casi segura de que no lo encontró.

—Gracias, Nicole. Ha sido de gran ayuda.

Susan había salido de la habitación sin el collar, pero lo llevaba puesto cuando la mataron. «¿Adónde pudo ir?» Era la pregunta que Alex había formulado a Keith, Nicole y Madison. Y era la pregunta que Dwight Cook había reproducido repetidas veces en el vídeo de vigilancia antes de morir.

Laurie pensó en su costumbre de quitarse las joyas cuando estaba trabajando en su despacho. Creía saber dónde había encontrado Susan su collar de la suerte.

Buscó otro nombre en el móvil y pulsó INTRO.

Alex respondió al segundo tono.

—Hola, ya tengo a Grace y a Timmy conmigo. Nos vemos en la puerta.

—Vale. Estoy entrando en el aparcamiento y pronto me quedaré sin cobertura. ¿Puedes hacerme el favor de llamar a Madison? ¿Recuerdas que dijo que envió una nota sexy a un amante para que la recogiera en la residencia pero que el tipo no se presentó? ¿Puedes preguntarle quién era?

—Está relacionado con tu teoría, ¿verdad? Cuéntamela, Laurie.

—Primero llama a Madison. Es la última pieza del rompecabezas, te lo prometo. Te veo en un minuto.

Cuando abrió el Land Cruiser, ya sabía el nombre que Madison iba a darle a Alex.

Richard Hathaway.

73

Richard Hathaway bajó de su todoterreno. No podía creer su buena suerte.

Había salido disparado del restaurante después de que Madison mencionara las cámaras ocultas en la casa de Bel Air. Dos años antes, Dwight había instalado la misma tecnología en las oficinas de REACH y en su casa de Palo Alto. Entonces supo que también había puesto cámaras en la casa de sus padres de Los Ángeles. ¿Había llegado tan lejos para poner cámaras en sus embarcaciones?

Sí, pensó Hathaway, sería típico de Dwight encargar la instalación en todas sus propiedades a la vez, y sus barcos le importaban tanto o más que la casa de Bel Air.

Y si el yate que Dwight había utilizado la noche previa tenía cámaras ocultas, ¿estaban conectadas cuando Hathaway subió a la embarcación para salir a bucear con Dwight? ¿Habían grabado a Dwight cuando, enfurecido, acusó a Hathaway de matar a Susan e insistió, absurdamente, en que lo había descubierto mirando «el vídeo»? ¿Habían filmado a Hathaway asfixiando a Dwight con un chaleco salvavidas y preparando el cuerpo para que pareciera un accidente de submarinismo? ¿Había encontrado la policía la grabación?

Esas eran las preguntas que rondaban en su cabeza cuando, después de marcharse del restaurante, se puso a dar vueltas en coche por Hollywood, demasiado asustado para ir a casa o coger el avión privado de REACH por si la policía lo estaba esperando.

En lugar de eso, había ido al trastero que alquilaba desde hacía dos décadas para coger su «bolsa de fuga», que contenía una identificación falsa, cincuenta mil dólares y una pistola. Tenía otras bolsas idénticas en varios trasteros de cinco ciudades diferentes de California, aguardando por si acaso llegaba este día.

Pero ahora que el momento que tanto temía había llegado, se daba cuenta de que no quería huir. Había disfrutado del éxito de los últimos veinte años, y le esperaba un futuro aún mejor, pues estaba preparándose para ser el nuevo director ejecutivo de REACH. Si existía alguna posibilidad, por pequeña que fuera, de seguir con aquella vida, estaba dispuesto a aprovecharla.

Entonces comprendió por qué Dwight había hecho referencia a un vídeo. Este había visto algo en la filmación de las cámaras de vigilancia de ese estúpido programa de televisión que le hizo sospechar de Hathaway en relación con la muerte de Susan.

Tenía que averiguar qué sabía Laurie Moran y cerrarle la boca —a ella y a quien hiciera falta— para siempre.

Estacionado con su todoterreno delante de la casa de Bel Air, vio a un hombre mayor, a un niño y a la mujer llamada Grace subirse a un coche. Seguirles fue tarea fácil.

Una vez dentro del aparcamiento del hospital, Hathaway observó a Laurie y a Alex entrar minutos después a bordo de un Land Cruiser negro. Desde entonces había estado esperando, planeando su siguiente jugada.

Hathaway había tenido dos golpes de suerte. El primero se produjo cuando el padre de Laurie, un ex policía que seguramente iba armado, abandonó solo el hospital. Al verlo partir, Hathaway había experimentado la misma sensación de alivio que sintió cuando Susan se puso el cinturón de seguridad la noche de su muerte.

Sucedió un sábado, 7 de mayo. Hathaway había pedido a Dwight que se reuniera con él en el laboratorio porque esa noche no habría nadie más allí.

Quería hablarle de REACH. Hathaway había creado una tecnología de búsqueda que podría revolucionar la manera en que la gente buscaba información en internet. Valía treinta veces más de lo que un profesor podía ganar durante toda una vida enseñando. Pero, técnicamente hablando, aunque Hathaway había inventado REACH, la idea no le pertenecía. Él pertenecía a UCLA, la cual era dueña de todo lo que él creara mientras fuese su empleado.

Pero la situación de los estudiantes era distinta. Los estudiantes, a diferencia del personal docente que recibía un salario, eran los dueños de sus creaciones. Y dada la ayuda inestimable de Dwight Cook con el código, ¿quién podía asegurar que REACH no era un invento exclusivo del joven genio?

Hathaway estaba tan concentrado en exponer su idea a Dwight —en convencerle de que esa tecnología podría cambiar el mundo y que sería desaprovechada en manos de UCLA— que tardó unos instantes en percatarse de la presencia de Susan, que estaba mirándole. Se dio la vuelta y la vio de pie junto a su mesa próxima a la puerta, como no la había visto nunca: impecablemente peinada y maquillada, con un vestido de color amarillo y la espalda descubierta. Por la forma en que salió disparada del laboratorio, Hathaway enseguida comprendió que había oído su conversación.

¿Qué hacía Susan allí un sábado por la noche? ¿Por qué tuvo que entrar inesperadamente en ese preciso instante?

Hathaway sabía que debía detenerla. Tenía que evitar que ella malinterpretarse lo que había oído.

—Dwight, quédate aquí tranquilo y medítalo —dijo—. Te llamaré más tarde.

Hathaway fue tras Susan y le dio alcance cuando ella ponía rumbo a Bruin Plaza.

—Susan, ¿puedo hablar contigo?

Cuando ella se dio la vuelta, llevaba un collar en la mano.

—Tengo una prueba. Debo irme.

—Por favor, solo quiero explicártelo. Tú no lo entiendes.

—Ya lo creo que lo entiendo. Hoy la gente no deja de decepcionarme. Es como si ya no conociera a nadie. Ahora no puedo hablar. Debo estar en Hollywood Hills dentro de una hora. Tengo el coche en la residencia y puede que ni siquiera arranque.

—Deja que te lleve, por favor. Podemos hablar por el camino. O no. Lo que tú quieras.

—¿Y cómo vuelvo a casa?

—Te esperaré. O puedes pedir un taxi. Lo que tú prefieras.

Rememoró los dos segundos que Susan estuvo sopesando sus opciones. Solo necesitaba que se subiera al coche, seguro que entonces podría convencerla de que lo que él estaba haciendo era lo correcto.

—Está bien —aceptó—. Así podremos hablar. Y si te soy franca, necesito a un chófer.

Cuando Susan se colocó el cinturón de seguridad y procedió a ponerse el collar, él pensó que había evitado una crisis.

Pero el alivio duró poco. Por el camino le expuso el mismo argumento que había ofrecido a Dwight Cook. Los burócratas del consejo de administración de UCLA serían incapaces de entender el potencial de esa tecnología. La tendrían bloqueada durante años a la espera de aprobaciones y más aprobaciones mientras los competidores del sector privado trabajaban a un ritmo trepidante. Además, atribuir la tecnología a Dwight solo era una pequeña distorsión de la verdad, dada toda la labor de programación que había aportado al proyecto.

Estaba convencido de que Susan comprendería sus argumentos, ya fuera por su propia dedicación al desarrollo tecnológico o para apoyar a Dwight. En el peor de los casos, le ofrecería una parte de las acciones. Pero Susan era una persona demasiado íntegra y, más importante aún, demasiado lista. Su padre era un abogado especializado en temas de propiedad intelectual. Ella sabía, por el trabajo de su padre, lo importante que era el creador de una tecnología para su desarrollo. Desde el punto de vista de Susan, el plan de Hathaway suponía robar no solo a la universidad, sino a inversores potenciales.

—En el caso de las empresas de la red —arguyó Susan—, la cara de la compañía es la mitad del producto. Estás haciendo creer a la gente que un genio creativo como Dwight, alguien al que le trae sin cuidado el dinero, alguien que solo ve la parte buena del mundo, ha sido el propulsor de todo esto, que él estará al mando. Eso es, básicamente, una empresa muy diferente de una dirigida por ti. Es un fraude.

Él empezó a reducir la velocidad en las curvas a fin de ganar tiempo para exponer sus argumentos.

—Pero una empresa dirigida por mí valdrá más —insistió—. Yo tengo más experiencia. Soy profesor numerario, y no soy raro como Dwight.

—Al mercado de las tecnologías le encanta los raros —repuso Susan—. Además, no se trata solo de su valor en dólares. Simplemente es un engaño. ¿No estamos llegando? ¿Por qué vas tan despacio?

Cuando se hallaban a setecientos metros del lugar de la prueba, él detuvo el coche en la cuneta.

—Susan, no puedes contarle a nadie lo que has oído. Acabaría con mi carrera.

—Pues no haberlo hecho. Te ofreciste a acompañarme. Te he escuchado. Ahora necesito llegar a la prueba.

—No hasta que comprendas...

Susan se bajó de pronto del coche, decidida a hacer el resto del camino a pie. Él tuvo que ir tras ella. Susan corría con esos tacones más deprisa de lo que él jamás habría creído posible. Para cuando le dio alcance dentro del parque, había perdido un zapato.

Su primera reacción fue agarrarla del brazo.

—Eres una ingenua.

Todavía estaba intentando persuadirla. ¿Por qué no podía ser tan crédula como Dwight?

Y antes de que pudiera darse cuenta, ella estaba debajo de él dándole golpes y patadas. A veces él conseguía incluso convencerse de que no podía recordar lo que sucedió después.

Pero por supuesto que lo recordaba.

Cuando hubo terminado, decidió que lo mejor que podía hacer era abandonar el cuerpo. Todos los amigos de Susan sabían que iba a ir hasta allí para una prueba, así que con suerte eso desviaría la investigación.

Llamó de inmediato a Dwight —eran poco más de las siete— y le pidió que se reuniera con él en Hamburger Haven para seguir hablando de su propuesta. Si alguien le preguntaba, Dwight podría responder de su paradero salvo por ese breve margen de tiempo.

Como era de esperar, la investigación se centró en Frank Parker y en Keith, el novio de Susan, como sospechoso alternativo. Él se había pasado veinte años convencido de que había logrado salirse con la suya, hasta la noche anterior, cuando llegó al barco de Dwight.

Y en ese momento allí estaba, preguntándose cuánto sabía Laurie Moran.

Y ese era su segundo golpe de suerte. Primero, el ex policía se había largado. Y ahora tenía a escasa distancia a Laurie Moran, llaves en mano y completamente sola.

74

Mientras cruzaba el aparcamiento en dirección al Land Cruiser, Laurie comprendió que las pistas que apuntaban a Hathaway habían estado siempre ahí. Susan se había marchado de su habitación después de la pelea con Nicole, impaciente por recuperar su collar de la suerte antes de la prueba. ¿Adónde pudo ir? A su mesa del laboratorio.

¿Y qué había visto cuando llegó allí?

Todavía no tenía clara esa parte, pero si Susan fue al laboratorio un sábado, tal vez entró en un momento en que Hathaway pensaba que no habría nadie. A lo mejor lo descubrió en medio de uno de esos escarceos con estudiantes de los que se hablaba o cometiendo alguna infracción académica. Puede que Hathaway persuadiera a Susan de que subiese a su automóvil para hablar de lo que ella había visto, teniendo en cuenta que el coche de la joven estaba dando problemas y había decidido presentarse a esa prueba.

Hathaway sostenía que estuvo con Dwight la noche que Susan murió, pero el tema de la hora era confuso, y Dwight estaba muerto. Era imposible saber con certeza dónde había estado Hathaway aquella noche, pero ahí es donde entraba la llamada a Madison.

Laurie comprendió qué era aquello que no acababa de encajar en la conversación que tuvo con Madison después de que viera a Hathaway salir de su habitación. Madison había dicho que no tenía nada que ocultar ahora que eran adultos, que la pasión se había reavivado entre ellos. Por consiguiente, no era la primera vez que tenían una relación.

Estaba segura de que cuando Alex llamara a Madison, esta le confirmaría que Hathaway era el amante que nunca se presentó en su residencia la noche que asesinaron a Susan. No se presentó porque estaba matando a Susan en Laurel Canyon Park.

Abrió la portezuela del Land Cruiser y se detuvo para echar un vistazo a su móvil. Sin cobertura, tal como sospechaba. En fin, pensó, cuando llegue a la entrada del hospital Alex podrá contarme si ha podido hablar con Madison.

Acababa de deslizar el móvil en el bolsillo de la portezuela del conductor cuando notó un objeto contundente en la espalda. En el retrovisor de la puerta vio el reflejo de Hathaway, de pie, detrás de ella.

—Sube —ordenó empujándola para que se pusiera ante el volante. Sin apartar la pistola, saltó por encima de ella hasta el asiento del copiloto—. Ahora, ¡conduce!

Alex sabía que cuando a Laurie se le metía algo en la cabeza, no había quien la detuviera. Así que cuando le pidió que llamara a Madison para preguntarle la identidad del amante que había rechazado su invitación la noche del asesinato de Susan, lo hizo a pesar de que no comprendía la relevancia de ese hecho.

—Madison —dijo cuando la tuvo al teléfono—, la noche en que Susan murió, usted envió una nota a alguien en la que le proponía que se vieran. Nos gustaría saber quién era esa persona, si no le importa.

Se quedó de piedra cuando ella respondió:

—El profesor Hathaway. Ya habíamos tenido varios escarceos, así que pensé que podríamos pasar juntos un sábado por la noche. Pero me dio plantón. Ni siquiera me llamó. Yo me tomo muy en serio esos desaires. Decidí mandarlo al cuerno y no volví a dirigirle la palabra. Hasta hace dos días.

—Gracias, Madison. Ha sido de gran ayuda.

Entonces Alex entendió la hipótesis que Laurie había estado barajando. Por lo que sabían de Hathaway, no era la clase de hombre que habría ignorado la insinuación de una mujer joven y guapa.

Y cayó en la cuenta de por qué Laurie había mencionado el collar. Susan había estado buscando su collar de la suerte mientras discutía con Nicole. Puede que luego hubiera ido al laboratorio de Hathaway para ver si lo encontraba allí.

Notó que se ponía nervioso mientras esperaba a que Laurie apareciera con el coche y pudiesen encajar todas las piezas.

—Mamá ha girado en la otra dirección —dijo Timmy.

Estaban en la acera, delante de las puertas del hospital.

—¿Has visto a tu madre? —preguntó Grace.

—Está allí. —Timmy señaló un todoterreno que se dirigía a la salida del hospital—. ¿Va el abuelo con ella?

Alex buscó el número de Leo y pulsó INTRO.

—Leo, soy Alex. ¿Estás con Laurie?

—No. Acabo de detenerme delante de la comisaría para hablar con el detective Reilly. ¿Ocurre algo?

—Tengo un terrible presentimiento —dijo Alex—. Laurie ha averiguado quién mató a Susan. Y ahora el asesino está con ella. Richard Hathaway tiene a nuestra Laurie.

76

Laurie experimentó una sensación de alivio cuando, al salir del aparcamiento, Hathaway le ordenó que girara a la izquierda, pues eso los alejaba del hospital. Pasara lo que pasase, al menos Timmy, Alex y Grace estarían a salvo.

—Gira a la izquierda en el próximo semáforo —bramó Hathaway.

Este no era el hombre relajado, seguro de sí mismo, que Laurie había visto durante la última semana. Estaba farfullando para sí. Laurie podía oler su desesperación.

—Seguro que tienes acceso a un avión y dinero en efectivo —dijo ella—. Déjame bajar y llévate el coche.

—¿Y renunciar a aquello por lo que he trabajado toda mi vida? No, gracias. Gira a la derecha después de cruzar el bulevar de Santa Monica.

Laurie obedeció.

—Háblame del vídeo, Laurie. ¿Qué es lo que vio exactamente Dwight? Y no te hagas la tonta o te haré sufrir más de lo necesario. Dime qué sabía Dwight.

—Ya nunca podré saberlo —dijo ella—. Me dejó un mensaje, pero murió antes de que pudiera hablar con él. Pero creo que me llamaba para hablarme de ti —añadió—. Para contarme que Susan pasó por el laboratorio antes de la prueba.

—¿Y el barco?

—¿Qué barco?

—¿Había cámaras en el barco de Dwight? —gritó Hathaway—. Y no olvides que puedo ir a por tu hijo si necesitas un incentivo para hablar.

«No, Timmy no», pensó Laurie.

—Sí —contestó ella de inmediato—. Dwight tenía cámaras ocultas en su yate.

—¿Y qué aparece en ellas?

—Lo ignoro. La policía no ha encontrado todavía los archivos.

—Gira a la izquierda en la próxima calle.

Mientras ponía el intermitente, Laurie notó que Hathaway se tranquilizaba. El hombre masculló algo sobre su capacidad para encontrar los archivos antes que la policía.

Laurie deslizó una mano por el bolsillo de la puerta para encender el móvil. Echó una mirada rápida a la pantalla y vio una lista de llamadas recientes.

Mientras giraba, dejó caer la mano en el bolsillo de la puerta una vez más. Dio un toque a la pantalla para volver a marcar el último número con el que había hablado.

«Te lo ruego, Dios —pensó—, haz que funcione.»

Alex nunca había oído a Leo hablar con tanto pánico.

—¿Qué quieres decir exactamente con que Hathaway tiene a Laurie?

—Laurie cree que Hathaway mató a Susan Dempsey, y Timmy acaba de verla saliendo del garaje con alguien en el asiento del pasajero. Solo estuvo sola un minuto...

Alex oyó el aviso de una llamada entrante. Miró la pantalla y vio un nombre: Laurie.

—Espera, la tengo al teléfono —dijo—. Luego te llamo. —Cliqueó sobre la llamada entrante—. Laurie, ¿dónde estás?

Pero no oyó la voz de Laurie. Solo oyó silencio, y finalmente la voz de un hombre. La voz de Hathaway.

—Conduce más despacio —ordenó— y deja de dar volantazos. Sé lo que pretendes. Si te para un agente, os mataré a los dos, puedes estar segura.

—¿Adónde me llevas? —oyó Alex que Laurie preguntaba—. ¿Vamos a tu casa? ¿Por qué nos dirigimos a Hollywood Hills?

Alex pulsó el botón de silencio para bloquear su lado de la línea.

—Grace —dijo indicándole con señas que se acercara hasta él—, por favor, llama a Leo enseguida y pídele que le pase el teléfono al detective Reilly. Laurie nos está dando pistas sobre su ubicación.

Segundos después Grace le pasó el móvil a Alex.

—Reilly —dijo Alex—, ya no me cabe duda: Hathaway tiene a Laurie y se dirigen a Hollywood Hills.

Si a Laurie le ocurría algo, nunca se lo perdonaría.

78

Laurie no se atrevía a echar otra ojeada a su móvil. Solo le quedaba confiar en que Alex hubiera descolgado y la estuviese oyendo.

—Haz lo que te digo y nadie más saldrá herido —dijo Hathaway—. A tu hijo y a tu padre no les pasará nada.

Pero a mí sí, pensó Laurie. Para mí tienes otros planes.

Si le hacía hablar, tal vez consiguiera ganar un poco más de tiempo.

—¿Por qué lo hiciste? ¿Qué vio Susan en el laboratorio aquella tarde que la convirtió en una amenaza tan grande?

—La cosa no era para tanto, en realidad. Dwight ya había hecho una gran parte del trabajo de código. Si REACH era idea suya o mía, no era más que una cuestión semántica. Susan nos oyó y reaccionó de forma totalmente exagerada. La idea valía millones. ¿Realmente esperaba que se la entregara a una pandilla de académicos ignorantes?

Parecía que Hathaway hablara para sí, pero Laurie pudo unir las piezas de la historia. Entonces recordó el artículo publicado en el periódico del campus cuando Hathaway se marchó de la universidad. En él se mencionaba que, como miembro del profesorado, no era dueño de ninguna de sus investigaciones. Laurie visualizó a Susan entrando en el laboratorio en el momento en que Hathaway se hallaba reclutando a su estudiante predilecto para que recibiera el reconocimiento del trabajo realizado por Hathaway a fin de poder beneficiarse ambos del mismo.

Hathaway dejó bruscamente de farfullar y le ordenó que girara de nuevo. La expresión de su rostro era fría y decidida.

—No lo hagas, Hathaway. —Laurie pronunció su nombre a propósito. De ese modo Alex podría saber al menos quién lo hizo—. No conseguirás salirte con la tuya.

—Tal vez me pase la vida bajo sospecha, como tú lo llamas —dijo Hathaway—, pero no me condenarán. No existen pruebas de que yo maté a Susan. En cuanto a Dwight, puedo encontrar los archivos de los vídeos de su barco antes que cualquier hacker de tres al cuarto de la policía. Y cuando haya terminado contigo, mi siguiente parada será Keith Ratner. Se suicidará tras dejar una nota desesperada en la que confiesa que os mató a Susan y a ti. El asunto pasará a la historia como algo orquestado por los Defensores de Dios.

Laurie recordó que ya había tomado esa ruta cuando fueron a ver el lugar donde había aparecido el cuerpo de Susan.

—Me estás llevando a Laurel Canyon Park, ¿verdad? Vamos al lugar donde mataste a Susan.

—Por supuesto —dijo Hathaway—. Es justo lo que Keith Ratner haría, abrumado por la caída de su amado líder espiritual, una caída que tú provocaste.

Laurie pensó en el terror que Susan debió de haber sentido cuando se dio cuenta de que Hathaway estaba intentando matarla. Y lo mismo estaba a punto de ocurrirle a ella.

Tenía que encontrar la manera de salvarse.

Alex se sentía impotente mientras seguía escuchando la conversación. Hathaway estaba obligando a Laurie a conducir hasta el lugar donde había matado a Susan Dempsey.

—Buen trabajo, Laurie —susurró—. Sigue hablando.

Laurie ya había conseguido que Hathaway reconociera que había matado a Susan Dempsey, y ahora él tenía un plan para matarla a ella y culpar a Keith Ratner de todos sus crímenes.

—Se dirigen a Laurel Canyon Park —comunicó Alex a Reilly, que estaba haciendo un esfuerzo denodado por oír la conversación a través del teléfono de Grace—. Tiene que enviar coches patrulla allí ahora mismo, Reilly. Tiene que encontrar a Laurie.

Laurie atisbó la entrada del parque. Estaban a solo unos segundos del que Hathaway pretendía que fuera su último destino.

Tal como esperaba, él le ordenó:

—Gira a la izquierda y entra en el parque.

Laurie dobló despacio, esperando ver un ejército de coches patrulla aguardándoles, pero el parque estaba desierto y oscuro como una boca de lobo.

Ya está, su única oportunidad. Recordaba la ubicación exacta del sicómoro que había llamado su atención cuando estaban rodando en el parque con Frank Parker.

Pensó en ponerse el cinturón de seguridad con un movimiento rápido, pero no quería correr el riesgo de alertar a Hathaway de su plan. No podía ponérselo, así que debía tener las dos manos en el volante en el momento en que chocaran.

Cuando ya estaban cerca del sicómoro, Laurie pisó el acelerador hasta el fondo. Hathaway empezó a gritar.

—¿Qué haces?

Laurie viró bruscamente hacia la izquierda y estampó el morro del todoterreno directamente contra el árbol.

Oyó un fuerte estallido que la hizo encogerse, convencida de que Hathaway le había disparado. Pero no era el estruendo de un disparo, sino el sonido del airbag al accionarse. Sintió una sacudida en cada parte de su cuerpo cuando el airbag la lanzó contra el asiento. Por un momento no supo dónde estaba.

Cuando comenzó a despabilarse, se volvió hacia Hathaway. El impacto también lo había dejado aturdido, pero estaba empezando a moverse. Laurie le miró las manos y luego miró el suelo, buscando la pistola, pero no la vio. ¿Debería intentar reducirlo ahora? No. Si Hathaway despertaba de golpe, conseguiría imponerse con facilidad. Solo podía hacer una cosa: ¡correr!

El detective Reilly hablaba muy deprisa mientras Alex mantenía la oreja pegada al teléfono.

—Hemos enviado todas las unidades locales a Laurel Canyon Park. Ya hay una unidad dentro del parque. He estado siguiendo los movimientos del móvil de Laurie. Se detuvo hace un minuto. Una de dos, o el móvil ya no está en el vehículo o el coche se ha detenido.

Con el cuerpo quejándose con cada movimiento, Laurie alcanzó a abrir la puerta. Se apeó del elevado asiento del todoterreno y perdió brevemente el equilibrio cuando sus pies tocaron la tierra arenosa. Oyó un gemido y vio a Hathaway levantar una mano y frotarse la frente. Laurie introdujo la mano en el bolsillo de la puerta y buscó el móvil en la oscuridad. No estaba.

Corrió unos metros hasta que notó asfalto bajo los pies. Desorientada, miró a uno y otro lado de la carretera débilmente iluminada por la luna. No sabía qué dirección la llevaría hacia la antigua casa de Frank Parker o la adentraría aún más en el parque. El tiempo para decidirse se le agotó al oír un chirrido metálico. La puerta del pasajero se estaba abriendo.

Empezó a correr todo lo deprisa que se lo permitían sus magulladas piernas. ¿Cuántas veces se había preguntado que pensó su amado Greg en los últimos instantes de su vida? En un esfuerzo por comprender a Susan Dempsey, Laurie había imaginado el pánico de la joven mientras huía por Laurel Canyon, desesperada por dejar atrás a su asesino —nuestro asesino, se dijo— ¡Richard Hathaway! Pensó en Timmy. No podía permitir que sufriera la pérdida de otro progenitor. Le había prometido que siempre estaría a su lado. Entonces oyó que los pasos de Richard Hathaway se iban acercando.

El agente Carl Simoni estaba en Laurel Canyon Park, investigando una queja contra unos campistas ilegales, cuando recibió la comunicación urgente del robo de un vehículo con violencia. Había tardado unos minutos en regresar al coche patrulla desde el camping elevado. En ese momento estaba conduciendo todo lo deprisa que podía por la serpenteante carretera que llevaba a la entrada del parque.

Presa del agotamiento, Laurie no sabía si el fuego que notaba en el pecho se debía a la sacudida del airbag o a que sus pulmones no podían aceptar más aire. Ya no era la única que perturbaba la tranquilidad del cañón. El gemido débil de una sirena se mezclaba con sus pisadas.

El agente Simoni estaba tomando una curva cuando el último comunicado crepitó en la radio. La señal del móvil de la víctima del robo indicaba una zona ubicada dentro del parque. Llegaría en menos de un minuto. Afiló la mirada cuando creyó ver una silueta avanzar por la carretera.

Laurie iba mirando hacia atrás mientras corría. La figura corpulenta de Hathaway era un poco más grande cada vez que volvía la cara. Sin darse cuenta, pisó el canto de la carretera y la tierra blanda le hizo perder el equilibrio y caer. Rodó por el suelo e intentó levantarse. Hathaway se había detenido a unos metros de ella. Laurie lo vio alargar el brazo en su dirección. La luna se reflejaba en la pistola que sostenía.

—Laurie, ¿prefieres que te pegue un tiro o quieres morir como Susan Dempsey? En ambos casos hallarán tu cuerpo en el mismo lugar que encontraron el suyo.

Antes de que Laurie pudiera responder, una luz brillante le cubrió el cuerpo por detrás. De ahí avanzó rápidamente hacia Hathaway, quien, deslumbrado, levantó una mano para protegerse los ojos. Por un megáfono Laurie podía oír una voz que retumbaba en el cañón ordenando a Hathaway que soltara la pistola y se arrodillase.

La pistola todavía apuntaba a su cabeza. Entonces Hathaway soltó una risa demente, desafiante. Haciendo acopio de todas sus fuerzas, Laurie levantó una pierna y alcanzó a asestarle una patada en la mano. La pistola salió volando y la bala estalló en la tierra, justo a su lado. El coche patrulla avanzaba a gran velocidad hacia ellos. Antes de que Hathaway pudiera empuñar de nuevo el arma, lo embistió y arrojó su cuerpo al suelo.

Laurie se incorporó al tiempo que un enjambre de coches

patrulla se aproximaba por la carretera. La fuerza con que había golpeado la mano de Hathaway había hecho que su zapato saliera despedido. Cuando se agachó para recogerlo, solo pudo pensar en el zapato que Susan Dempsey había perdido cuando intentaba escapar de su asesino.

80

Laurie siempre pensó que su siguiente visita al hospital Cedars-Sinai sería para llevarse a Jerry cuando saliera de la UCI. Pero volvía a estar en el vestíbulo, acompañada de Alex. Después de que los médicos declararan que Laurie no sufría secuelas como consecuencia de la colisión, Grace se había llevado a Timmy a casa. Laurie estaba aguardando a que la informaran del estado de Richard Hathaway.

—Tenía mucho miedo —dijo Alex—. Y cuando tu móvil dejó de moverse, se me hizo insoportable.

—Pensaba que no saldría viva —repuso Laurie—. Solo podía confiar en que respondieras a mi llamada. —Consiguió reír—. ¡Menos mal que no me pusiste en espera!

Leo salió de la UCI con una expresión ambigua.

—Hathaway tiene las dos piernas rotas, pero se repondrá.

—Pareces decepcionado —dijo Laurie.

—Mató a dos personas a sangre fría y esta noche fue por mi única hija —repuso Leo—. No me habría importado que se hubiese roto todos los huesos del cuerpo.

—Solo tiene cincuenta y siete años —dijo Laurie—. Le queda un montón de tiempo para pagar por lo que ha hecho.

—El fiscal tiene un caso fácil —señaló Alex—. Secuestro e intento de asesinato esta noche, y la confesión de que mató a Susan Dempsey y a Dwight Cook.

—Y —añadió Leo—, Reilly dice que sus técnicos encontraron la grabación de las cámaras del barco de Cook. Cuando Hathaway llegó para salir a bucear con Dwight, este se enfrentó a él sobre el tema del asesinato de Susan. Dedujo que Susan había ido al laboratorio después de discutir con Nicole y que los oyó hablar de REACH. Hathaway reconoció que había ido tras ella y que la había acompañado en coche a Hollywood Hills, pero quiso hacerle creer que su muerte había sido un accidente. Cuando Dwight dijo que no se lo tragaba, Hathaway lo asfixió e intentó que pareciera un «accidente de submarinismo».

—¿Y la policía lo tiene grabado? —preguntó Laurie.

—A todo color.

Epílogo

Dos meses más tarde, en el salón de Laurie, Alex Buckley aparecía en la pantalla del televisor mirando directamente a la cámara.

—La gente la conocía como Cenicienta —dijo en un tono solemne—, pero para su madre siempre fue Susan. Y hoy, siete de mayo, exactamente veinte años después de su muerte, esperamos que también sea Susan para ustedes. Su caso queda oficialmente cerrado.

Cuando el programa tocó a su fin estalló una ronda de aplausos. Se habían reunido todos para ver juntos el programa: Laurie, su padre, Timmy, Alex, Grace, Jerry. Incluso Brett Young se había apuntado. Estaba tan contento con el programa que había costeado el billete de avión a Nueva York a Rosemary, Nicole y Gavin para que se unieran al grupo.

—Felicidades —dijo Leo alzando su botella de cerveza—. Por *Bajo sospecha*.

Brindaron —Timmy con zumo de manzana— y alguien gritó:

—Laurie, di unas palabras.

—Que hable, que hable —vitorearon los demás.

Laurie se levantó del sofá.

—Qué público tan exigente —bromeó—. En primer lugar, quiero decir que *Bajo sospecha* siempre ha sido un esfuerzo colectivo. El programa no sería el mismo sin Alex, y probablemente no se habría llevado a término de no ser por Jerry y Grace. Y creo que puedo decir, sin temor a equivocarme, que esta vez Jerry ha tenido un protagonismo especial.

La broma fue recibida con gruñidos. Dos meses antes Laurie no se habría imaginado bromeando sobre la terrible agresión, pero Jerry estaba totalmente recuperado y el hombre que lo atacó, Steve Roman, había muerto. El propio Jerry se refería jocosamente a la paliza como un recordatorio de que no debía salir a hurtadillas a comprar comida basura.

—Y Timmy y Leo —continuó Laurie—, creo que deberíais haber insistido a la productora para que os pusiera en los créditos.

—Habría sido la bomba —dijo Timmy con regocijo.

—¿Y qué me dices de un agradecimiento público al tipo que firma los talones? —le reprendió Brett con una sonrisa—. Y que se aseguró de que salierais en antena el siete de mayo.

—Gracias por recordármoslo, Brett. Y estoy segura de que el hecho de que el siete de mayo coincidiera con la revisión de los índices de audiencia fue mera coincidencia. Pero, sobre todo —prosiguió Laurie en un tono más serio—, quiero dar las gracias a Rosemary.

Hubo otra ronda de aplausos.

—Tú fuiste nuestra fuente de inspiración durante toda la producción del programa, desde la investigación inicial hasta la frase final de Alex. Yo casi nunca hablo de la pérdida que sufrimos en mi familia. —Sonrió con dulzura a Timmy y a Leo—. Perder a un ser querido es duro, pero no saber quién lo hizo, o por qué lo hizo, es otra forma de suplicio. Desde que obtuvimos al fin la respuesta, cada día ha sido un poco mejor para mí. Confío en que también lo sea para ti.

Rosemary se enjugó una lágrima.

—Muchas gracias —dijo con un hilo de voz.

Laurie vio que Nicole le daba unas palmaditas en la espalda. Rosemary había dicho que perdonaba a Nicole por la larga demora en descubrirse quién había matado a Susan, pero Laurie sabía que el verdadero perdón llevaría su tiempo.

Grace, siempre dispuesta a animar el ambiente, se levantó de un salto y empezó a llenar las copas.

—Entonces ¿soy la única que hoy ha visto a Keith Ratner en el programa *Morning Joe*? Al parecer, ha sufrido otro tipo de conversión.

Calculada, sin duda, para que coincidiera con la emisión de *Bajo sospecha*, la gira de Keith por el circuito de programas de entrevistas se vendía como «la visión de un iniciado» de los Defensores de Dios. Martin Collins ya estaba enfrentándose a múltiples acusaciones de abuso basadas en los vídeos descubiertos en su casa. De acuerdo con el detective Reilly, los fiscales federales pensaban acusarlo asimismo de haber utilizado la iglesia como una empresa corrupta para encubrir actividades criminales que iban desde el soborno hasta la extorsión, pasando por sus propios delitos sexuales contra niños. Keith no solo estaba cooperando con la policía, sino utilizando su desencanto con la iglesia para volver a estar en el candelero.

—Pues la gira de promoción le está funcionando —dijo Laurie—. Una amiga del mundo editorial me ha contado que hay una guerra de pujas por sus memorias. Madison y Frank Parker también están utilizando el caso para obtener publicidad. *Variety* informaba ayer de que Frank ha dado a Madison un papel en su próxima película, pequeño pero perfecto para su vuelta a las pantallas. Interpretará a una despiadada empresaria dispuesta a todo por triunfar.

—No tendrá que esforzarse mucho —señaló Leo.

En el momento de marcharse, ya en la puerta, Rosemary dio un fuerte abrazo a Laurie.

—Creo que Susan y tú habríais sido grandes amigas. Por favor, mantengamos el contacto. Significaría mucho para mí.

—Por supuesto —le aseguró Laurie.

La aprobación de Rosemary significaba para ella más que cualquier índice de audiencia o premio que su programa pudiera ganar.

Alex fue el último en irse. Pero antes de marcharse le dijo:

—Felicidades, Laurie. Has hecho un gran programa.

Se acercó para besarla en la mejilla, pero involuntariamente le tendió los brazos y Laurie se fundió en ellos. Los labios de Alex encontraron los de ella y permanecieron así unidos un largo minuto.

Cuando se separaron, Alex dijo:

—Laurie, quiero que entiendas algo. No soy un vividor y mujeriego. Soy un hombre que está perdidamente enamorado de ti y dispuesto a esperar.

—No me lo merezco —le respondió ella.

—Sí, te lo mereces. Y sabrás cuándo ha llegado el momento.

Sonrieron.

—No falta mucho —le susurró Laurie—. Te lo prometo.

Repararon en la presencia de una figura menuda en el pasillo que conducía a los dormitorios. Timmy estaba sonriendo de oreja a oreja.

—¡Genial!

Agradecimientos

Constituye para mí una gran satisfacción contar otro relato, compartir otro viaje con personajes que hemos creado y acabado queriendo de verdad, aunque no a todos. Y haberlo hecho esta vez, paso a paso, con la maravillosa escritora Alafair Burke.

Marysue Ruccie, redactora jefa de Simon & Schuster, ha sido una fantástica amiga y mentora. Alafair y yo hemos disfrutado mucho trabajando con ella en este libro, el primero de una serie.

El equipo en casa comienza por mi mano derecha, Nadine Petry, mi hija Patty y mi hijo Dave. Y, naturalmente, John Conheeney mi extraordinario marido.

Mi más sincero agradecimiento a Jackie Seow, la directora artística, por sacarme favorecida en sus cubiertas.

Y muchas gracias a mis fieles lectores, cuyo aliento y apoyo me han animado a escribir otro relato.

El papel utilizado para la impresión de este libro
ha sido fabricado a partir de madera
procedente de bosques y plantaciones
gestionados con los más altos estándares ambientales,
garantizando una explotación de los recursos
sostenible con el medio ambiente
y beneficiosa para las personas.
Por este motivo, Greenpeace acredita que
este libro cumple los requisitos ambientales y sociales
necesarios para ser considerado
un libro «amigo de los bosques».
El proyecto «Libros amigos de los bosques» promueve
la conservación y el uso sostenible de los bosques,
en especial de los Bosques Primarios,
los últimos bosques vírgenes del planeta.

Papel certificado por el Forest Stewardship Council®